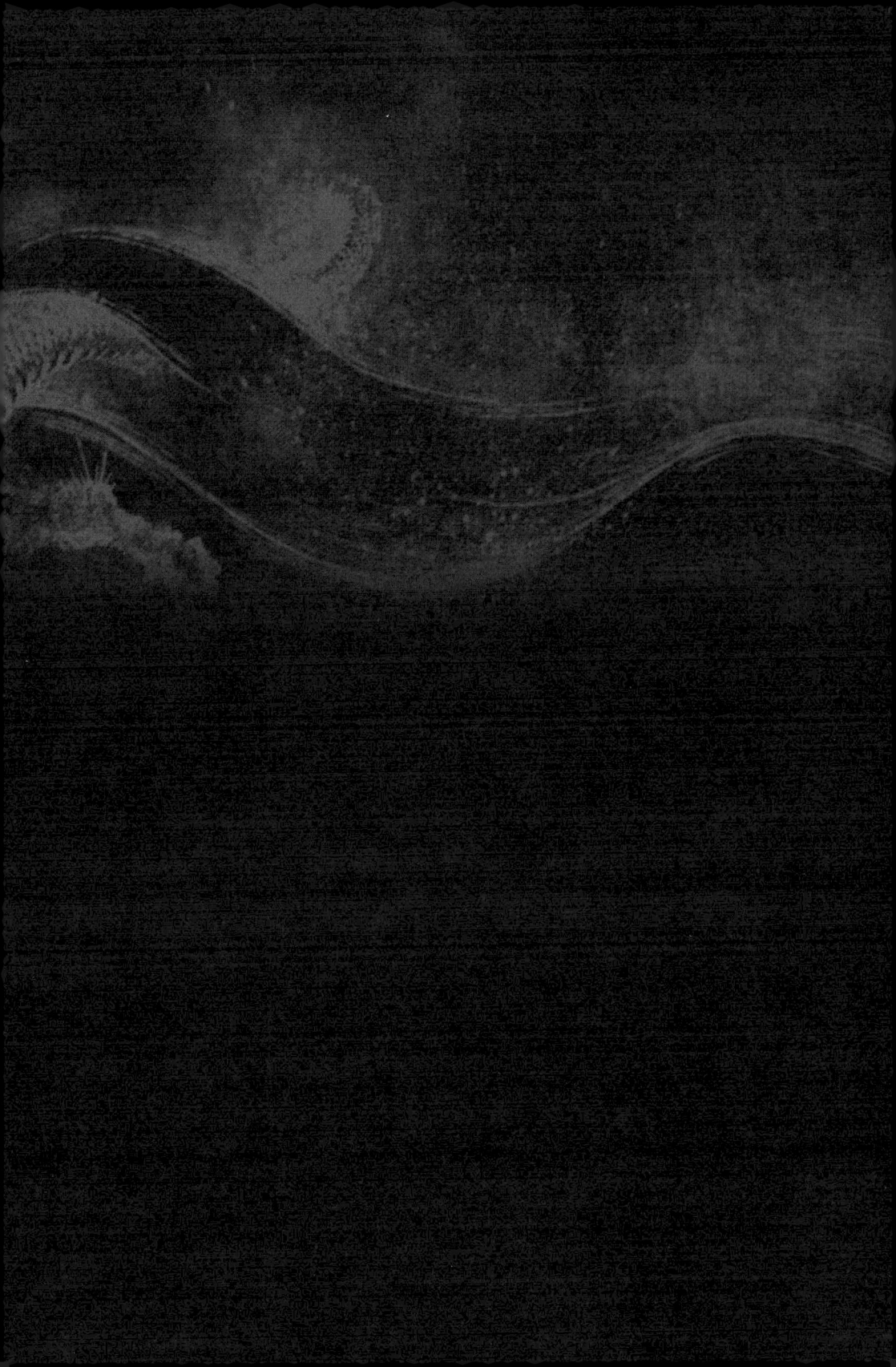

三國志
演義 삼국지연의

1

● ─ 일러두기

1. 이 책은 박문서관博文書館 판 『현토삼국지懸吐三國誌』(모본)를 저본으로 한 정본 완역이다.
2. 본문 삽화는 명대 말엽 금릉金陵 주왈교周曰校본 『삼국지통속연의三國志通俗演義』에서 발췌하였다.
3. 주요 등장 인물도는 청대 모종강毛宗崗본의 일종인 『회도삼국연의繪圖三國演義』에서 발췌하였다.
4. 본문 중의 역자 주는 모두 세 종류로 나뉜다. 문장 중간의 단어를 설명하는 주는 괄호 안에 넣었고, 문장 전체에 대한 주는 문장 뒤에 밑줄을 그어 구별하였으며, 시문에 대한 주는 시 원문 밑에 번호나 *표를 매겨 설명하였다.

三國志演義

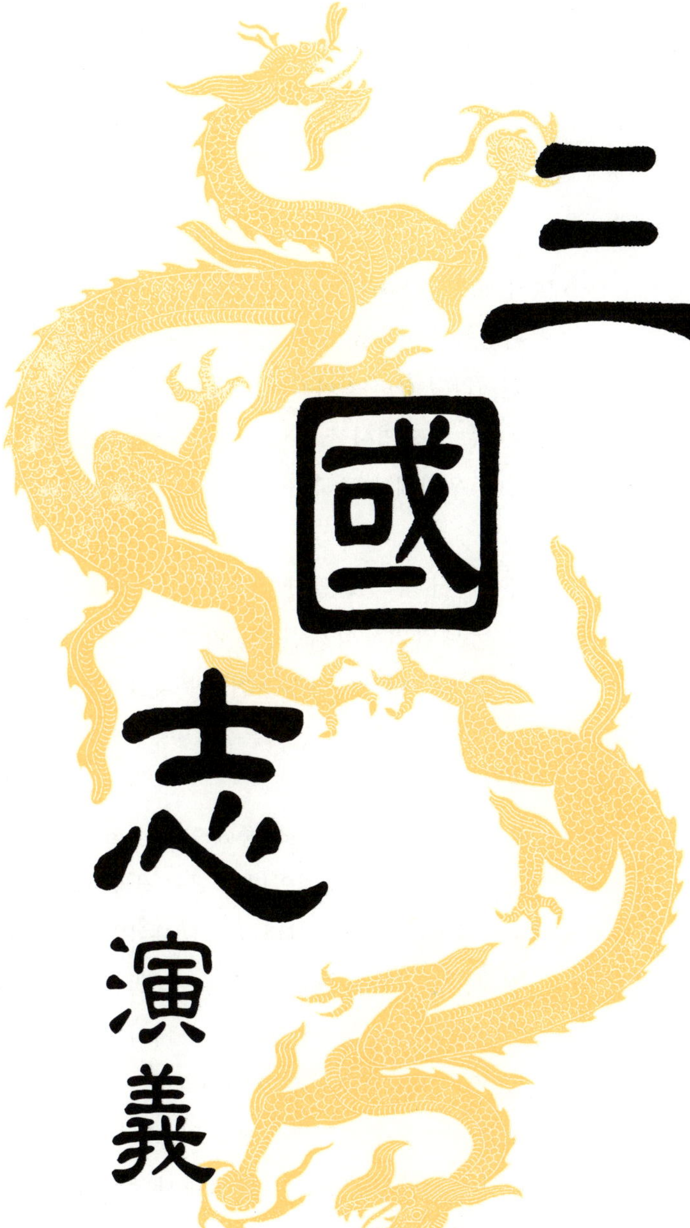

김구용 옮김
나관중 지음

완역 결정본 《삼국지 연의》 1

솔

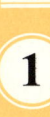

삼국지三國志, 연의演義, 삼국지연의三國志演義

이인호 한양대학교 중국언어문화 전공 교수

　　벌써 과거사가 되었습니다. 2000년에 사상 처음으로 중국인이 노벨 문학상을 수상했죠. 수상 작품은 장편 소설이었습니다. 그러나 중국 소설이라고 한다면 아직까지도 우리의 느낌에 노벨 문학상 수상 작품보다는 고전 역사 소설『삼국지연의三國志演義』가 더욱 힘차게 다가옵니다. 우리에게 중국 소설의 대명사는 여전히『삼국지연의』입니다.

　　중국학에서 가장 발달한 분야는 역사학입니다. 중국은 기원전 841년부터 매년 역사적 사건을 문자로 기록하기 시작했습니다. 기원전 722년부터는 매달 역사적 사건이 문자로 기록되었습니다. 결국 문자로 기록된 역사만 쳐도 중국은 2천 8백 년의 확실한 기록이 있다는 것입니다.

　　이에 걸맞게 중국 고전 소설 중에 역사 소설은 기타 소설에 비해 양적으로나 질적으로 압도적입니다. 춘추전국시대를 묘사한『동주열국지東周列國志』, 진나라·한나라를 묘사한『동서한연의東西漢演義』, 삼국 시대를 묘사한『삼국지연의』, 수나라를 묘사한『수당연의隋唐演義』, 당나라를 묘사한『설당說唐』, 송나라를 묘사한『설악전전說岳全傳』등, 거의 모든 시대마다 그와 관계되는 역사 소설이 창작되었으며, 일반 중국인들은 이러한 소설을 읽으면서 자국의 역사 지식을 습득했고 아울러 각 왕조의 변천 과정에 대해서도 개략적인 윤곽을 잡곤 했습니다.

　　이러한 역사 소설은 과거의 사건이나 인물을 소재로 한 것이 대부분이지만, 그러나 공교롭게도 거의 대부분이 명나라·청나라 때에 이르러 오늘날의 모습을 갖추게 됩니다. 그중 우리에게 가장 친숙하며 아울러 역사 소설의 대명사가 된 작품이 바로 『삼국지연의』죠.

우리는 종종 『삼국지』와 『삼국지연의』를 혼동하여 사용하고 있습니다. 『삼국지』는 진수가 지은 중국의 정사이고, 『삼국지연의』는 나관중의 역사 소설입니다. 역사 소설의 속성상 역사적 인물이 역사적 사건을 배경으로 등장하지만 소설이므로 당연히 실제 역사와는 차이가 있습니다. 그렇다면 중국의 고전 역사 소설에 왜 연의演義란 용어가 붙어 있을까요?

중국의 전통 학술에서 가장 존귀한 서적은 사서삼경四書三經과 같은 경서經書입니다. 세월이 흐르고 시대가 변하여 경서를 해독하는데 어려움을 겪자 학자들은 해설을 달게 되었습니다. 해설의 명칭은 다양했는데 그중 하나가 전傳입니다. 성인의 말씀을 해설하여 후세에 '전'해준다는 뜻이죠.

경서는 대부분 추상적인 개념이나 이론이기 때문에 현실에서 실례를 찾아 증명해줘야 설득력이 있지 않겠습니까? 현실의 실례는 역사책에 풍부하지 않습니까? 그러므로 중국의 전통 학술에서 역사 공부는 역사를 위한 공부가 아니라 경서를 연구하기 위한 수단으로 간주되기도 했습니다. 역사책을 일컬어 흔히 사전史傳이라 부르는 이유가 바로 여기에 있습니다.

그런데 역사책이란 물론 사마천의 『사기史記』처럼 흥미진진한 것도 없지는 않지만 그 외 대부분은 짜증날 정도로 무미건조합니다. 이런 역사책을 좀더 재미있게 꾸민다면 일반 대중들도 흥미롭게 읽을 것이고, 나아가 역사적인 실례를 통해 경서에서 강조하는 유가 사상의 메시지도 자연스럽게 받아들일 것입니다. 역사 소설의 등장 배경은 복잡하지만 이런 이유가 매우 강하며 실제로 중국 고전 소설의 작가들은 이런 생각을 대부분 가지고 있었습니다. 그러므로 '연의'의 뜻은 다음과 같이 이해하는 것이 옳습니다. 연연演은 '발전시켜 풀어낸다'는 뜻이고, 의義는 경서에 담긴 뜻입니다. 경서에 담긴 뜻은 당연히 유가 사상이죠. 유가 사상에서 강조하는 이런 저런 덕목을 부연 설명하는 것이 바로 '연의'입니다. 『삼국지연의』를 읽다보면 정통 관념이나 충효 관념이 강조되는 이유가 바로 여기에 있습니다. 『삼국지연의』를 번역하면서 '연의'의 이런 뜻을 제대로 짚고 작업하는 분이 의외로 드물더군요. 이런 관계로 나관중의 역사 소설 『삼국지연의』를 『삼국지』로 이름 붙였거나 붙이려는 발상 자체가 중국 학문에 대해 무지하다는 증거입니다.

『삼국지연의』의 원문은 현대 중국어가 아닙니다. 그렇다고 해서 사서삼경의 문체도 아니죠. 고문에서 현대문으로 넘어가는 과도기적 언어입니다. 그러므로 고문을 잘 한다고 번역이 제대로 되는 것도 아니고 현대 중국어를 잘 한다고 해서 될 일은 더더욱 아닙니다. 이런 작품을 번역하려면 다음 3가지 조건을 구비하는 것이 이상적입니다.

첫째, 판본板本을 비교할 수 있는 안목. 같은 이름의 중국 책이라 할지라도 고전의 경우는 출판 연대와 출판인에 따라 자구字句가 다르기 때문에 가급적 교감이 잘 된 선본善本을 채택해야 합니다. 그러한 선본이 없다면 번역자가 다양한 판본을 비교 검토하면서 직접 교감하는 수밖에 없습니다. 이 작업을 거르면 원문을 아무리 깔끔하게 번역해도 문제 있는 번역이 되고맙니다.

둘째는 원문 해독 능력. 기존의 번역물을 참고하거나 일본어로 번역된 것을 옮겨와서는 단지 중역重譯의 문제에 그치는 것이 아니라 번역자의 양식에 하자가 있습니다.

셋째는 유려한 한국어. 두말 할 필요가 없는 조건입니다.

이상 3가지 조건을 잣대로 시중에 나와 있는 『삼국지연의』를 검토해보면 안타깝습니다. 서문에서 판본을 밝히지 않은 경우도 있고, 원문 해독 능력에 의심이 가는 분도 더러 보입니다. 심지어 국적불명의 '평역'이나 '평설'이란 용어를 사용하여 원본을 첨삭 편집하기도 하는데, 이런 행위는 원저자에 대한 예의가 아닐 뿐더러 원작의 맛을 독자로부터 앗아가는 것입니다.

김구용의 『삼국지연의』는 그런 면에서 매우 참합니다. 고아한 문체가 현대인에게 다소 거북할지라도 원문의 맛에 가장 근접했으며 원저를 본래 모습 그대로 번역했습니다. 거의 대역에 가깝게 번역하면서 이 정도의 문장력을 보였다는 사실은 놀랍습니다.

중국과 중국인 그리고 중국문화를 이해하는 길은 다양하다고 봅니다. 중국의 문학 작품을 읽는 것도 좋은 방법의 하나지요. 경제적인 통계 수치는 얼마든지 조작할 수 있으며 경우에 따라서는 악의의 손질이 가해질 수도 있습니다. 그러나 문학은 기본적으로 사상과 감정의 표현이므로 섬세하게 음미하면 할수록 그들의 핵심 코드를 읽을 수 있습니다. 나관중의 고전 역사 소설 『삼국지연의』는 보편적인 중국인의 코드를 담고 있기 때문에 무릇 중국과 중국인 그리고 중국문화를 이해하고자 한다면 읽지 않을 수 없습니다. 하물며 읽는 재미 또한 이렇게 쏠쏠한데 어떻게 그냥지나칠 수 있겠습니까.

『삼국지연의』를 다시 펴내면서

 우리나라에서 흔히 소설 『삼국지』로 알려진 『삼국지연의』는 후한 말부터 삼국 정립과 진晉의 통일까지 97년간(184~280)의 일을 기술한 이야기다.

 일찍이 당唐나라 때도 이 이야기는 이야기꾼들의 입에서 오르내렸으며, 송宋나라 때는 삼국 당시만을 이야기하는 전문가도 있었다. 원元나라 지치至治 연간(1321~1323)에 이르러 처음으로 『전상삼국지평화全相三國志平話』라는 책이 나왔다.

 그러나 황당무계한 부분은 삭제하고, 역사적 사실을 근거로 해서 오늘날 『삼국지연의』를 대성大成한 이는 원나라 말, 명나라 초의 대가 나관중羅貫中이었다. 그 최초의 간행이 홍치弘治 갑인甲寅년(1494)에 이루어졌기에 세칭 '홍치본'이라고 한다.

 그 뒤 청淸나라 때 모종강毛宗崗이 정사正史를 바탕으로 나관중의 원작을 좀더 개정 정리(강희康熙 18년, 1679년 무렵)한 것이 세칭 '모본毛本'이라는 것이다. 오늘날 동양에서 널리 읽히는 소설 『삼국지』는 바로 이 '모본'이다.

 역자는 어느 출판사의 부탁을 받고 「적벽대전赤壁大戰」에서부터 「공명팔진도孔明八陣圖」까지 번역하다가 만 일이 있었다. 그 뒤로 여러 『삼국지』가 나왔으나, 그럼에도 아직 완역完譯이 없기에 역자는 다시 의욕을 느낀 지 오랜만에 새로이 번역을 끝냈다. 이 번역이 원문에 충실하려고 애썼다는 것만 알아준다면 역자로서는 다행이겠다.

선고先考의 유품遺品인 박문서관博文書館 판 『현토삼국지懸吐三國志』(모본) 다섯 권을 저본底本으로 번역했다.

여러 차례 중단했던 『삼국지연의』를 이제야 완역했으니 감개가 없지 않다. 돌아보건대 20년이란 세월이 흘렀다. 『삼국지』를 애독하셨던 부모님께 먼저 이 졸역을 드리고 싶으나, 이 뜻만은 이룰 수 없는 일이다.

1974년 봄

완역 『삼국지연의』를 다시 손질하여 첫 번째 개정판을 낸 것이 1981년이었다. 그러나 그 후로도 기회 있을 때마다 손질을 쉬지 않았으니, 어언 또 20년이다. 번역의 업고일 것이다.

책이 다시 나오기까지 수고한 솔출판사 여러 분께 감사한다.

2000년 초여름
김구용

三國志演義 ① 차례

삼국지三國志, 연의演義, 삼국지연의三國志演義 · 이인호	4
『삼국지연의』를 다시 펴내면서 · 김구용	8
제1회	호걸 세 사람은 도원에서 잔치하여 의형제를 맺고
	영웅은 황건적을 죽여서 처음으로 공을 세우다 … 25
제2회	분노한 장비는 독우를 매질하고
	국구 하진은 계책을 써서 환관들을 죽이기로 작정하다 … 46
제3회	온명원에서 회의하던 동탁은 정원을 꾸짖고
	이숙은 황금과 구슬을 뇌물로 주며 여포를 유혹하다 … 72
제4회	한제를 폐위하여 진류왕을 황제로 삼고
	조맹덕은 역적 동탁을 죽이려다가 칼을 바치다 … 94
제5회	조조가 거짓 조서를 천하에 뿌리니, 모든 제후들은 호응하고
	세 영웅은 관소의 군사를 격파하고 여포와 싸우다 … 116
제6회	동탁은 찬란한 궁궐을 불지르는 극악한 짓을 하고
	손견은 옥새를 감추어 맹약을 저버리다 … 142

제7회	원소는 반하에서 공손찬과 싸우고	… 161
	손견은 강을 건너가서 유표를 치다	
제8회	왕사도는 교묘히 연환계를 쓰고	… 182
	동태사는 봉의정을 소란케 하다	
제9회	여포는 흉악한 자를 없애려 왕윤을 돕고	… 203
	이각은 장안을 침범하려 가후의 말을 듣다	
제10회	마등은 왕실을 위하여 의병을 일으키고	… 229
	조조는 부친의 원수를 갚으려 군사를 일으키다	
제11회	유현덕은 북해에서 공융을 구출하고	… 248
	여포는 복양에서 조조를 격파하다	
해설 1	원래 모습을 가장 잘 보여주는 정통 『삼국지연의』・서경호	… 273

공손찬 公孫瓚

동탁董卓

修陵懷舊績匡區啟
雄心遂逞江東業臨風感
不禁

손견孫堅

여포呂布

왕윤 王允

원소袁紹

漢末刀兵起四方
袁術狂狂不思量妄為公相侵
孤身作帝王強暴誇傳國璽驕奢妄
應天祥渭里蜜水何由浮狗卧虫床嘔血亡

원술袁術

초선貂蟬

헌제 獻帝

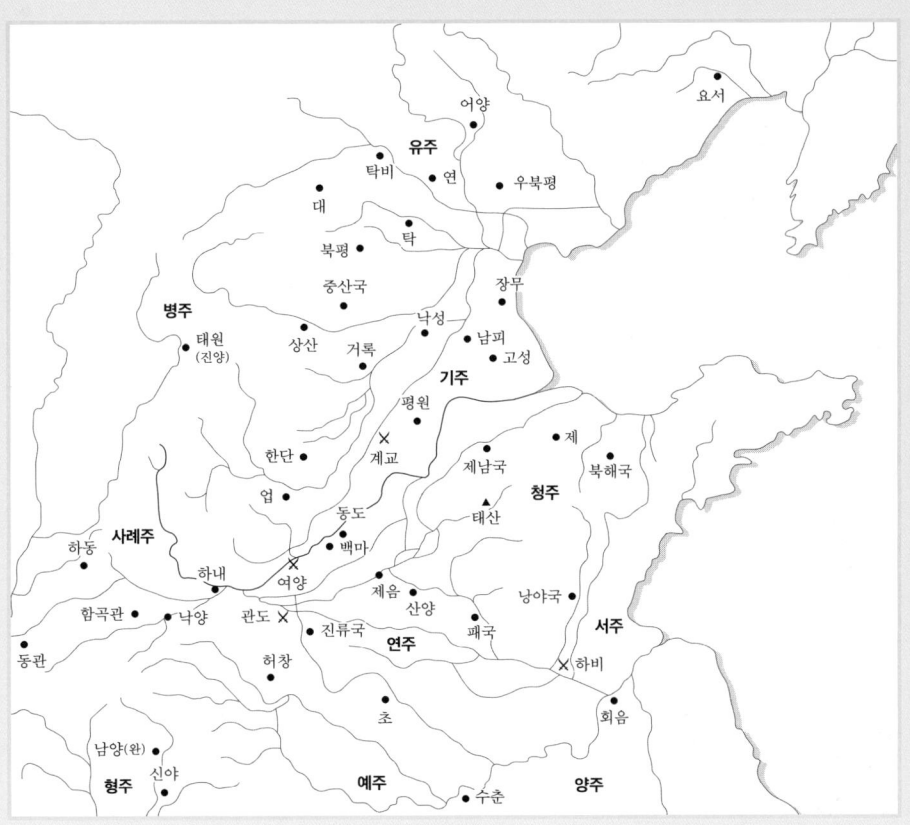

184~202년 조조가 중원을 제압하던 시기의 지도

【삼국시대 지도】

鮮卑
和浩特
昌黎
瀋陽
玄
遼東
丸都
高句麗
烏丸
幽州
燕國
北京
遼西
碣石山
平壤
樂浪
代郡
范陽
天津
雁門
中山國
渤海
渤海
石家莊
冀州
東萊
太原
鉅鹿
平原
青州
齊國
馬韓
鄴
濟南國
北海國
弁韓
魏
魏郡
城陽
東郡
兗州
琅邪國
河內
白馬
濟陰
河東
沛國
洛陽
鄭州
官渡
陳留國
下邳
徐州
許
潁川
譙
陳郡
淮水
荊州
新野
豫州
揚州
(壽春)
汝南
南京
建業
廬江
吳郡
上海
東中國海
襄陽
江夏
麥城
長江
廬江
杭州
荊州
南郡
武昌
武漢
江夏
會稽
赤壁
鄱陽
臨海
豫章
長沙
衡陽
臨川
建安
廬陵
湘東
福州
零陵
桂陽
吳
交州
廣州
香港
南中國海
0
100
200
300km
국도
부도
주도
군도
현재 도시
산
전투 지역
기타
국경
만리장성

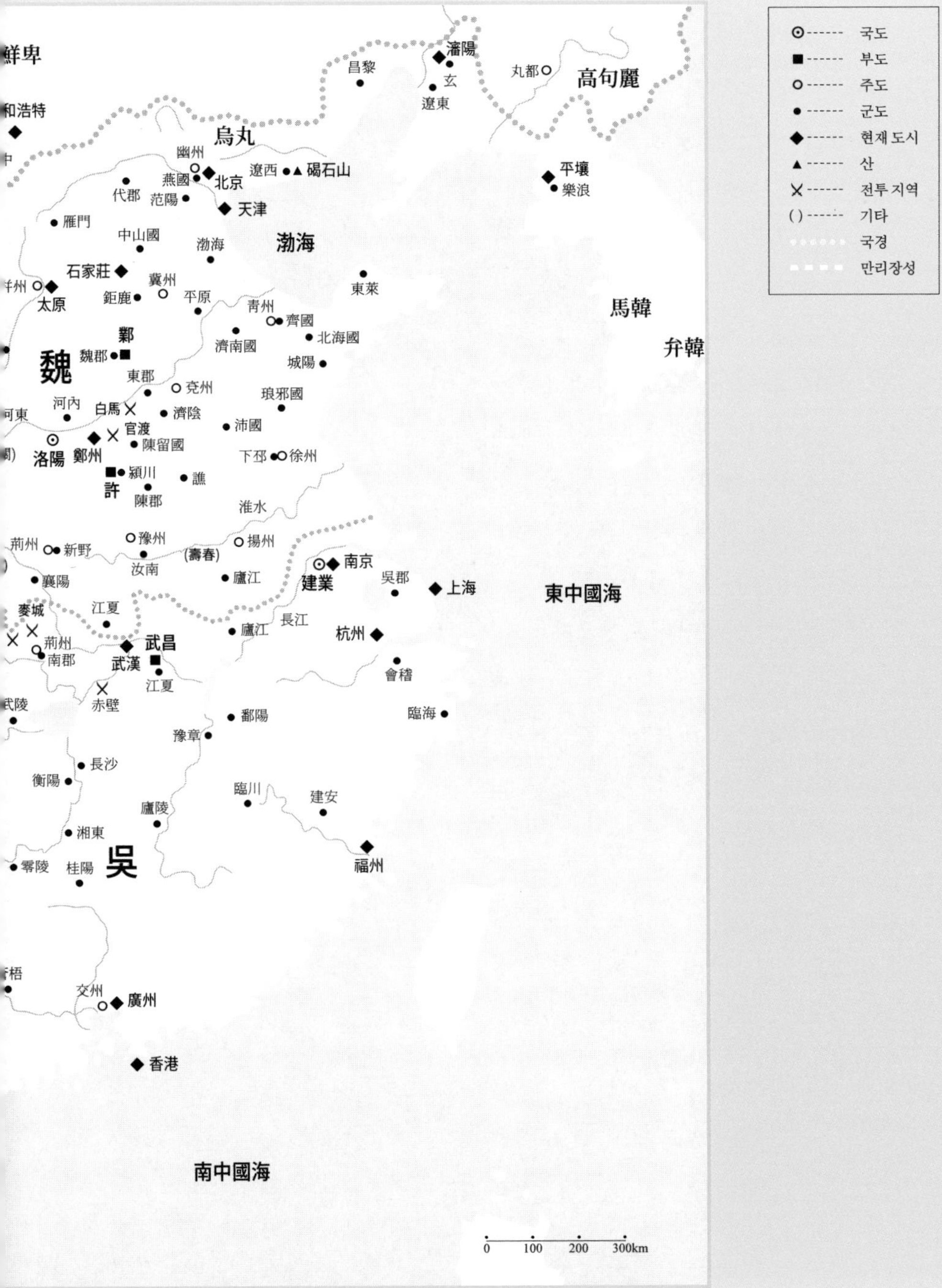

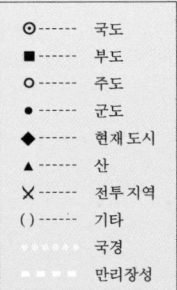

이런 노래가 있다

긴 강은 유유히 동쪽으로 흐르는데
꽃잎처럼 떴다가 스러진 모든 영웅들
옳고 그르고 흥하고 망하고 간에
세상일 돌아보니 허무하다
푸른 산은 옛날과 다름없는데
몇 번이나 석양빛은 타는 듯이 붉었더뇨.
머리가 허연 저 어부와 초부는 강가에서
가을 달과 봄바람을 보며 살아왔소
한 병 막걸리로 친구를 반겨 맞고
옛날과 오늘의 허다한 일을
웃으며 한갓 이야깃거리로 삼도다

滾滾長江東逝水
浪花淘盡英雄
是非成敗轉頭空
青山依舊在
幾度夕陽紅
白髮漁樵江渚上
慣看秋月春風
一壺濁酒喜相逢
古今多少事
都付笑談中

제1회

호걸 세 사람은 도원에서 잔치하여 의형제를 맺고
영웅은 황건적을 죽여서 처음으로 공을 세우다

대저 천하대세란 나뉜 지 오래면 반드시 합하며, 합한 지 오래면 반드시 또 나뉜다.

주周나라 말년에 일곱 나라로 나뉘어 서로 다투더니, 진秦나라가 통일하였다. 진나라가 망한 뒤에는 초楚나라와 한漢나라로 나뉘어 다투다가 결국 한나라가 통일했다.

한나라는 한 고조高祖가 흰 뱀을 죽이고 대의大義를 일으킨 데서 시작하여 마침내 천하를 통일한 것이다. 그 뒤 광무황제光武皇帝가 한나라를 다시 일으키고 헌제獻帝 때까지 내려오더니, 천하는 마침내 세 조각으로 나누어졌다.

천하가 다시 어지러워진 원인을 살펴보면, 환제桓帝·영제靈帝 때부터 모든 문제가 시작되었다 해도 과히 틀린 말은 아니다.

환제는 어진 신하들을 잡아 가두고 환관宦官들만 믿다가 세상을 떠났다. 뒤를 이어 영제가 제위에 오르자 대장군大將軍 두무竇武와 태부太傅 진번陳蕃은 함께 나랏일을 보좌했다.

이때도 환관 조절曹節 등은 세도를 잡고 있었다. 두무와 진번은 그들 환관을 죽여 없애려다가 일이 탄로나서 도리어 죽음을 당했는데, 그것이 계기가 되어 환관의 횡포는 날로 심해졌다.

건녕建寧 2년(169) 4월 보름날이었다. 이날 영제가 온덕전溫德殿에 나와 바로 용상龍床에 앉으려는데, 전각에서 갑자기 광풍이 일어나더니, 난데없이 크고 푸른 뱀 한 마리가 대들보에서 용상 위로 날아 내려와 똬리를 틀었다.

영제가 기겁하여 쓰러지니 좌우 사람들이 급히 부축하여 내궁內宮으로 들어가고, 문무 백관들은 이리 피하며 저리 달아나느라 정신을 차리지 못했다.

어느새 뱀은 간곳없고, 문득 우렛소리가 진동한다. 큰비와 우박이 쏟아지다가 그날 밤중에야 겨우 멈추니, 무너진 집이 허다했다.

건녕 4년 2월에는 도읍 낙양洛陽에서 지진이 일어나고, 또 바다가 넘쳐서 해변에 사는 수많은 백성들이 파도에 말려들어 죽었다.

광화光和 원년元年(178)에는 암탉이 수탉으로 변했다. 그 해 6월 초하루에는 10여 길이나 되는 검은 기운이 온덕전으로 날아 들어왔다. 가을 7월에는 무지개가 궁 안의 옥당玉堂에 나타나고, 오원五原의 산과 언덕이 무너져 불길한 사태가 잇달아 일어났다.

영제는 조서詔書를 내려 신하들에게 이러한 불상사가 일어나는 원인을 물었다.

의랑議郎 벼슬에 있던 채옹蔡邕이 상소한 글에 의하면,

"무지개가 떨어지고 암탉이 수탉으로 변한 변괴는, 여자와 환관이 나라 정치를 간섭하기 때문입니다."

하니 그 내용이 매우 강직했다.

영제가 글을 본 뒤 탄식하고 일어서서 소피를 보러 간 동안에, 뒤에 있던 조절이 채옹의 상소문을 훔쳐보고, 좌우 환관들에게 그 내용을 귀 띔했다. 크게 놀란 환관들은 그 후 다른 일을 끌어다가, 채옹을 죄인으로 얽는 등 별의별 수단을 다 썼다. 결국 채옹은 모략에 걸려 삭탈관직을 당하고, 시골로 쫓겨갔다.

이러한 일이 있은 후로 장양張讓·조충趙忠·봉서封后·단규段珪·조절·후남侯覽·건석蹇碩·정광程曠·하운夏暉·곽승郭勝 등 환관 열 명은 한 무리가 되어 갖은 나쁜 짓을 다 하며, 스스로 십상시十常侍라고 일컬었다.

영제는 십상시의 대표격인 장양을 끔찍이 존중한 나머지 '아버지'라고 불렀다. 황제가 이 꼴이니 정사政事는 말이 아니었다.

마침내 천하 백성은 반란할 생각을 품게 되고, 도둑들이 벌떼처럼 일어났다.

이때 거록군鉅鹿郡에 형제 세 사람이 살았으니 맏이는 이름이 장각張角이요, 둘째는 장보張寶요, 막내는 장양張梁이었다.

장각은 원래 과거를 봤으나 급제하지 못한 사람으로, 어느 날 깊은 산속으로 약초를 캐러 갔다가 한 노인을 만났다. 노인의 눈은 푸르고 얼굴은 젊은 사람 같았다. 노인은 명아주 지팡이를 짚고 앞장서더니, 장각을 어느 동굴로 데리고 가 천서天書 세 권을 내놓는다.

"이 책 이름은『태평요술太平要術』이다. 돌아가서 하늘을 대신하여 널리 교화教化하고 도탄에 빠진 모든 백성을 건져주어라. 그러나 네가 딴 생각을 품고 이 책을 나쁜 데에 쓰면, 반드시 벌을 받으리라."

장각은 노인께 절하고 엎디어 묻는다.

"선생의 존함을 일러주소서."

"나는 바로 남화산南華山 늙은 신선이니라."

노인은 한바탕 맑은 바람으로 변하여 사라졌다. 장각은 집에 돌아온

뒤로 밤낮없이 천서 세 권을 읽었다. 마침내 바람과 비를 부르는 힘을 얻게 되자, 태평도인太平道人이라고 자칭했다.

중평中平 원년(184) 4월에 괴질怪疾(전염병)이 유행하자, 장각은 부적符籍을 주고 주문呪文을 왼 물을 먹여 많은 사람의 병을 고치고, 다시 자신을 대현량사大賢良師라 일컬었다.

이때 장각의 제자는 5백여 명이었다. 그들은 구름처럼 사방으로 노니는데, 모두가 부적을 쓸 줄 알았고 주문을 외웠다. 그래서 제자들은 나날이 늘어났다.

장각이 36방方을 세우니, 큰 방은 제자가 만여 명씩이요, 작은 방은 6, 7천 명씩인데, 방마다 두령을 두고 장군將軍이라 불렀다. 장각의 지시 아래 그들은,

"창천蒼天(푸른 하늘)은 이미 죽었다. 앞으로는 황천黃天(누런 하늘)의 시대가 온다."

"갑자甲子년에 천하가 크게 길吉하리라."

이러한 말을 퍼뜨리며 집집마다 대문 위에 '甲子' 두 자를 백토白土로 써두게 했다. 청주青州·유주幽州·서주徐州·기주冀州·형주荊州·양주楊州·연주徠州·예주豫州, 이들 8주 백성들은 집집마다 '대현량사 장각大賢良師張角'이라는 이름을 써서 신처럼 모시고 받들었다.

장각은 그 일당인 마원의馬元義를 시켜, 십상시의 하나인 환관 봉서에게 황금과 비단을 바치고 궁 안과 내통하는 길을 열었다.

장각은 두 동생에게,

"세상에서 얻기 어려운 것은 백성들의 마음이다. 그런데 이제 백성들이 나에게 순종하니, 이때 천하를 얻지 못하면 진실로 애석한 일이 아니냐."

하고 서로 의논했다. 마침내 그들은 노란빛 기旗를 몰래 만들고 일을 일

으키기로 뜻을 모았다.

장각은 제자 당주唐州에게,

"곧 도읍으로 가서 환관 봉서 대감에게 이 편지를 드리고 우리의 뜻을 전하여라."

하고 보냈다.

그러나 장각인들 일이 그리 될 줄이야 어찌 알았으리요. 당주는 장안에 당도하자, 즉시 관청에 나아가서 장각 등이 모반할 준비를 하는 중이라고 고발했다.

그날로 영제는 대장군 하진何進을 불러들여, 역적을 치도록 영을 내렸다. 하진은 군사를 일으켜 마원의부터 잡아죽이고, 환관인 봉서 등 천여 명을 옥에 가두었다.

한편 장각은 대사가 탄로났다는 소식을 듣자, 즉시 군사를 일으켜 스스로 천공장군天公將軍이라고 불렀다. 그 동생 장보는 지공장군地公將軍, 막내동생 장양은 인공장군人公將軍이라 자칭하고 모든 사람에게 선언한다.

"이제 한漢나라 운수가 끝남에 큰 성인이 나타나셨다. 너희들은 하늘에 순종하여 정의를 따라 장차 태평 세상에서 살도록 하라."

이 말을 곧이듣고, 머리에 황건黃巾(누런 두건)을 쓰고 장각을 따라 모반한 백성들만도 4, 50만 명에 이르렀다. 형세가 의외로 컸기 때문에 관군官軍은 그들을 바라만 보고도 달아나기에 바빴다.

대장군 하진은

"각처의 방비를 굳게 하고 도둑을 쳐서 공을 세우라는 조서부터 속히 내리십시오."

영제께 아뢰고 나와서,

"각기 정예 부대를 거느리고, 세 방면으로 나뉘어 가서 적을 무찌르시오."

하고 중랑장中郞將 노식盧植, 황보숭皇甫嵩, 주준朱儁을 급히 파견했다.

한편, 장각의 군사 1대隊는 유주幽州 경계로 쳐들어갔다. 이때 유주 태수 유언劉焉은 강하현江夏縣 경릉竟陵 땅 출신으로, 한漢 황실 노공왕魯恭王의 후손이었는데 황건적이 쳐들어온다는 보고를 받자 교위校尉인 추정鄒靖을 불러들여 상의한다.

추정이 의견을 낸다.

"적군은 많고 우리 군사는 수효가 적으니, 태수께서는 급히 군사를 모아 대항하십시오."

유언은 그 말을 옳게 여기어 곧 방榜을 내걸고 의병을 모집했다. 그 방은 수일 뒤 탁현涿縣 땅에도 나붙었다.

이리하여 탁현 땅에서 한 영웅이 나오게 되니, 이 사람은 원래 책 읽기를 좋아하지 않고 성격은 너그럽고 별로 말이 없어 기쁨과 분노를 겉으로 나타내지 않으나, 본시 큰 뜻이 있어 오로지 천하 호걸들과 사귀는 것이 소원이었다. 그는 키가 8척이요, 양쪽 귀는 어깨까지 닿고, 두 손은 무릎 밑까지 내려오며 눈은 제 귀를 볼 수 있을 정도로 길었다. 얼굴은 관옥처럼 깨끗한데 입술은 연지를 바른 듯이 붉었다.

그는 중산中山의 정왕靖王인 유승劉勝의 후손이며, 한漢 경제景帝의 현손玄孫 뻘로서 성은 유劉요 이름은 비備요 자字를 현덕玄德이라고 했다.

옛날에 유승의 아들 유정劉貞은 한 무제武帝 때 탁록정후涿鹿亭侯로 임명됐다가, 그 후 뇌물을 받은 사건이 드러나서 탁록정후의 자리에서 물러난 일이 있었다. 그래서 탁현 땅에 그 자손의 한 가닥이 살아왔던 것이다. 현덕의 할아버지는 유웅劉雄이요, 아버지는 유홍劉弘이니, 유홍은 효렴孝廉(지방관地方官이 효행이 있고 청렴한 사람을 중앙으로 천거하는 제도)으로 발탁되어 관리가 된 적도 있었지만 일찍 죽었다.

유현덕은 어려서 아버지를 잃고 어머니를 모시는 효성이 지극하였는데, 워낙 집이 가난해서 짚신을 삼고 돗자리를 짜서 시장에 내다 파는 걸로 생계를 삼았다.

탁현 누상촌樓桑村 현덕의 집 동남쪽에 큰 뽕나무가 하나 있었는데 높이가 다섯 길이라, 멀리서 바라보면 마치 수레 덮개를 첩첩이 쌓아놓은 것 같았다.

언제인가 상 잘 보는 사람이

"이 집에 반드시 귀한 사람이 태어날 것이다."

하고 예언한 일이 있었다.

현덕이 어렸을 때였다. 현덕이 그 뽕나무 밑에서 동네 아이들과 놀다가,

"내가 천자天子가 되면 이 무성한 뽕나무 잎 같은 덮개로 만든 수레를 타리라."

하고 말했는데, 숙부叔父뻘 되는 유원기劉元起가 지나가다가 그 말을 듣고,

"이 아이는 보통 인물이 아니로다."

감탄하여, 현덕의 집이 가난함을 알기 때문에 여러 가지로 늘 도와줬다.

현덕이 열다섯 살 나던 해, 어머니는 현덕을 공부시키기 위해 그를 객지로 보냈다. 현덕은 정현鄭玄과 노식盧植을 스승으로 섬기며, 공손찬公孫瓚 등을 친구로 사귀었다.

유언이 각처에 방문을 내걸고 의병을 모집할 때, 현덕의 나이는 28세였다. 현덕은 그날로 격문을 보고 개연히 탄식하는데, 등뒤에서 우렁찬 목소리가 난다.

"사내대장부가 나라를 위해 힘을 분발하지 않고 무슨 일로 길이 탄식만 하는가!"

현덕이 돌아보니 그 사람은 키가 8척이요 머리는 표범 같은데, 눈은 고리눈이고, 턱은 제비 같고, 수염은 범 같고, 목소리는 우레 같고, 기상은 달리는 말 같다.

현덕이 상대의 외모가 비범함을 보고 성명을 물으니, 그 사람이 대답한다.

"나는 성이 장張이요 이름은 비飛며 자는 익덕翼德이니, 대대로 이 탁군涿郡에서 살아온 집안인데 장원莊園과 토지도 있소. 또 한편으론 술을 팔고 돼지도 잡으며 오로지 천하 호걸들과 사귀기를 좋아하오. 그런데 마침 그대가 방문을 보며 탄식하기에, 한마디한 것이오."

현덕은 자기 소개 겸 말한다.

"나는 본시 한 황실의 종친宗親으로 성은 유며 이름은 비라 하오. 요즘 황건적이 반란했다는 방문을 이제사 보았소. 도둑을 쳐부수어 백성을 구제하고 싶으나 힘이 없어 한이라. 그래서 길이 탄식하였소."

장비가 제의한다.

"내게 재산이 있으니, 이 고을 사람들을 모집하여 우리 함께 의병을 일으키면 어떻겠소?"

현덕은 매우 기뻐하고, 마침내 장비와 함께 마을 주막으로 들어가서 술을 마신다. 그때 위풍이 늠름한 사나이가 수레를 한 손으로 밀고 와 주막 바깥에 서더니, 주막 안으로 들어와서 자리에 앉는다.

"속히 술을 다오. 내 쾌히 마시고 성城안으로 들어가서 의병을 모집하는 데 참여하리라."

현덕이 본즉, 그 사람은 키가 9척이요, 수염 길이가 2척이요, 얼굴은 익은 대춧빛 같은데, 입술은 연지를 바른 듯 빨갛고 봉황의 눈에 누에 같은 눈썹을 지니고 있었다. 당당하고 위엄 있는 모습이다.

현덕이 그 사람을 자기 자리로 청하여 함께 앉은 뒤 이름을 물으니,

도원에서 의형제의 결의를 맺는 세 사람. 오른쪽부터 관우, 장비, 유비

"나의 성은 관關이며 이름은 우羽며 자는 수장壽長인데, 뒤에 자를 운장雲長이라 고쳤소. 나는 원래 하동河東 해량解良 땅 사람이오. 그곳 행세하는 집에 세도만 믿고 사람을 업신여기는 자가 있었는데, 그자가 되지 못한 수작을 일삼다가, 결국 내 손에 맞아 죽었소. 사람을 죽였는지라, 몸을 피해 세상을 떠돌아다닌 지도 5, 6년이 지났소. 이번에 들으니, 이곳에서 군사를 모집하여 황건적을 친다기에 달려왔소이다."

현덕이 자기와 장비도 그러하다는 뜻을 말하자 관운장은 크게 기뻐한다. 이에 세 사람은 함께 장비의 장원으로 가서 한자리에 앉아 거사할 일을 상의했다.

장비가 의견을 말한다.

"우리 집 뒤에 복숭아나무가 울창한 동산이 있는데 지금 꽃이 한창이오. 내일 거기서 하늘과 땅에 제사를 드려 뜻을 고하고, 우리 세 사람이 형제의 의를 맺읍시다. 우리가 한마음 한뜻으로 뭉쳐야만 비로소 대사를 도모할 수 있소."

현덕과 운장은 일제히 응낙한다.

"그 말이 참 좋소."

이튿날, 그들은 장비의 집 뒤에 있는 도원桃園에서 희생으로 쓸 검은 소와 흰 말과 그 밖에 제사지낼 예물을 갖추었다. 세 사람은 향을 살라 두 번 절하고 함께 엄숙히 맹세한다.

유비와 관우와 장비는 각기 성은 다르나 형제가 되었으니, 마음을 함께하여 힘을 합쳐 서로 괴로운 고비와 위험한 경우를 도와서, 위로는 나라의 은혜에 보답하고 아래로는 만백성을 편안하게 하리이다. 같은 해 같은 달 같은 날에 함께 태어나지 못한 것은 어쩔 수 없는 일이나, 같은 해 같은 달 같은 날에 함께 죽기를 원하오니, 황천 후토皇天后土는 우리를 굽어살피소서. 만일 세 사람 중에서 의리를 저버리거나 은혜를 잊는 자가 있거든, 하늘이여! 세상이여! 그를 죽이소서.

念劉備關羽張飛 雖然異姓 旣結爲兄弟 則同心協力 救困扶危 上報國家 下安黎庶 不救同年同月同日生 只願同年同月同日死 皇天后土 實鑒此心 背義忘恩 天人共戮

그들은 맹세를 마치자 나이에 따라 형과 동생을 정하고 절했다. 이리하여 현덕은 형님이 되고 관우는 둘째, 장비는 막내동생이 되었다.

하늘과 땅에 대한 제사가 끝나자, 다시 소를 잡고 술을 준비한 다음 고을의 장정을 모으니, 씩씩한 젊은이 3백여 명이 온지라, 그들은 함께 도원에서 통쾌히 마시며 취했다.

이튿날 무기는 대충 갖추었으나 탈 만한 말이 없어 모두가 걱정들을 하는데, 한 사람이 쫓아와서 고한다.

"두 나그네가 여러 가지 물건을 싣고 한 떼의 말을 몰아 이 장원으로 옵니다."

현덕은 관우와 장비를 돌아본다.

"이는 하늘이 우리를 도우심이다. 우리 세 사람이 장원 바깥에 나가서 그들을 영접하자."

원래 두 나그네는 중산中山 땅 출신으로서 크게 장사하는 사람들이었는데, 한 사람은 이름이 장세평張世平이고, 또 한 사람은 이름이 소쌍蘇雙이었다. 그들은 해마다 북쪽으로 말을 팔러 다녔는데, 이번에는 황건적이 창궐해서 길이 막혔다는 소문을 듣고 도중에서 되돌아오는 길이었다.

현덕은 두 상인을 장원으로 안내하고, 술을 대접한다.

"도둑을 무찔러 백성을 편안하게 하고 싶소."

두 상인은 그 말을 듣자 크게 기뻐하며,

"좋은 말 50필과 금은 5백 냥과 강철 천 근을 드릴 테니, 바라건대 좋은 일에 보태 쓰시오."

하고 자진해서 내놓았다.

유현덕은 두 상인에게 사례하고 그들을 전송한 뒤, 솜씨 좋은 대장장이에게 분부하여 그 강철로 고검股劍 한 쌍을 만들었다. 관운장은 청룡언월도靑龍偃月刀를 만들게 하여 그 칼 이름을 냉염거冷艶鋸라고 명명하니, 무게가 80근이었다. 장비는 1장 8척이나 되는 점강모點鋼矛를 만들게 하고 각기 갑옷과 투구를 장만했다.

그런 뒤에 고을의 씩씩한 장정 5백여 명을 모아 거느리고 성안으로

황건적을 물리치고 공을 세우는 삼 형제. 오른쪽은 장비

들어가서, 우선 추정에게 면회를 청했다.

추정은 그들을 태수 유언에게로 안내했다. 세 사람은 유언에게 각기 통성명하고 인사했다. 유현덕이 집안 내력을 말하자, 유언은 촌수를 따져보더니 그럼 자기 조카뻘이 된다며 크게 기뻐했다.

며칠이 지났다.

"황건적의 장수 정원지程遠志가 군사 5만 명을 거느리고, 이곳 탁군으로 쳐들어옵니다."

급한 보고가 들어왔다.

유언은 추정에게 분부한다.

"그대는 유현덕 등 세 사람과 함께 군사 5백 명을 거느리고 가서 적을 격파하라."

현덕 등 세 사람이 흔연히 군사를 거느리고 떠나 행군하다가, 바로 대흥산大興山 아래에 이르러 바라보니, 적군이 오는데 모두가 머리를 풀어헤친 채 누런 수건을 이마에 두르고 있었다.

양편 군사가 서로 대치하자, 유현덕이 말을 달려 나가니, 왼쪽은 관운장이요 오른쪽은 장비가 모시고 뒤따른다.

유현덕은 말채찍을 들고 크게 꾸짖는다.

"나라를 배반한 역적아! 어째서 속히 항복하지 않느냐."

정원지는 흥분하여 부장副將 등무鄧茂에게 나가 싸우도록 명령했다.

장비가 1장 8척의 사모蛇矛를 들고 말을 달려 나가 손을 한 번 놀리니, 등무는 심장을 찔려 말 아래로 거꾸러졌다. 정원지가 이것을 보고, 말에 박차를 가하고 쌍칼을 휘두르며 장비에게로 달려 들어온다. 그러자 이를 본 관운장이 큰 칼로 유유히 춤을 추며 나는 듯이 말을 달려 나가 정원지의 앞을 가로막는다. 정원지는 관운장을 보자마자 기겁을 하여, 미처 손쓸 사이도 없이 칼에 맞아 두 토막이 났다.

후세 사람이 장비와 관운장을 찬탄한 시가 있다.

영웅이 용맹을 보인 때가 바로 오늘이구나.
장비는 창을, 관운장은 칼을 시험했다.
처음으로 나와서 위력을 폈으니
삼분 천하三分天下에 이름을 드날렸더라.
英雄發穎在今朝
一試矛兮一試刀
初出便將威力展
三分好把姓名標

정원지가 단번에 거꾸러지자, 황건적들은 창과 칼을 버리고 뿔뿔이 달아나는데, 유현덕이 군사를 휘몰아 추격하니 항복하는 자가 무수했다.

유현덕이 크게 이기고 돌아오니, 유언은 친히 성에서 나와 영접하고 군사들의 수고를 위로했다.

이튿날, 청주青州 태수 공경龔景에게서 급한 전문이 왔다. 황건적이 청주성을 포위해서 함락될 지경이니, 속히 와서 도와달라는 내용이었다.

유언이 상의하니, 유현덕이 청한다.

"바라건대 이 비備가 가서 청주도 돕겠소이다."

추정은 태수 유언의 명령을 받아 군사 5천 명을 거느리고 유현덕, 관운장, 장비와 함께 청주로 갔다.

청주를 치던 황건적은 구원 온 관군官軍을 보자, 군사를 나누어 일대 혼전混戰을 벌였다. 현덕의 군사는 워낙 수효가 적어서 이기지 못하고 30리 바깥으로 후퇴하여 진을 쳤다.

유현덕은 관운장과 장비에게,

"도둑의 군사는 많으며 우리는 수효가 적으니, 기병奇兵(계책에 의해서 군사를 쓰는 것)을 써야만 이길 수 있다."

하고, 관운장에게 군사 천 명을 주어 산 왼쪽에 매복하도록 했다. 장비에게도 군사 천 명을 주어 산 오른쪽에 매복하도록 한 후, 쇠북을 울리거든 신호로 알고 일제히 나와서 접응하도록 일렀다.

이튿날 유현덕은 추정과 함께 군사를 거느리고, 북을 요란스레 울리며 나아간다. 도둑들이 나와서 싸우자, 현덕은 곧 군사를 돌려 후퇴한다. 도둑들은 이긴 김에 뒤쫓아와서 고개를 넘는 참인데, 홀연히 쇠북이 울리자 산 양쪽에서 군사들이 일제히 쏟아져 나온다. 달아나던 현덕도 군사를 돌려 다시 쳐들어온다. 도둑들은 삼면으로 협공을 받아 크게 무너져 달아난다.

달아나는 적군을 뒤쫓아 청주성 아래에 이르렀을 때였다. 태수 공경이 또한 민병民兵을 거느리고 성에서 나와 싸움을 도우니, 적군은 크게 패하여 죽어 자빠지는 자가 무수했다. 이리하여 청주성은 위기에서 풀려났다.

후세 사람이 유현덕을 찬탄한 시가 있다.

계책을 써서 결단을 내려 공을 세웠으나
두 범은 오히려 한 용龍만 못했도다.
처음 나오자마자 위대한 공적을 세우니
천하 삼분三分의 운명이 그 외로운 몸에 있었도다.
運籌決算有神功
二虎還須遜一龍
初出便能垂偉績
自應分鼎在孤窮

청주 태수 공경이 모든 군사를 위로하고 나자, 추정은 군사를 거느리고 탁군으로 돌아가려 한다. 현덕은 추정에게 말한다.

"요즘 중랑장 노식 선생이 광종현廣宗縣에서 황건적의 두목 장각과 싸운다고 하오. 나는 지난날에 노식 선생을 스승으로 모시고 가르침을 받은 제자요. 이번에 가서 도와드려야겠소."

이에 추정은 군사를 거느리고 먼저 탁군으로 돌아간다.

유현덕은 관운장, 장비와 함께 본부 군사 5백 명을 거느리고 광종 땅으로 향했다. 그들은 노식의 군중에 이르자 장막에 들어가서, 예를 갖추고 온 뜻을 고했다.

노식은 매우 반가워한다.

"그럼 군중에 머물면서 명령을 기다리라."

장각의 군사는 15만 명이요 노식의 군사는 겨우 5만 명인데, 광종 땅에서 서로 공방전을 폈으나, 아직 승부가 나지 않았던 것이다.

노식은 유현덕을 불러 분부한다.

"나는 이곳에서 도둑을 포위했지만, 도둑의 동생 장양과 장보는 지금 영천군穎川郡에서 황보숭, 주준과 대결하고 있다. 내가 관군 천 명을 줄 터이니, 너는 데려온 본부군을 함께 거느리고 가서, 사세를 알아보고, 반드시 적을 잡아죽이도록 하라."

유현덕은 스승의 분부를 받자 군사를 거느리고 밤낮없이 달려 영천군으로 간다.

한편 영천군의 황보숭과 주준은 군사를 통솔하여 적군을 잘 막아냈다. 황건적은 싸움이 별로 이롭지 못하자, 장사長社 땅으로 물러가서 풀밭에 영채營寨를 세웠다.

황보숭은 주준과 계책을 의논한다.

"도둑들이 풀이 무성한 곳에 진영을 세웠으니 이럴 때는 불로 공격해야 하오."

명령을 받자, 군사들은 각기 풀 묶음 한 다발씩을 가지고 으슥한 곳에 가서 매복했다. 이날 밤에 큰바람이 분다. 2경이 지나자 군사들은 일제히 풀 다발에 불을 붙여 사방으로 돌아가며 방화하고, 황보숭과 주준은 각기 군사를 거느리고 총공격한다.

영채 사방에서 불이 일어나 하늘로 치솟자, 황건적들은 크게 놀라 황급히 말에 안장을 얹더니, 갑옷을 입을 새도 없이 산지사방으로 흩어진다. 날이 샐 때까지 쫓기며 싸우다가 장양과 장보는 패잔병을 거느리고 겨우 길을 빼앗아 달아난다.

그들이 정신없이 달아나는데, 문득 저편에서 말을 탄 많은 군사가 붉은 기(한나라를 상징하는 빛깔)를 휘날리며 달려오더니 앞을 가로막는다.

그 군사들 중에서 한 장수가 나서는데 키는 7척이요, 눈은 가늘며 수염이 보기 좋게 길었다. 그 장수의 벼슬은 기도위騎都尉(친위기병대장親衛騎兵隊長)니, 원래 패국沛國 초군初郡 땅 출신으로서 성은 조曹며 이름은 조操요, 자를 맹덕孟德이라고 했다. 조조의 아버지 조숭曹嵩은 원래 성이 하후夏侯씨였는데 중상시中常侍(궁중의 용도用度·의복·식사 등을 맡아보는 관원. 원래는 소위 고자대감인 환관들이 하던 벼슬이다) 조등曹騰의 양자가 되었기 때문에 성을 조씨로 행세했다. 그 조숭의 아들이 조조니, 조조의 아이 때 이름은 아만阿瞞이요, 또는 길리吉利라고도 불렸다.

조조는 어려서부터 사냥을 좋아하고, 노래와 춤을 즐기고, 임기응변하는 꾀가 많았다. 어느 날, 숙부뻘 되는 이가 어린 조조의 노는 꼴이 방탕하고 버릇없음을 보고 화가 나서, 조숭에게 그 사실을 일러바쳤다. 그래서 조조는 아버지 조숭에게 크게 꾸지람을 들었다. 그 뒤 조조는 한 가지 꾀를 내어, 숙부가 오는 것을 보고 일부러 길바닥에 쓰러져 중풍든 시늉을 했다. 숙부는 크게 놀라, 조숭에게 가서 본 대로 말했다. 조숭이 급히 나와서 본즉 조조는 아무렇지도 않았다.

"아저씨가 와서 그러는데, 네가 중풍증이 대단하다더니 그새 나았느냐?"

조조는 천연스럽게 대답한다.

"제게 무슨 그런 병이 있겠습니까. 아저씨는 평소 저를 미워하기 때문에 그런 거짓말도 하면서 다니십니다."

조숭은 곧이듣고, 그 후에는 아우가 와서 조조의 허물을 말해도 귀담아듣지 않았다. 그래서 조조는 제멋대로 방탕할 수 있었다.

그 당시 교현橋玄이란 사람이 있었다. 하루는 조조에게,

"천하는 장차 크게 어지러워질 것이다. 하늘이 내보낸 사람이 아니면 세상을 건지지 못한다. 능히 백성을 편안하게 할 자는 아마도 그대인가 하노라."

하고 말했다.

언제인가 남양南陽 땅 하옹何顒도 조조에게 이런 말을 한 적이 있었다.

"한나라 황실이 망할 것은 뻔하다. 장차 천하를 건질 사람은 바로 이 사람이구나."

또 여남汝南 땅 허소許邵는 사람을 잘 알아보기로 유명했다.

조조는 허소를 찾아갔다.

"내가 어떤 사람인지 좀 봐주십시오."

허소는 대답하지 않았다. 조조가 거듭 묻자, 허소는 말했다.

"그대가 태평 시대에 났으면 훌륭한 신하가 될 것이다. 그러나 어지러운 세상에서는 간특한 영웅[奸雄]이 될 것이다."

조조는 그 말을 듣자 크게 기뻐했다.

조조는 나이 스무 살 때 효렴으로 천거되어 낭관郎官이 되었으며, 낙양洛陽의 북도위北都尉가 되어 도임하자 오색五色 몽둥이 10여 개를 사방 성문에 걸어두게 했다. 그리고 법을 어기는 자가 있으면, 부자건 양반이건 간에 그 몽둥이로 마구 두드려 죄를 다스렸다.

중상시 벼슬에 있는 건석의 아저씨뻘 되는 사람이 밤에 칼을 차고 가다가, 마침 성城을 순시하던 조조에게 들켜 초주검을 당했다. 이러한 일이 있은 뒤로는 성 안팎 할 것 없이 감히 법을 어기는 자가 없어, 조조는 명성을 널리 떨쳤다.

그 뒤 조조는 돈구頓丘 땅에서 현령縣令으로 있다가, 때마침 황건적이 일어나는 바람에 기도위騎都尉가 되어 기병騎兵·보병步兵 도합 5천 명을 거느리고 황건적 치는 일을 도우려고 영천 땅으로 가는 도중, 달아나는 장양·장보와 바로 만난 것이다.

조조는 즉시 길을 막고 황건적을 크게 무찔러, 적의 목 만여 개를 참하고, 기旗와 쇠북과 북과 말을 무수히 노획했다. 그러나 장양과 장보는 겨우 죽음에서 벗어나 도망쳤다.

조조는 잠깐 황보숭과 주준을 만나본 다음에 즉시 군사를 거느리고 장양, 장보를 추격한다.

한편 유현덕은 관운장과 장비를 거느리고 영천 땅으로 오다가 멀리서 싸우는 함성 소리가 나는지라, 바라보니 불길이 하늘을 찌르는 중이었다. 급히 군사를 휘몰아 달려가보니 황건적은 다 달아난 뒤였다.

유현덕은 황보숭과 주준을 찾아보고 노식 선생의 말을 전했다. 황보숭은 분부한다.

"장양과 장보가 기세는 꺾이고 힘이 다하여 달아났으니, 반드시 광종 땅 장각에게로 갔을 거요. 현덕은 밤낮없이 속히 가서 노식 선생을 도우시오."

유현덕이 곧 군사를 거느리고 왔던 길을 반쯤 되돌아갔을 때였다. 저편에서 한 떼의 기병들이 함거檻車 한 대를 압송하여 온다. 가까이 오는 함거를 보니, 그 속에 갇혀 있는 죄수는 뜻밖에도 노식 선생이었다.

현덕은 깜짝 놀라, 말에서 뛰어내려 묻는다.

"선생께서 이게 웬일이십니까?"

수레 속에서 노식은 길게 탄식한다.

"내가 장각을 포위하여 무찌르려는 참이었는데, 장각이 요술을 쓰는 바람에 능히 이기지 못했다. 조정에서는 환관인 황문관黃門官 좌풍左豊을 내게로 보내어 실정을 알아보게 했는데, 그 좌풍이란 자가 와서는 나더러 뇌물을 달라지 않겠나! 내가 '지금 군량軍糧도 넉넉지 못한 터인데, 무슨 돈이 있어 드릴 수 있겠소' 하고 거절했더니, 좌풍이 앙심을 품고 조정에 돌아가서 '노식은 높은 성을 두고도 싸우지 않아서 사기를 저하시켰습니다' 하고 참소했다네. 그래 황제께서 진노하사 중랑장 동탁董卓을 보내어, 나 대신 군사를 거느리게 하고 즉시 나를 잡아 올려 죄를 묻도록 하셨다네."

이 말을 듣자, 장비는 대로하여 '함거를 압송해가는 군사들부터 죽여버린 다음에 노식 선생을 구출하자'고 말한다.

유현덕은 장비를 타이른다.

"조정에 공론이 있을 터이니, 너는 경솔한 짓을 말라."

군사들은 다시 노식 선생을 에워싸고 떠나간다.

관운장은 말한다.

"노식 선생은 붙들려가고 다른 사람이 와서 군사를 거느린다 하니, 우리는 광종 땅으로 간다 해도 의탁할 곳이 없습니다. 차라리 탁군으로 돌아가는 것이 좋지 않겠습니까?"

유현덕은 그 말을 옳게 여겨 마침내 군사를 거느리고 북쪽으로 향했다. 북쪽으로 행군한 지 이틀이 못 되어, 홀연 산 뒤에서 큰 함성이 일어난다. 유현덕이 관운장, 장비와 함께 말을 달려 높은 언덕에 올라가서 바라보니, 한나라 군사는 크게 패하여 후퇴하는데, 황건적이 산과 들에 가득히 퍼져 쳐들어오는 중이었다. 황건적은 '천공장군天公將軍'이라 쓴 큰 기旗를 들고 있었다.

유현덕은 분부한다.

"저건 장각의 기다. 속히 가서 싸우자!"

세 사람은 군사를 거느리고 나는 듯이 달려간다.

장각은 동탁을 무찌르고 승세를 이용해서 쳐들어오다가, 문득 세 사람이 나타나 공격하는 바람에 크게 무너져 50여 리를 달아난다. 세 사람은 동탁을 구출하여 영채로 돌아왔다.

동탁은 묻는다.

"세 분은 지금 무슨 벼슬에 있소?"

유현덕이 대답한다.

"아무 벼슬도 없소이다."

이 말을 듣자 동탁은 유현덕을 멸시한 나머지 인사도 하려 들지 않았다.

유현덕은 아무 말 없이 바깥으로 나왔으나 장비는 성이 나서,

"우리가 애써 싸워 죽어가는 놈을 살렸더니, 도리어 이렇듯 무례하단 말인가. 이런 놈을 그냥 두고는 내 직성이 풀리지 않겠다."

하고 칼을 들고 동탁을 죽이려 장막으로 나아가니,

사람이 권세와 이익을 따르는 것은 고금이 마찬가지라.
그 누가 벼슬 없는 영웅을 알아주랴.
어찌하면 장익덕張翼德 같은 통쾌한 사람을 얻어
세상에 염치 없는 놈들을 없애버릴까.
人情勢利古猶今
誰識英雄是白身
安得快人如翼德
盡誅世上負心人

과연 동탁의 목숨은 어찌 될 것인가.

제2회

분노한 장비는 독우를 매질하고
국구 하진은 계책을 써서 환관들을 죽이기로 작정하다

동탁은 어떤 사람인가. 그의 자는 중영仲穎이고 농서隴西의 임조臨洮 땅 출신으로 하동河東 태수를 지낸 바 있으나, 원래 천성이 오만했다.

그날 유현덕이 업신여김을 당하자, 장비는 화가 나서 곧 동탁을 죽이려 했으나 유현덕과 관운장이 말린다.

"동탁은 조정에서 보낸 고관이다. 어찌 맘대로 죽일 수 있으리요."

"그놈을 살려두고 그 밑에서 명령을 들어야 한다면, 나는 아니꼬워서 견딜 수 없소. 두 형님은 여기 계시려거든 계십시오. 난 다른 데로 가겠소."

유현덕이 타이른다.

"우리 세 사람은 생사를 함께하기로 맹세한 사이다. 어찌 서로 헤어질 수 있으리요. 가려면 다 함께 가자."

"그러시다면 겨우 분이 풀리겠소."

세 사람은 군사를 거느리고 떠나, 며칠 동안 밤낮없이 행군하여 다시 주준에게로 갔다. 주준은 그들을 극진히 대접한 다음에 군사를 한데 합쳐 장보를 치러 갔다.

이때, 조조는 황보숭을 따라 곡양曲陽 땅에서 장양과 크게 싸우는 중이었는데, 이쪽에서 주준이 협공해 들어갔던 것이다. 협공을 받자 장보는 황건적 8, 9만 명을 거느리고 산 뒤에 진을 벌였다. 주준은 유현덕을 선봉으로 내세워 서로 진陣을 대치했다.

장보가 부장 고승高昇을 내보내 싸움을 걸자, 유현덕은 장비를 내보낸다.

장비가 창을 들고 말을 달려 나가서 싸운 지 불과 수합 만에 고승을 찔러 말 아래로 거꾸러뜨리니, 유현덕은 군사를 휘몰아 적진으로 진격한다. 그러자 장보는 말 위에서 머리를 풀어 산발하더니, 칼을 짚고 주문을 외워 요술을 부린다.

갑자기 바람이 일어나며 우렛소리가 진동하면서 한 줄기 검은 기운이 하늘로부터 내려온다. 그 검은 기운 속에서 무수한 사람과 말이 내달아온다.

유현덕은 황망히 후퇴하려 했으나, 군사들이 겁을 먹어 일대 혼란이 일어났다. 변변히 싸우지도 못한 채 패하여 돌아온 유현덕은 주준과 계책을 상의한다.

주준이 대책을 말한다.

"저것들이 요술을 쓰니, 내일 우리는 돼지와 염소와 개를 잡아서 그 피를 모으리라. 군사를 산 위에 매복시켰다가, 쫓아 올라오는 적에게 그 피를 뿌리면, 요술을 가히 부술 수 있소."

현덕은 명령을 받자, 관운장·장비와 함께 각기 군사 천 명씩을 거느리고, 산 뒤 절벽에 올라가 돼지, 염소, 개를 잡아서 많은 피를 모았다. 그 외에도 여러 가지 더러운 것들을 한데 모았다.

이튿날 장보는 기를 휘두르고 북을 치며 군사를 거느리고 와서 싸움을 건다.

유현덕이 나가서 싸우는데, 장보가 또 요술을 부리니 바람이 일어나고, 우렛소리가 진동하면서 모래가 날아오른다. 돌이 구르고 검은 기운이 하늘에 가득히 퍼지더니 사람과 말이 잇달아 내려온다.

현덕이 급히 말을 돌려 달아나자, 장보가 군사를 몰아 뒤쫓아온다. 장보의 군사가 막 산밑을 지나가는 참이었다. 산 위에 매복했던 관운장과 장비의 군사들은 일제히 포砲를 쏘며 짐승 피와 똥, 오줌을 절벽 밑으로 뿌린다.

더러운 물건과 피가 뿌려지자, 장보의 군사는 문득 없어진다. 다만 공중에서 종이로 만든 사람과 풀로 만든 말이 분분히 땅으로 떨어진다. 바람도 우레도 멎고 모래와 돌도 날지 않는다.

장보는 요술이 효과를 잃자 급히 물러가려 서두르는데, 왼쪽에서 관운장이, 오른쪽에서 장비가 각기 군사를 거느리고 내달아온다. 조금 전까지 달아나던 유현덕도 어느새 주준과 함께 쳐들어온다. 이에 황건적은 크게 패하여 허둥지둥한다.

유현덕은 '지공장군地公將軍'이라고 쓴 기만 바라보며 말을 달려 쫓아가니, 장보는 혼비백산하여 달아난다. 유현덕이 활을 쏘아 왼쪽팔을 맞히자, 장보는 화살이 꽂힌 채 달아나 양성현陽城縣으로 들어가서는 성문을 굳게 닫고 지킬 뿐 나오지 않았다.

주준은 양성을 에워싸고 공격하는 동시에, 사람을 각 방면으로 보내어 그 후의 황보숭 소식을 알아오도록 했다.

첩자는 돌아와서 보고한다.

"황보숭은 적군과 싸워 크게 이겼으나, 동탁은 여러 번 패하였습니다. 그래서 조정에서는 황보숭에게 동탁의 지위를 맡아보게끔 하였답니다. 황보숭이 부임했을 때 장각은 이미 죽은 뒤였으며, 장양이 대신 나서서 항거하더랍니다. 그러나 황보숭은 일곱 번 싸워 일곱 번을 내리 이

기어, 마침내 곡양 땅에서 장양을 참하고 장각의 무덤을 파헤쳐 시체를 칼질한 다음에 그 목을 끊어, 성 위에 걸었다가, 다시 경사京師로 올려 보내니, 그제야 나머지 황건적들도 항복해왔다고 합니다. 조정에서는 황보숭을 거기장군車騎將軍으로 승진시키고 기주冀州 목사牧使로 보냈습니다. 황보숭이 '노식이 여러 번 싸움에 공은 있으나 죄는 없습니다' 하고 상소했기 때문에, 조정은 노식에게 지난날의 벼슬을 돌려주었습니다. 또 조조도 공로에 의해서 제남濟南 땅 감사가 되었으므로, 일단 군사를 회군시켜 도임했습니다."

주준은 보고를 듣자, 군사를 독촉하여 일제히 양성을 총공격했다. 성 안의 황건적들은 형세가 위급해지자, 장수 엄정嚴政이 변심하여 장보를 찔러 죽인 다음에 그 목을 베어서 들고 성문을 나와 항복했다.

주준은 곧장 여러 군郡을 평정하고 표문表文을 올려 승리를 아뢰었다.

이때 황건적의 나머지 무리에 조홍趙弘, 한충韓忠, 손중孫仲 세 사람이 있어, 수만 명의 군사를 모아 거느리고 이곳저곳으로 떠돌아다니면서 노략질했다. 그들은

"장각의 원수를 갚아야 한다."

하고 떠들어댔다.

이에, 조정에서는 주준에게 사람을 보내어 분부를 내렸다.

"황건적을 하나도 남기지 말고 쳐 없애라."

주준은 나라에서 내린 조서를 받자, 곧장 군사를 거느리고 떠나갔다.

이때 황건적의 남은 무리는 완성宛城을 점령하고 있었다. 주준이 군사를 거느리고 가서 완성을 공격하자, 조홍은 한충을 내보내 싸우게 한다. 주준은 유현덕, 관운장, 장비를 시켜 완성 서남쪽을 친다. 그러자 한충은 정예 부대를 거느리고 성 서남쪽으로 옮겨와서 대항했다.

그 틈을 타서 주준은 친히 무장한 기병 2천 명을 거느리고 곧장 성 동

북쪽을 쳤다. 동북쪽이 위급해지자 한충은 서남쪽을 버리고 그리로 급히 가는데, 유현덕이 뒤쫓으면서 마구 베니, 적군은 크게 패하여 완성성 안으로 도망쳐 들어갔다.

이에 주준은 군사를 나누어 성을 사방으로 철통같이 에워쌌다. 바깥과 연락이 끊어진 성안에는 양식도 다 떨어졌다. 마침내, 한충은 사자를 성밖으로 내보내어 간청한다.

"항복할 테니 목숨만 살려주오."

그러나 주준은 그들의 청을 거절했다.

이에 유현덕이 묻는다.

"옛날에 우리 한 고조께서 천하를 얻은 것은 항복하는 자를 초대하고 귀순하는 자를 용납하신 때문이오. 그런데 왜 한충의 항복을 거절하시오?"

주준은 설명한다.

"피일시 차일시彼一時此一時라는 말이 있소. 옛날 진秦나라 말년에 항우項羽가 설치던 때는, 천하가 크게 혼란하여 백성들 위에 임금이 없었던 것이오. 그래서 한 고조께서는 항복하는 자를 위로하고, 귀순하는 자에겐 상을 주어, 되도록 많은 사람이 투항해오도록 길을 열어주셨던 것이오. 그러나 오늘날은 천하가 통일된 지도 오래며, 황건적만이 반역하였으니, 만일 그들의 항복을 용납한다면 장차 천하에 착한 일을 권할 길이 없어지오. 이익만 있으면 무슨 짓을 해도 되니, 결국 도둑질을 장려하는 거나 다름없소. 또 형편이 불리하면 언제든지 항복만 하면 된다는 인식을 심게 되니, 역적질하는 놈들의 뜻을 길러주는 것밖에 안 되오. 그러므로 용서하는 것은 현명한 계책이 아니오."

유현덕은 생각이 달랐다.

"역적의 항복을 용납 않는 것은 마땅합니다. 그러나 물샐틈없이 포위당한 그들이 항복할 길마저 없으면 반드시 죽기를 각오하고 싸울 것입니다. 만 사람이 한마음으로 단결해도 대적하기가 어려운데, 지금 성안에는 죽음을 각오한 사람이 수만 명이나 됩니다. 이 점을 깊이 생각하십시오. 그러니 성 동남쪽만 터주고, 성 서북쪽을 공격하면, 역적들은 반드시 달아날 것이며 싸울 생각도 않을 테니, 우리가 쉽사리 사로잡을 수 있습니다."

그제야 주준은 현덕의 말을 옳게 여겨, 성 동쪽과 남쪽에 배치한 군사를 철수시키고, 서쪽과 북쪽만 일제히 공격했다.

과연 한충은 성을 버리고 군사를 거느리고 달아난다. 주준은 현덕, 관운장, 장비와 함께 달아나는 적병을 삼면으로 무찌르면서 한충을 활로 쏘아 죽였다.

달아나는 적병을 한참 추격하는데, 조홍과 손중이 새로운 군사를 거느리고 주준의 앞을 막고 덤벼든다. 주준은 새로 온 적군의 형세가 큰 것을 보자, 잠시 후퇴한다. 조홍은 이긴 김에 곧장 나아와서 완성을 다시 탈환했다.

주준은 10리 밖에 영채를 세우고, 다시 완성을 공격하려는데, 보라! 동쪽에서 1대隊의 기병이 오지 않는가. 군사를 거느리고 오는 장수는 이마가 넓고 얼굴이 크고 몸은 범 같고 허리는 곰 같았다.

그 장수는 오군吳郡 부춘富春 땅 사람으로 성은 손孫이요 이름은 견堅이요 자는 문대文臺니 바로 옛 손무자孫武子(춘추 시대의 유명한 병가兵家. 오늘날 전하는 병서 『손자孫子』 13편의 저자이다)의 후손이었다.

손견은 17세 때 아버지와 함께 전당호錢塘湖에 간 적이 있었다. 해적海賊 10여 명이 장사꾼 물건을 빼앗아, 언덕 위에서 각기 나눠 가지는 중이었다.

손견은 그 광경을 보자 아버지에게 장담했다.

"제가 저 도둑들을 잡아 보이겠습니다."

손견은 칼을 뽑아 들고 언덕으로 뛰어올라가며 큰소리로 외쳤다.

"빨리 와서 이 도둑들을 잡아라!"

손견은 칼로 동쪽과 서쪽을 가리키며 지휘하듯 여러 사람을 부르는 시늉을 했다. 도둑들은 포교捕校들이 몰려온 줄로 알고 물건을 다 버리고 달아났다. 손견은 쫓아가서 그 중 한 놈을 칼로 쳐죽였다. 이 일로 손견의 이름은 고을에 널리 알려져, 교위로 천거됐다.

그 후 회계會稽 땅에서 허창許昌이란 자가 반란을 일으켜, 스스로 양명황제陽明皇帝라 일컫고 수만 명의 군사를 수하에 두었다. 손견은 고을의 사마司馬와 함께 의병 천여 명을 모집한 다음에 주州·군郡과 합세하여 적군을 쳐서, 허창과 그 아들 허소許韶를 잡아죽였다. 회계 자사刺史 장민臧旻이 손견의 공로를 상소하자, 조정에서는 손견을 염독현鹽瀆縣 현승縣丞(우리 나라 이방吏房과 같은 직위)으로 승진시킨 뒤에 우이현盱眙縣 현승과 하비현下邳縣 현승도 시켰다.

그러다가 이번에 황건적의 반란이 일어나자, 손견은 마을 장정들과 젊은 장사꾼들을 모아서 회수淮水, 사수泗水 근방의 씩씩한 군사 천5백 명을 합쳐 거느리고 이곳으로 구원 온 것이었다.

주준은 그들을 크게 환영하고, 손견에게는 완성 남문을, 유현덕에게는 북문을 치게 했다. 그리고 동시에 서문을 공격하여 적군이 달아날 수 있도록 동문만 터주었다.

손견이 누구보다도 제일 먼저 성 위로 올라가서 단숨에 적군 20여 명을 쳐죽이자, 황건적은 무너지기 시작한다.

조홍은 창을 들고 나는 듯이 말을 달려, 손견에게로 덤벼든다. 손견은 성안으로 뛰어내려 조홍의 창을 빼앗아 단번에 찔러 죽인 뒤, 그 말을 빼앗아 타고 좌충우돌하며 적군을 닥치는 대로 시살한다.

손중은 군사를 이끌고 북문 바깥으로 나가다가 유현덕의 공격을 받자, 그만 싸울 생각이 없어져 달아날 기회만 노렸으나, 유현덕이 쏜 화살 한 대가 그를 정통으로 맞히었다. 손중은 몸을 뒤집으며 말에서 굴러 떨어졌다. 주준이 거느린 주력 군사가 적군의 뒤를 엄습하여 목 수만 개를 참하니, 항복하는 자가 그 수효를 헤아릴 수 없을 정도였다. 이리하여 남양南陽 땅 도로변의 10여 군郡이 다 평정되었다.

주준이 군사를 거느리고 도성都城으로 개선하자, 황제는 그에게 거기장군을 봉한 다음에 하남윤河南尹(하남河南 땅의 낙양이니 윤尹은 오늘날 시장市長을 가리킨다)을 시켰다. 주준은

"이번 싸움에 손견과 유비의 공로가 큽니다."
하고 표문을 올렸다.

손견은 연줄이 있어서 뇌물을 썼기 때문에 별군사마別郡司馬(아무데도 소속되지 않은 별개 군대의 사령관)가 되어 도임했다. 그러나 유현덕은 상당한 시일을 기다렸으나 종시 아무 벼슬도 받지 못했다.

유현덕, 관운장, 장비 세 사람은 우울한 심사로 큰길을 거닐다가, 낭중郎中 벼슬에 있는 장균張鈞의 수레를 만났다. 유현덕은 장균을 보자 그간 자기가 세운 공로에 대해서 말했다.

장균은 크게 놀란다.

"그러고도 벼슬을 받지 못했다니, 원 세상에 이럴 수가 있나!"

장균은 황제에게 아뢴다.

"전번에 황건적이 반역한 원인을 아십니까. 그 원인은 소위 십상시 고자대감들이 매관매직賣官賣職을 일삼고 친한 사람만 등용하고, 그들을 비난하는 사람들은 무조건 없애버렸기 때문에 천하가 혼란에 빠졌던 것입니다. 마땅히 십상시를 참하여 그들의 목을 남쪽 교외에 내걸고, 칙사를 각 지방으로 보내시어 천하에 널리 알리고 공로 있는 자에겐 많은 상을 내리십시오. 그러면 세상이 저절로 안정되리이다."

십상시들은 이에 맞서 아뢴다.

"장균이야말로 임금을 속이고 윗사람을 업신여기는 놈이올시다."

황제는 무사들에게 분부한다.

"장균을 바깥으로 끌어내라."

장균이 억울하게 끌려 나간 뒤, 십상시들은 서로 의논한다.

"이는 황건적을 치는 데 공로를 세운 자가 벼슬을 주지 않는다고 불평을 말한 데서 생긴 일이다. 우선 그런 자들에게 약간의 벼슬을 나누어 주고, 나중에 처치해버리기로 합시다."

이리하여, 유현덕은 중산부中山府 안희현安喜縣의 현위縣尉가 되어 그날로 부임하게 됐다. 유현덕이 거느렸던 군사들을 각기 고향으로 흩어 보낸 뒤에, 관운장·장비와 함께 안희현에 가서 사무를 본 지도 한 달이 지났다. 그들은 추호도 백성을 괴롭히지 않았기 때문에 백성들 또한 감화됐다. 유현덕은 부임한 이래로 식사 때면 관운장·장비와 함께 한 상에서 밥을 먹고 잘 때도 한 침상에서 함께 잤다. 관운장과 장비도 현덕이 여러 사람과 앉아 있을 때는 좌우로 모시고 서 있으면서 종일토록 피곤한 빛이 없었다.

안희현에 온 지 4개월이 못 되어 조정에서 조서가 내려왔다. 싸움에서 공을 세우고 지방 관리가 된 자는 차차 감원한다는 내용이었다. 유현덕은 자기도 해직당하는 거나 아닐까 의심했다.

이때 독우督郵(군郡, 태수太守의 소속으로 영내營內 고을을 돌아다니며 잘잘못을 감찰하는 관리)가 관할 지방을 순회하던 차에 안희 고을에 왔다. 유현덕은 성문 밖까지 나가서 독우를 영접하고 인사를 드렸다.

독우는 말 위에 높이 앉아 겨우 말채찍을 약간 들어 보이는 것으로써 대답을 대신했다. 관운장과 장비는 독우의 하는 꼴을 보자 분노했다.

관역館驛에 이르자, 독우는 남쪽을 향하여 대청 위에 높이 앉았다. 현덕은 댓돌 밑에 두 손을 모으고 섰다.

독우는 한참 만에야 묻는다.

"유현위劉縣尉는 어디 출신이오?"

현덕이 대답한다.

"저는 바로 중산정왕中山靖王의 후손으로서, 탁군에서 황건적을 친 이래로 대소 30여 번의 싸움에서 약간의 공로를 세웠기 때문에 지금 벼슬을 살고 있습니다."

독우는 대뜸 큰소리로 꾸짖는다.

"네가 황상皇上의 먼 친척뻘이라 속이고 공을 세웠노라, 허위 보고한 것을 내가 모를 줄 아느냐! 이번에 조정에서는 조서를 내리사, 정원定員 이상의 관리와 탐관오리를 내쫓는 중이니라."

현덕은 연달아,

"예, 예……"

하고 허리를 굽히며 물러나왔다. 현덕이 관아로 돌아와서 상의하니, 아전이 일러준다.

"독우가 되지못한 위엄을 부리는 것은 뒷구멍으로 뇌물을 바치라는 수작입니다."

"나는 백성의 물건을 추호도 빼앗은 일이 없으니, 재물을 어디서 구하여 바치리요."

현덕은 탄식했다.

이튿날 독우는 우선 고을 아전을 잡아들여 불호령한다.

"너는 유현위가 백성을 해친 사실을 알 테니, 이실직고하여라."

유현덕은 몇 번이나 가서 아전을 놓아달라고 간청했으나 그럴 때마다 문지기는 안으로 들여보내주지도 않았다.

이날 장비는 홧김에 술을 마시고 말을 달려 관역 앞을 지나는데, 늙은 이들 5, 60명이 문 앞에서 통곡한다. 장비는 왜 우느냐고 물었다.

노인들은 대답한다.

"독우가 고을 아전을 잡아들여 유현위 어른을 해치려고 윽박지른다기에 우리가 와서 진정했건만, 문지기는 들여보내지도 않고 도리어 몽둥이로 때립니다그려."

장비는 격분하여 고리눈을 부릅뜨더니 강철 같은 이를 갈며, 말에서 내려 관역 안으로 들어간다. 문지기는 감히 막을 수도 없다. 장비는 곧장 후당後堂으로 달려들어갔다.

독우가 대청 위에 앉았는데, 고을 아전은 결박을 당한 채 땅바닥에 쓰러져 있다.

장비는 큰소리로 외친다.

"백성을 못살게 구는 도둑아! 내가 누군지 아느냐? 너 어디 맛 좀 보아라!"

독우는 대답도 하기 전에 벌써 장비의 손에 상투를 잡혀 관역 바깥으로 끌려 나갔다. 장비는 독우를 질질 끌고 고을 관가 앞까지 가서, 말 매는 기둥에 달아매고는 버들가지를 꺾어 두 다리를 한 번 치니, 버들가지 10여 개가 일시에 부러져 날린다.

현덕은 수심에 잠겨 있는데, 관가 바깥에서 떠드는 소리가 들린다.

"저게 무슨 소리냐?"

현덕은 좌우 사람에게 묻는데, 한 사람이 뛰어들어오면서 대답한다.

"장장군이 관가 앞에서 한 사람을 매달아놓고 매질합니다."

유현덕이 황망히 나가보니, 매달려 있는 자는 독우였다. 유현덕이 깜짝 놀란다.

"이게 웬일이냐?"

장비가 대답한다.

독우의 상투를 잡고 매질하는 장비(왼쪽)

"백성을 갉아먹는 이런 도둑놈을 때려죽이지 않으면 뭐 하겠습니까."

독우는 다 죽어가는 목소리로 사정한다.

"현덕 어른은 나의 목숨을 살려주오."

유현덕은 원래 인자한 사람이라, 장비를 옆으로 밀어냈다. 언제 왔는지 관운장이 말한다.

"형님은 큰 공을 세우고도 겨우 시골구석 현위 자리를 얻어 하다가, 이제 독우 놈에게 이런 모욕을 당하셨소. 내가 알기로는 난鸞새와 봉鳳새는 가시덤불 속에서 살지 않습니다. 차라리 독우를 죽이고 벼슬을 버리고 고향에 돌아가서 따로 원대한 계책을 세웁시다."

그제야 현덕은 머리를 끄덕이고 인수印綬를 꺼내어 독우의 목에 걸어 준 다음에 준엄하게 꾸짖는다.

제2회──57

"백성을 들볶는 소행을 생각하면 너를 마땅히 죽일 것이나 목숨만은 살려준다. 너에게 직인職印을 맡겼으니 상부에 갖다 주어라."

이에 현덕은 관운장, 장비와 함께 표연히 안희현을 떠나갔다. 죽을 뻔하다 겨우 살아난 독우는 정신없이 돌아가서 정주定州 태수에게 이 일을 고했다. 정주 태수는 본부本府로 글을 띄우는 동시에 유현덕을 잡아오도록 포교를 보냈다.

탁군으로 돌아온 유현덕·관운장·장비는 포교가 잡으러 온다는 소문을 듣자, 대주代州로 가서 일단 유회劉恢의 집에 몸을 의탁했다. 유회는 유현덕이 한漢 황실의 종친임을 알고서 자기 집에 숨겨줬던 것이다.

한편, 열 명의 고자대감 십상시는 이미 나라의 세도를 잡았기 때문에 상의한다. 즉 '우리에게 복종하지 않는 자는 깡그리 죽여버리자'는 것이었다. 더구나 그들 중에서 조충趙忠과 장양張讓은 황건적을 쳐부순 장군들에게 사람을 보내어, 황금과 비단을 뇌물로 바치도록 강요했다. 말을 듣지 않는 자가 있으면 황제에게 아뢰어 벼슬을 뗐다. 황보숭과 주준은 뇌물을 바치지 않다가, 조충과 장양의 참소로 벼슬이 떨어졌다.

황제는 조충 등에게 거기장군을 봉하고, 장양 등 열세 명에게 후작侯爵을 봉하니, 나라 꼴은 갈수록 말이 아니어서, 백성들의 원망은 날로 높아갔다.

이에 장사長沙 지방에서는 구성區星이란 자가, 어양漁陽 지방에서는 장거張擧와 장순張純이란 자가 반란을 일으켰다. 장거는 자칭 천자가 되고, 장순은 대장군이 되니, 이러한 위급한 소식을 도성都城으로 고하는 표문이 삼동 엄한에 흰 눈 내리듯 분분했다. 그러나 십상시들은 지방에서 올라오는 표문을 일일이 몰수하고 황제에게는 알리지도 않았다.

어느 날 황제는 후원에서 십상시와 함께 잔치를 벌이고 술을 마시고 있었다. 간의대부諫議大夫(천자의 고문관으로서 천자에게 잘못이 있으면 간하는 직책이다) 유도劉陶는 황제 앞에 엎디어 크게 통곡한다.

황제는 묻는다.

"경은 왜 우는가?"

유도는 아뢴다.

"천하의 위기가 조석간에 달려 있는데, 폐하는 오히려 환관들과 함께 술을 마시나이까."

황제는 의아해서 묻는다.

"국가가 태평 무사하거늘 무엇이 위급하단 말이냐?"

"요즘 사방에서 도둑들이 일어나 주州와 군郡을 침범하고 노략질합니다. 이런 불상사는 다 십상시가 벼슬을 팔아서 백성을 해치고, 임금을 속이고 윗사람을 업신여겨서, 사사로움이 없는 올바른 사람들이 조정을 떠났기 때문에 위기가 눈앞에 닥쳐온 것입니다."

십상시는 관을 벗더니 황제 앞에 꿇어 엎디어,

"대신大臣이 우리를 용납하지 않으니, 신 등은 살 수가 없습니다. 바라건대 목숨을 빌어 시골로 내려가서 집안 재산을 다 바치겠으니, 군비軍費에 보태 쓰도록 하십시오."

아뢰고 일제히 통곡한다.

황제는 분노하여 유도를 꾸짖는다.

"너희 집에도 측근에서 너를 섬기는 자가 있겠지. 헌데 어째서 짐朕만은 십상시를 두지 말란 말이냐! 무사武士들아, 이놈을 당장 끌어내어 참하여라."

유도는 끌려 나가면서 외친다.

"신은 죽어도 아까울 것이 없지만, 슬프다! 한나라 천하가 4백여 년 만에 오늘날에 이르러 끝나는구나!"

무사들은 유도의 뒷덜미를 잡아 끌고 나가서 그 목을 치려 한다. 한 대신이 앞을 막고 나서며 큰소리로 꾸짖는다.

"너희들은 손을 대지 말라. 내가 폐하께 간언하고 나올 때까지 기다려라."

모든 사람이 보니 그 대신은 바로 사도司徒 진탐陳耽이었다. 진탐은 궁 안으로 들어가서 황제께 간한다.

"간의대부 유도가 무슨 죄가 있기에 죽어야 합니까?"

"그는 짐을 가까이 모시는 신하를 비방하였다. 더구나 짐을 모독하였느니라."

"천하 백성이 다 십상시의 살을 씹고 싶어하는데, 폐하만 부모처럼 공경하사 공로도 없는 그들을 후작으로 봉하셨습니다. 하지만 십상시의 하나인 봉서封諝 등은 황건적의 뇌물을 받고 내란까지 일으키려 하지 않았습니까. 그런데도 폐하는 반성하지 않으시니, 종묘 사직이 머지 않아 결딴나리이다."

황제는 변명한다.

"봉서가 내란을 일으킬 작정이었다고 흔히들 말하지만, 그것은 증거가 분명하지 않다. 또 십상시로 말할지라도 그들 중에 어찌 한두 사람의 충신이 없겠는가."

사도 진탐은 스스로 머리를 댓돌에 짓찧으며 계속 간한다. 황제는 화를 낸다.

"진탐을 끌어내어 유도와 함께 옥에 가둬라."

그날 밤에 십상시는 서로 의논하고 사람을 옥으로 보내어 간의대부 유도와 사도 진탐을 죽였다. 그리고 가짜로 황제의 조서를 만들어 손견을 장사長沙 태수로 임명하여 장사 땅에 가서 반란한 구성을 토벌하도록 명령했다.

손견은 장사 태수가 되어 간 지 50일이 못 되어 구성을 쳐서 승리하고, 강하江夏 지방 일대를 평정한 연후에 첩서捷書를 올렸다. 이에 조정은 손견을 오정후烏程侯로 봉했다.

이번에는 유우劉虞에게 유주幽州 목사牧使를 시키고, 군사를 거느리고 어양漁陽 땅에 가서 자칭 천자라는 장거와 장순을 토벌하도록 명령했다.

한편 대주 땅 유회는 자기 집에 숨어 있는 유현덕에게 추천서를 써주고 이번에 유주 목사가 된 유우를 찾아가보도록 했다. 이에 유현덕은 유주 땅에 가서 목사 유우를 찾아보고 유회의 추천서를 바쳤다.

유주 목사 유우는 매우 반가워한다. 그는 유현덕을 도위都尉로 삼고, 바로 적의 소굴을 치게 하여, 크게 싸운 지 수일 만에 적의 날카로운 기세를 꺾었다.

원래 장순은 천성이 흉하고 모진 놈이라, 사태가 불리해지자 군사들 중에 마음이 변하는 자가 속출했다. 이 낌새를 눈치챈 부하들 중 두목 한 사람이 장순을 찔러 죽여 그 목을 베어가지고 군사를 거느리고 나와서 항복했다. 장거는 장순이 비명 횡사하여 대세가 기울자 스스로 제 목을 졸라매고 자살했다. 이리하여 어양 땅 일대도 평정됐다.

유주 목사 유우는 유현덕의 큰 공로를 표문으로 아뢰었다. 조정에서는 지난날 독우를 매질한 죄를 용서하고 유현덕을 하밀현下密縣 현승으로 보냈다가 나중에 고당高唐 땅 현위로 발령했다.

공손찬公孫瓚이 또 유현덕의 지난날 공로를 자세히 표문을 올린 덕분에, 유현덕은 별부사마別部司馬로 천거되어, 평원平原 땅 현령縣令(사도와 함께 삼공三公의 하나로서 병권兵權을 맡아보니 오늘날의 참모총장 격이다)으로 승진했다.

중평中平 6년(189) 여름 4월이었다. 사리 판단에 어두운 임금 영제靈帝는 병이 위독해지자, 대장군 하진何進을 궁으로 불러 뒷일을 상의하려고 했다. 하진은 원래가 백정 집 출신이었다. 누이동생이 궁에 뽑혀 들어가 귀인貴人(궁중 여관女官의 벼슬 이름)으로 있다가 황자皇子(황제의 아들) 변辨을 낳고 일약 황후가 되자, 하진은 그 틈에 권세를 잡아 높은 벼슬에 오른 것이었다.

그 후 황제가 왕미인王美人(미인도 궁중 여관의 벼슬 이름이다)을 총애하여 황자 협協을 낳으니, 하진의 누이동생 하후何后는 질투 끝에 왕미인을 독살했다. 때문에 황자 협은 동태후董太后가 거처하는 궁에서 자라났다. 동태후는 바로 영제의 어머니요, 해독정후解瀆亭侯 유장劉萇의 아내였다.

당초에 환제桓帝는 아들이 없어서, 해독정후 유장의 아들을 양자로 삼았으니, 그 양아들이 바로 영제였다. 영제는 제왕의 자리를 계승하자 친어머니를 태후太后로 높였던 것이다.

동태후는 전부터 황제에게 황자 협을 황태자로 책봉하도록 권했다. 뿐만 아니라 황제도 또한 협을 특히 사랑하고, 장차 황태자로 책봉하려던 참에 병이 위독해진 것이다.

중상시中常侍 건석蹇碩이 아뢴다.

"만일 협을 태자로 세우시려거든, 먼저 하진을 죽이십시오. 그래야만 뒷날에 탈이 없으리다."

황제는 그 말을 옳게 여겨 영을 내린다.

"하진을 궁으로 불러들여라."

황제의 부름을 받아 대장군 하진은 궁문宮門에 이르렀다.

사마司馬(오늘날의 장교 또는 대장급을 가리킨다) 반은潘隱이 하진 앞으로 나아와 귀띔한다.

"궁으로 들어가지 마시오! 건석이 대감을 죽일 것이오."

하진은 깜짝 놀라 급히 자기 집으로 돌아와서, 대신들을 소집하고 환관들을 죽이기로 상의한다.

여러 사람 중에서 한 사람이 앞으로 나선다.

"환관이 세도를 부리기 시작한 것은 충제沖帝, 질제質帝 때부터였소. 오늘날 그들의 세력은 조정에 빈틈없이 뻗었는데, 어떻게 다 죽인단 말씀이오. 만일 이런 계책이 바깥으로 새는 날이면 여기 있는 대감들은 멸족滅族을 당할 터이니 깊이 생각하시오."

모두가 보니, 그 사람은 바로 전군교위典軍校尉 조조曹操였다.

하진은 꾸짖는다.

"너 같은 보잘것없는 자가 어찌 조정의 대사를 알리요!"

서로들 주저하는데, 반은이 왔다.

"황제는 운명하셨소. 건석이 십상시들과 함께 상의한 후 황제께서 운명하신 것을 극비로 하고, 국상國喪을 펴지 않고 거짓 조서를 꾸며 하국구何國舅를 궁으로 불러들여 처치함으로써 후환을 끊는 동시에 황자 협을 황제로 삼자는 계책을 꾸미는 중이오."

반은의 말이 끝나기도 전이었다. 궁에서 칙사가 와서 전한다.

"대장군 하진은 속히 입궐하여 나랏일을 정하라는 분부이시오."

조조는 의견을 말한다.

"오늘날 해야 할 계책은 먼저 임금 자리부터 바로 정한 이후에 도둑을 쳐 없애는 일이오."

하진은 좌중을 둘러본다.

"누가 나와 함께 임금 자리를 바로잡고 도둑을 칠 테요?"

한 사람이 썩 나선다.

"바라건대, 군사 5천 명만 주시면 즉시 궁으로 쳐들어가서 새 임금을

대신들과 십상시를 죽일 계책을 모의하는 하진

정하겠소. 고자 놈들을 모조리 죽여 조정을 일신하고 천하를 편안케 하리다."

하진이 보니, 그는 사도 원봉袁逢의 아들이요, 원외袁未의 조카로서 이름은 소紹요 자는 본초本初니, 현재 사례교위司隸校尉(한대 13주 중에서 도성에 가까운 1주 7군만은 사례교위가 다스렸다)로 있는 사람이었다. 하진은 크게 기뻐하며, 일등가는 어림군御林軍(친위병) 5천 명을 원소袁紹에게 주었다.

원소는 즉시 무장하여 앞서갔다. 하진은 하옹何顒·순유荀攸·정태鄭泰 등 대신 30여 명을 거느리고 뒤따라 궁으로 들어갔다.

그들은 바로 영제의 널[柩] 앞에 나아가 하후의 소생인 황자 변辨을 부축해서 황제의 자리에 모시었다. 문무 백관은 절하고 만세를 불렀다.

눈 깜짝할 사이에 즉위식이 끝나자, 하진은 건석을 잡으려 궁 안을 뒤졌다. 건석은 사태가 급변한 것을 알자, 궁궐 내 정원의 꽃 그늘 밑으로 황망히 숨다가 중상시 곽승郭勝에게 들켜 그 자리에서 칼을 맞고 죽었다. 이에 건석이 거느리던 금군禁軍(궁중 군사)도 귀순했다.

원소는 하진에게 말한다.

"이 기회에 환관 놈 일당을 모조리 죽여 없애야 하오."

환관 장양 등은 이 소식을 듣자 황망히 내궁內宮으로 들어가서 하후에게 매달린다.

"하진 대감을 처치하도록 애초에 꾀를 낸 것은 건석이란 놈의 소행이었습니다. 신들은 전혀 그 일에 관여하지 않았습니다. 그런데 이제 하진 대감이 원소의 말만 곧이듣고 신들을 다 죽이려 한다니, 태후 마마는 신들을 살려주소서."

하태후가 대답한다.

"염려 말아라. 너희들을 지켜주마."

하태후는 친정 오라버니인 하진을 즉시 들도록 분부했다. 하진은 전지傳旨를 받자, 누이동생인 하태후에게로 갔다.

하태후는 좌우 사람을 바깥으로 내보내고 은밀히 말한다.

"나와 너는 원래가 미천한 집 출신이다. 지난날 장양 등이 돕지 않았으면 우리가 어찌 이런 부귀를 누리겠느냐. 이번에 건석이 앙심을 품었다가 이미 죽음을 당했거늘, 너는 또 누구의 말만 듣고 환관을 모조리 죽이려 드느냐?"

하진은 그 말을 듣자 물러나와, 모든 대신에게 선언한다.

"건석은 나를 죽이려 꾀를 낸 놈이니 그 일족一族을 모조리 죽이겠거니와, 그 나머지는 함부로 죽일 필요가 없다."

원소는 갑자기 변한 하진에게 충고한다.

"풀은 뿌리째 뽑아버리지 않으면 다시 화근禍根이 자라나서 나중에 신세를 망치게 한다는 걸 모르시오?"

하진은 대답한다.

"내 뜻은 결정됐으니, 너는 여러 말 말라."

이에 모든 대신은 물러나왔다.

이튿날 하태후는 대장군 하진에게 녹상서사錄尙書事(궁중의 문서를 맡아보고 조서와 칙서를 기초하는 직위)를 겸하게 하고 이번에 자기 소생 변辨을 등극시킨 대신들의 벼슬을 높여주었다.

한편 죽은 영제의 생모 동태후는 장양 등을 궁으로 불러들여 상의한다.

"애초에 하진의 누이동생을 천거한 것은 바로 나였는데, 이제 그것이 제 몸에서 난 아들을 황제로 즉위시켰다. 어찌 된 셈인지 조정 대신이란 것들도 다 그들의 심복이 되었다. 이제 그들의 위세와 권력이 너무 크니 나는 장차 어쩌면 좋으냐?"

고자대감 장양은 참으로 비상한 자였다. 전번에는 하태후에게 매달려 죽음을 면했건만, 이제는 동태후에게 계책을 아뢴다.

"태후 마마는 조회 때면 나가서 주렴을 드리우고 나랏일에 참여하십시오. 우선 황자 협協을 왕으로 봉하시고 태후 마마의 친정 쪽인 국구國舅 동중董重에게 큰 벼슬을 주어 병권兵權을 잡게 하되, 중대한 일은 신들에게 맡기시면, 가히 일을 도모할 수 있습니다."

동태후는 장양의 말을 듣고 매우 기뻐했다.

이튿날 동태후는 조회에 나가서 황자 협을 진류왕陳留王으로 봉하고, 동중을 표기장군驃騎將軍(대장군 다음 가는 계급)으로 삼고, 장양 등 환관들을 나라 정사에 참여시켰다.

하태후는 시어머니인 동태후가 권세를 좌지우지하려 드는 것을 보고 며칠 뒤 궁중에 잔치를 베풀어 동태후를 초청했다.

동태후가 잔치 자리에 나아와 술을 몇 잔 들었을 때였다. 하태후는 일어나 동태후에게 잔을 드리고 두 번 절한다.

"우리는 다 여자들이니, 조정 정사에 참여하는 일만은 피하는 것이 좋을 줄 아나이다. 옛날에 여태후呂太后(한 고조의 왕후)도 나라 권세를 잡아 휘두르다가, 마침내 그 종족 천여 집이 몰살을 당했습니다. 그러니 이제 우리는 구중궁궐 안에 깊이 들어앉고 나라의 대사는 대신과 원로들에게 맡겨 서로 상의해서 처리하도록 하는 것이 국가의 복입니다."

동태후는 크게 노한다.

"너는 원래 왕미인을 독살한 질투 많은 여자이다. 네가 낳은 아들이 황제가 되었다고, 또 너의 친정 오라비 하진의 권세만 믿고 이젠 감히 못하는 소리가 없구나! 내가 표기장군 동중에게 명령만 하면, 네 친정 오라비 하진의 목 하나쯤 끊는 것은 손바닥을 뒤집는 것보다 쉬운 일인 줄 알아라."

하태후도 또한 크게 노한다.

"나는 좋은 말로 권하는데 어째서 노하시오!"

"짐승을 잡고 술이나 팔던 백정 집 출신인 네가 뭘 안다고 나서느냐!"

시어머니와 며느리 사이인 두 궁宮은 서로 욕설을 하며 다툰다. 장양 등은 좋은 말로 뜯어말려 두 태후를 각각 궁으로 돌려보냈다.

그날 밤 하태후는 하진을 궁으로 불러 이 일을 말했다. 밤중에 하진은 궁에서 집으로 돌아와 삼공三公(태위太尉, 사도司徒, 사공四空을 삼공이라 한다)을 불러 함께 상의한 다음에 심복인 조정 신하 한 사람에게,

"내일 이러이러히 하여라."

하고 귓속말로 일러줬다.

이튿날 조회 때였다. 전날 밤 하진에게서 지시를 받은 그 조정 신하는 새로 등극한 황제 앞에 나아가서 아뢴다.

"동태후로 말하면 원래 종친에게 시집갔다가 나중에 궁에 들어와서 일약 태후가 된 신분이니, 궁중에 오래 두는 것이 마땅치 않은 줄로 아뢰오. 저 하간군河間郡으로 보내어 안치시키기로 하고, 우선 날짜를 정해서 도성을 떠나가게 하십시오."

마침내 하진은 심복들을 시켜 동태후를 몰아내다시피 하여 하간군으로 보내는 동시에 금군禁軍에게,

"너희들은 가서 표기장군 동중의 집을 포위한 다음에 관인官印을 찾아오너라."

하고 분부했다.

금군들이 가서 집을 포위하자 동중은 사태가 급한 것을 알아차렸다. 동중은 후당後堂에서 칼로 자기 목을 찔러 자결했다. 동중의 집 안에서 식구들의 곡성이 일어나면서 초상을 알리자, 그제야 금군들은 포위를 풀고 돌아갔다.

십상시인 장양, 단규段珪 등은 동태후 일파가 여지없이 실각하는 것을 보자, 즉시 하진의 동생 하묘何苗에게 금은 등 값진 보물을 뇌물로 바치고, 아울러 그 어머니 무양군舞陽君의 환심을 사려고 아침저녁으로 하태후 궁에 드나들면서 좋은 말솜씨로 비위를 맞추었다. 이리하여 십상시들은 또다시 궁중에서 신임을 받는 존재가 됐다.

그 해 6월, 하진은 심복 부하를 하간군으로 몰래 보내어 관역館驛 뜰에서 마침내 동태후를 독살했다. 살아서 쫓겨난 동태후는 널 안에 담기어, 도성으로 돌아와 문릉文陵(영제의 아버지는 살아서는 제위에 오르지 못했지만 죽은 뒤 효인황孝仁皇이라 불리고 그 무덤을 능릉이라 했다)에 묻히었다.

하진은 병들었다고 핑계를 대고 바깥 출입을 하지 않았다.

어느 날, 사례교위 원소가 집으로 찾아왔다.

"요즘 장양과 단규 등이 밖으로 유언비어를 퍼뜨리는 사실을 아십니까? 그놈들은 대감이 태후를 암살했다고 주장하면서 큰일을 꾸미는 중이오. 이 기회에 고자대감들을 죽이지 않으면 뒷날에 반드시 큰 화를 당할 것입니다. 지난날에 두무竇武(제1회 참조)는 환관들을 죽이려다가 사전에 기밀이 누설되어 도리어 죽음을 당했지만, 오늘날 대감 형제와 심복인 부하 장수와 군사들은 다 영특하고 씩씩하니, 힘을 내기만 하면 손쉽게 그놈들을 처치할 수 있습니다. 이야말로 하늘이 대감을 돕는 바이니, 기회를 잃지 마십시오."

"다시 상의하기로 하세."

하진은 주저했다.

그러나 원소가 하진에게 한 말은 좌우 사람들에 의해서 그날로 장양에게 밀고됐다.

장양 등은 즉시 하진의 동생 하묘에게 가서 이 일을 고하고 또 많은 뇌물을 바쳤다. 하묘는 곧 하태후의 궁으로 가서 말한다.

"대장군 형님이 새 황제를 보좌하면서, 어진 덕은 베풀지 않고 오로지 사람 칠 궁리만 하며, 또 무단히 십상시들을 죽이려 드니, 이는 국가를 어지럽히는 일입니다."

"염려 말아라."

하태후는 동생 하묘의 뜻을 받아들였다.

조금 지나자, 이번에는 하진이 들어와서 아뢴다.

"아무래도 환관들을 죽여야겠습니다."

하태후의 대답은 또랑또랑하다.

"환관들이 궁궐을 다스리는 것은 예로부터 내려오는 우리 한나라의 법도이다. 전 황제께서 세상을 떠나신 지도 얼마 되지 않았는데, 지난날의 신하를 죽이려 드니, 그러고서야 네가 어찌 이 나라 종묘를 존중한다하리요."

하진은 원래 결단력이 없는 사람이라, 하태후의 꾸중을 듣자,

"알겠습니다. 알겠습니다."

하고 굽실거리며 물러나왔다.

하진이 집으로 돌아오자 원소가 영접하며 묻는다.

"일이 어찌 됐습니까?"

"태후께서 허락하지 않으시니 어찌하리요."

원소는 강경히 주장한다.

"이러다가는 안 되겠습니다. 각 지방에 있는 씩씩한 인물들에게 도성으로 올라오라는 분부를 내리십시오. 그들이 군사를 거느리고 오거든, 환관들을 모조리 잡아죽입시다. 일이 급한 만큼 하태후의 말씀만 듣고 있을 때가 아닙니다."

하진은 찬동한다.

"그 계책이 참 묘하군!"

하진은 즉시 각 지방 진영鎭營으로 격문을 보내려 하는데, 주부主簿 진임陳琳이 말린다.

"그건 옳지 못한 일입니다. 속담에 이르기를 '자기 눈을 가리고 새를 잡으려는 것은, 결국 자기 자신을 속이는 것'이라 했습니다. 조그만 짐승을 잡는 데도 자기 자신을 속이면 뜻대로 안 되게 마련인데, 더구나 국가의 큰일이 될 성싶습니까. 이제 장군은 황제의 위엄을 의지하여 병권을 잡고 용과 범 같은 기세로써 모든 사람들을 거느리는 처지입니다. 환관들을 죽이는 일쯤은 화로에 머리털 하나를 태우는 것보다도 쉬운 일입니다. 속히 군사를 일으켜 권력으로써 처단하면, 하늘도 백성도 순종할 것이어늘, 도리어 지방에 있는 신하들을 불러 올려 대궐을 치게 하라니 말이나 됩니까. 또 여러 지방에서 인물들이 모여들면 영웅이란 것

들은 각기 딴생각을 품게 마련입니다. 그야말로 창을 거꾸로 잡고 창 자루를 남에게 내주는 격이니, 성공 여부는 고사하고 반드시 큰 혼란이 일어날 것입니다."

하진은 웃는다.

"그건 겁 많은 선비의 소견일세."

한 사람이 손뼉을 치면서 크게 웃는다.

"이 일은 손바닥을 뒤집는 것보다도 쉬운데, 무슨 의논이 그리 많으시오."

사람들이 보니 그는 조조였다.

황제 곁을 모시는 고자대감들의 난을 없애려면
모름지기 지혜 있는 사람의 꾀를 들으라.
欲除君側宵人亂
須聽朝中智士謀

조조가 무슨 말을 할까.

제3회

온명원에서 회의하던 동탁은 정원을 꾸짖고
이숙은 황금과 구슬을 뇌물로 주며 여포를 유혹하다

조조는 말한다.

"환관 때문에 일어나는 불상사는 어느 시대에나 있지만, 임금이 그들에게 부당한 권세를 준 것이 탈이었습니다. 그들의 죄를 다스리려면, 그 원흉만 옥에 가두어도 충분한데, 시끄럽게 지방 군사까지 불러들일 것까지야 있습니까. 환관을 모조리 죽이려 들면 자연 기밀이 누설될 테니, 내 생각으론 성공하지 못하리라 믿소."

하진은 화를 낸다.

"맹덕(조조의 자)은 딴생각을 품고 있는 것 아니냐?"

조조는 하는 수 없이 바깥으로 물러나와 혼잣말로 중얼거린다.

"장차 천하를 어지럽힐 자는 하진이로구나!"

그날로 하진은 심복 부하들에게 황제의 비밀 조서를 주어 각 지방 진영으로 보냈다.

한편, 전장군前將軍 오향후鰲鄕侯 서량西凉 자사 동탁은 지난번에 황건적을 쳤을 때 지기만 해서 조정에서는 그를 처벌할 작정이었다.

이에 동탁은 십상시들에게 많은 뇌물을 바치고 겨우 형벌을 면했다. 그 뒤 동탁은 조정의 세도하는 대신들과 결탁하여 마침내 높은 벼슬에 오르고 서주西州 지방의 군사 20만 명을 거느리게 되자 슬며시 야심을 품었다. 그러던 차에 동탁은 비밀 조서를 받자 이제야 기회가 왔나 보다 하고 크게 기뻐했다.

동탁은 군사를 거느리고 떠나기 전에 우선 자기 사위인 중랑장中郞將 우보牛輔에게 섬서陝西 땅을 지키게 했다. 그런 다음 동탁은 친히 이각李 杆, 곽사郭氾, 장제張濟, 번주樊稠 등과 함께 군사를 거느리고 수도 낙양으로 일제히 출발했다.

동탁의 모사謀士 이유李儒가 속삭인다.

"비록 황제의 조서는 받았으나 암만 봐도 분명치 못한 점이 있으니, 사람을 먼저 보내어 표문表文을 올리십시오. 그래야만 명분이 바르고 이치가 서서 큰일을 도모할 수 있습니다."

동탁은 매우 기뻐하며 즉시 표문을 보냈다.

신이 듣건대, 천하가 혼란한 원인은 십상시 장양 등이 하늘의 이치에 어긋난 짓을 하기 때문이라고 합니다. 옛사람은 말하기를 '끓는 물을 식히려면, 때는 불을 끄는 것이 첩경이요, 종기를 째는 것은 아프지만 고름을 그냥 두는 것보다는 낫다'고 하였습니다. 신은 감히 북을 울리어 낙양으로 들어가서 십상시들을 없애버리겠으니, 이는 종묘 사직의 복이요 천하의 다행이리라.

하진은 여러 대신에게 동탁의 표문을 보였다.

시어사侍御史 정태鄭泰가 간한다.

"동탁은 늑대 같은 사람입니다. 그를 도성으로 끌어들이면 반드시 사람을 물어뜯을 것입니다."

하진은 대수롭지 않게 대꾸한다.

"너는 의심이 많아서 큰일을 못할 사람이다."

노식이 또한 간한다.

"나는 본시 동탁을 잘 아오. 그는 겉으론 착한 체하지만, 속마음은 늑대요. 그가 궁궐에 들어오는 날이면 반드시 재앙을 일으킬 것이니, 오지 말라고 하여 변란을 면하도록 하오."

그러나 하진은 그 말을 듣지 않았다. 사태가 이쯤 되자 정태와 노식은 길이 탄식하고 벼슬을 버렸다. 조정 대신들 중에도 시골로 떠나는 자가 많았다.

하진은 사람을 보내어 민지做池 땅에서 동탁을 영접했다. 동탁은 모사 이유의 말대로 일단 군사를 주둔시키며 머물렀다.

한편 십상시 장양 등은 지방에서 군사들이 몰려오는 것을 알자 함께 의논한다.

"이건 필시 하진의 계책이다. 우리가 선수를 치지 않으면 멸족을 당할 것이다."

그들은 우선 장락궁長樂宮 가덕문嘉德門 안에 도부수刀斧手 50명을 매복시킨 뒤에, 하태후 궁으로 들어가서 아뢴다.

"이제 대장군 하진이 가짜 조서를 꾸며 지방 군사를 도성으로 불러들이고 신들을 없애려 합니다. 태후 마마는 우리를 살려주소서."

하태후는 대답한다.

"너희들은 대장군 부중에 가서 무조건 사죄하여라."

장양은 다시 아뢴다.

"신들이 대장군 부중에 갔다가는 뼈와 살이 남아나지 않을 것입니다. 바라건대 태후 마마는 대장군을 궁으로 불러들이시어 직접 타이르소서. 이 청을 들어주지 않으시면 신 등은 태후 마마 앞에서 차라리 자결하겠습니다."

이에 하태후는 입궐하라는 조서를 하진에게로 보냈다.

하진은 조서를 받고 입궐하려는데, 주부 진임이 간한다.

"태후의 조서는 십상시들이 시켜서 내린 것 같으니 가서는 안 됩니다. 가면 불길한 일이 일어납니다."

하진은 웃는다.

"태후가 나를 부르시는데 무슨 불길한 일이 있으리요?"

원소도 말린다.

"우리 계책이 누설되어 지방에서 군사가 온다는 사실을 웬만한 사람이면 다 아는데, 그런데도 입궐하려 하시오!"

곁에서 조조도 한마디한다.

"먼저 십상시들을 불러낸 연후에 입궐하십시오."

하진은 웃고 대답한다.

"참으로 그대들의 소견은 어리다. 내가 천하 권력을 잡았는데, 십상시들이 감히 나를 어찌하리요."

원소는 청한다.

"대감이 꼭 가겠다면 우리가 무장한 군사를 거느리고 호위하겠소. 뜻밖의 변고가 없도록 막아야 합니다."

이에 원소와 조조는 날쌘 군사 5백 명을 골라 원소의 동생 원술袁術에게 내줬다. 원술은 투구와 갑옷으로 몸을 무장한 다음에 청쇄문靑瑣門 바깥에 군사를 늘어세웠다. 연후에 원소와 조조는 허리에 칼을 차고 하진을 호위하여 대궐 문 안으로 들어갔다.

하진이 장락궁 문 앞까지 갔을 때였다.

환관 하나가 나와서,

"태후께서는 대장군만 듭시라 하십니다. 다른 분은 못 들어갑니다."
하고 원소와 조조에게 궁문 바깥에서 기다리도록 했다.

하진은 앙연昻然히 혼자 들어가 가덕전嘉德殿 문 앞에 이르렀다.

장양과 단규段珪가 하진을 영접하러 나온다. 그것이 신호였던지 숨어 있던 도부수 50명이 일제히 나타나 하진을 좌우로 에워쌌다. 하진은 그제야 깜짝 놀라는데, 장양이 큰소리로 꾸짖는다.

"너는 동태후께서 무슨 죄가 있다고 독살하였느냐? 또 동태후 국상國喪 때 어째서 병을 핑계로 나오지 않았느냐! 너 같은 백정 놈을 우리가 천자께 천거했기 때문에 네가 부귀 영화를 누렸거늘, 은혜를 갚을 생각은 아니하고 도리어 우리를 없애려고 갖은 계책을 세우다니, 그래 이 세상에서 소위 청렴 결백하다는 놈은 누구냐!"

하진은 황급히 달아나려 한다. 그러나 궁문이 모조리 닫혔으니 어찌할 도리가 없었다.

도부수들이 칼을 뽑고 일제히 치니, 하진은 피투성이가 되어 죽어 자빠졌다.

후세 사람이 이 일을 탄식한 시가 있다.

한나라 운수는 끝나가는데
지혜 없는 하진이 삼공이 됐도다.
몇 번이나 충신의 충고하는 말을 듣지 않다가
궁중에서 결국 칼에 맞아 죽었도다.
漢室傾危天數終
無謀何進作三公
幾番不聽忠臣諫
難免宮中受劍鋒

원소는 장양 등이 하진을 죽인 것을 몰랐다. 암만 기다려도 하진이 나오지 않자 원소는 궁문 밖에서 큰소리로 외친다.

"청컨대 대장군은 속히 나와서 수레에 타십시오!"

십상시 장양 등은 하진의 머리를 담 너머로 던져준 다음에 하태후의 뜻이라면서 말한다.

"하진이 반역하였기에 이미 죽였으나, 그 나머지 무리는 특별히 용서하노라."

원소는 분이 나서 부르짖는다.

"환관들이 짜고서 대신을 죽였으니, 저놈들을 죽이고 싶은 자는 속히 와서 싸움을 도우라!"

이 소리를 들은 하진의 부하 장수 오광吳匡은 즉시 청쇄문 바깥에서 불을 질렀다. 원술은 군사를 거느리고 궁 안으로 쳐들어가서 환관이면 닥치는 대로 쳐죽였다.

원소와 조조도 문지기를 참하고 궁중 깊이 쳐들어가니 조충趙忠, 정광程曠, 하운夏惲, 곽승郭勝 네 환관은 쫓겨 달아나다가, 취화루翠花樓 앞에 이르러 수많은 칼에 맞아 죽었다.

궁중에 불길이 충천하는데, 장양·단규·조절·후남은 하태후와 어린 황제와 진류왕陳留王을 끌어내 뒷길로 북궁北宮을 향해 달아난다.

이때 노식은 벼슬을 내놓기는 했으나 아직 시골로 내려가기 전이어서, 변이 일어나자 급히 갑옷 차림으로 창을 들고 복도로 나섰다.

저편에서 단규 등이 하태후를 에워싸서 온다.

노식은 달려가서 큰소리로 외친다.

"역적 단규야! 네 어찌 감히 태후를 납치하느냐."

단규는 급히 몸을 돌려 달아난다. 태후는 타고 있던 연輦 속에서 창을 열고 뛰어내려 노식에게 구제됐다.

하진의 부하 장수 오광은 내궁內宮으로 쳐들어가는데, 안에서 하묘가 칼을 뽑아 들고 나온다. 오광이 외친다.

"하묘는 환관 놈들과 서로 짜고 친형(하진)을 죽이는 데 가담했으니 살려둘 수 없다."

모든 사람은 일제히 응한다.

"형을 죽이는 데 가담한 놈이다. 저놈을 참하라!"

하묘는 달아나다가 사면으로 에워싸여 비참한 죽음을 당했다.

원소는 다시 군사를 여러 갈래로 나누어 궁중을 샅샅이 뒤져 십상시들의 권속이면 모조리 쳐죽였다. 수염 없는 사람들은 무조건 고자로 오인되어 비명 횡사한 자도 적지 않았다.

한편 조조는 타오르는 궁중의 불을 끄게 한 다음에 하태후를 모셔다가 우선 섭정하게 하고, 달아난 장양 등을 추격하도록 하는 동시에 어린 황제를 찾도록 지시했다.

장양과 단규 등은 어린 황제와 진류왕을 납치하여 자욱한 연기를 무릅쓰며 타오르는 불 속을 빠져 나가 밤이 깊도록 달아나서 북망산北邙山에 이르렀다. 이때가 밤 3경이었다.

그들 뒤에서 크게 함성이 일어나며 기병들이 쫓아오는데, 맨 앞을 달려오는 사람은 하남河南 중부中部의 연리椽吏 민공閔貢이었다.

민공은 큰소리로 외친다.

"역적은 달아나지 말라. 게 섰거라!"

장양은 형세가 급해지자, 마침내 강물에 몸을 던져 자살했다. 어린 황제와 진류왕은 사태가 어떻게 돌아가는지조차 알 수가 없어서 감히 큰소리로 말도 못하고 강가의 덤불 속에 숨었다.

기병들은 사방으로 추격하였으나 결국 어린 황제가 있는 곳을 찾지 못했다.

어린 황제와 진류왕은 4경이 넘도록 이슬 내리는 덤불 속에 엎드려 있었다. 춥고 시장해서 견딜 수가 없었다. 덤불 속에서 어린 이복형제는 서로 얼싸안더니 혹시 누가 들을까 무서워서 소리도 없이 흐느껴 운다.

진류왕은 말한다.

"여기는 오래 숨어 있을 곳이 못 되오. 살길을 찾아 다른 데로 가봅시다."

두 사람은 서로 옷을 비끄러맨 다음 강 언덕으로 기어올랐다. 모두가 가시 덤불이고 어두워서 길은 보이지 않는다. 어디로 가야 할지 막연하기만 했다.

이때, 문득 수천 마리의 개똥벌레들이 떼지어 날아와 어린 황제 앞을 비춰주었다.

진류왕은 무척 감격하여,

"이는 하늘이 우리 형제를 도우심이오."

하고 반딧불을 따라가니 점점 길이 나섰다.

그러나 5경 무렵에는 발이 아파서 더 걸을 수가 없었다. 산 아래에 풀을 베어 쌓아놓은 곳이 희미하게 보인다. 어린 황제와 진류왕은 겨우 가서 그 풀 더미 속에 드러눕고 말았다.

밤중이라 보이지 않았을 뿐 그 풀 더미 전면에는 한 장원莊園이 있었다. 그 집 주인은 꿈을 꾼다. 두 개의 붉은 해가 장원 뒤로 떨어지는 것이었다. 주인은 꿈에서 깨어나자마자 옷을 입고 밖으로 나가 사방을 둘러보았다.

집 뒤 풀 더미에서 붉은빛이 하늘을 찔렀다. 주인이 황망히 가서 보니 풀 더미에 어린 소년 두 명이 누워 있었다.

집주인은 묻는다.

"두 소년은 어느 집 아들이냐?"

황제는 말도 못하는데 진류왕이 대답한다.

"이 어른은 황제 폐하이시다. 이번에 십상시들의 변란으로 이곳까지 오셨으며, 나는 황제의 동생인 진류왕이다."

집주인은 크게 놀라 두 번 절하고 아뢴다.

"신은 선조 때 사도 벼슬을 한 최열崔烈의 동생 최의崔毅올시다. 십상시들이 벼슬을 팔아먹으면서 어진 사람을 미워하기에 이곳에 은거하였습니다."

최의는 황제를 모시고 집으로 들어와서 무릎을 꿇고 술과 음식을 드렸다.

한편, 민공은 추격을 계속하여 마침내 달아나는 단규를 잡아 묻는다.

"네 이놈! 천자는 어디 계시느냐?"

"도중에서 잃었다. 어디 있는지 모르겠다."

민공은 당장 단규를 참하여 말 목에 그 머리를 매달고 군사를 나누어 황제를 사방으로 찾게 하는 동시에 자기도 말에 채찍질하여 길을 따라 가다가, 우연히 최의가 사는 장원으로 나서게 됐다.

집주인 최의는 민공이 타고 온 말 목에 매달린 사람 머리를 보자 묻는다.

"그건 누구의 머리요?"

"십상시의 하나인 단규란 놈의 머리요."

민공은 어린 황제를 찾는 중이라고 설명했다. 최의는 민공을 집으로 데리고 들어와서 황제께 알현시켰다. 이에 임금과 신하는 서로 만나 통곡한다.

민공은 아뢴다.

"국가에 하루도 임금이 없으면 안 됩니다. 청컨대 폐하는 궁궐로 돌아가사이다."

최의의 장원에는 바싹 마른 말이 한 마리뿐이어서, 우선 황제를 태운 다음에 민공은 진류왕과 함께 자기 말을 타고 장원을 떠나갔다.

그들이 세 마장쯤 갔을 때였다. 사도 왕윤王允과 태위太尉 양표楊彪, 우군교위右軍校尉 조맹趙萌, 후군교위後軍校尉 포신鮑信, 중군교위中軍校尉 원소袁紹 등 일행이 많은 사람을 거느리고 와서 황제를 영접했다. 임금과 신하는 다 함께 울었다.

민공은 한 군사에게 단규의 머리를 내줬다. 그 군사는 먼저 도성으로 돌아가서 단규의 머리를 거리에 내걸고, 좋은 말 두 필을 끌고 왔다. 황제와 진류왕은 각기 그 좋은 말에 바꿔 타고 전후 좌우로 호위를 받으면서 도성으로 돌아온다.

전부터 낙양에서는 아이들간에 이러한 동요가 유행했다.

황제는 황제가 아니며
왕도 왕이 아니네.
천 수레, 만 마리 말을 타고
모두가 북망산으로 달리네.
帝非帝
王非王
千乘萬騎
走北邙

이번 사건으로써 그 동요는 들어맞은 셈이다.

일행이 황제를 모시고 몇 리쯤 갔을 때였다. 무수한 기旗가 해를 가리고 자욱한 먼지가 하늘을 덮으면서 한 떼의 군사가 다가온다. 문무 백관들은 군사들을 바라보자 해쓱해진다. 황제 또한 놀란다.

원소는 말을 달려가서 묻는다.

"거기 오는 너희들은 누구냐?"

수繡놓은 깃발 아래서 한 장수가 달려 나오며 큰소리로 되묻는다.

"천자는 어디 있느냐?"

황제는 벌벌 떠는데, 진류왕이 말을 달려 나가 꾸짖는다.

"너는 도대체 누구냐!"

그 장수는 대답한다.

"나는 서량西凉 자사 동탁이다."

진류왕은 계속 묻는다.

"너는 황제의 어가御駕를 보호하려 왔느냐, 겁박하러 왔느냐?"

"내 특별히 황제를 보호하러 왔노라."

그제야 진류왕은 안심한다.

"보호하러 왔다면, 이미 천자가 여기 계시는데 어째서 말에서 내리지 않느냐?"

동탁은 크게 놀라 황망히 말에서 내려 길 왼편에 비켜서서 절한다. 진류왕은 좋은 말로 동탁을 위로한 뒤, 자초지종을 설명했다.

동탁은 마음속으로,

'진류왕이야말로 매우 똑똑하구나.'

생각하고 이때부터 황제를 갈아치울 마음을 품게 됐다.

이날 황제 형제는 궁궐로 돌아와서 하태후를 뵙고 서로 통곡했다.

그런데 웬일일까. 아무리 찾아도 나라를 전하는 보배인 옥새玉璽가 보이지 않았다.

동탁은 군사들을 성밖에 주둔시킨 다음에 날마다 철갑鐵甲으로 무장한 군사를 거느리고 성안으로 들어와서는 거리를 달리며 날뛰었다. 백성들은 불안해서 견딜 수가 없었다. 뿐만 아니라, 동탁은 궁궐 안을 맘대로 드나들면서 조금도 조심하는 빛이 없었다.

후군교위 포신은 원소한테 가서 말한다.

"동탁은 딴생각을 품은 것이 분명하오. 속히 없애버려야 하오."

원소는 대답한다.

"조정이 겨우 안정되려는데, 경솔한 짓을 해서는 안 되오."

그 뒤 포신은 왕윤에게도 이런 뜻을 건넸다.

"차차 상의하기로 합시다."

왕윤 역시 미지근한 대답이었다. 포신은 길이 탄식하고, 그날로 자기 군사만 거느리고 태산泰山을 향하여 떠나갔다.

그 후 동탁은 지난날 하진 형제 소속으로 있었던 군사들을 좋은 말로 꾀어 병권을 완전 장악했다. 동탁은 모사 이유와 상의한다.

"장차 황제를 몰아내고 그 대신 진류왕을 세울까 하는데 어떻겠소?"

이유는 대답한다.

"오늘날 조정에 주인이 없으니, 이때에 서둘러야 합니다. 늦으면 변이 일어납니다. 내일 온명원溫明園을 포위한 다음에 문무 백관을 불러들여 황제를 폐위시키는 동시에 새로운 분을 세우겠다고 선언하십시오. 만일 복종하지 않는 자가 있거든 즉석에서 참하시오. 그러면 위엄과 권세를 동시에 펼 수 있습니다."

동탁은 기뻤다.

이튿날, 궁중에다 크게 잔치를 베풀고 공경 대신公卿大臣들을 초청하니, 모두가 동탁을 두려워하는 처지라, 감히 나오지 않을 수가 없었다. 동탁은 문무 백관들이 다 모이기를 기다렸다가 그제야 천천히 나타나, 원문園門에서 말을 내렸다. 그는 허리에 칼을 찬 채 들어와서 자리에 앉는다. 술이 몇 순배 돌았을 때였다.

동탁은 여러 대신들에게 묻는다.

황제를 폐위하고 진류왕을 세울 것을 모의하는 동탁(오른쪽 맨 위)

"천자는 만백성의 주인이니, 위엄이 없으면 종묘 사직을 받들 수 없 도다. 지금 왕위에 있는 폐하는 너무 나약하니, 총명하고 학문을 좋아하 는 진류왕이 황제의 위를 계승하는 것이 마땅할지라. 내 황제를 폐한 뒤 에 진류왕을 세우려 하는데, 모든 대신의 뜻은 어떠하시오?"

한 사람이 상을 밀어젖히며 앞으로 나와 큰소리로 외친다.

"그건 천부당만부당하다. 네가 어떻게 그런 말을 함부로 하느냐. 천자 는 바로 전 황제의 적자嫡子이시며 아무 허물이 없거늘, 어째서 망령되 이 폐위한단 말이냐! 네가 분명 역적질할 뜻이 있구나!"

동탁이 보니 그 사람은 바로 형주荊州 자사 정원丁原이었다.

동탁은 분노하여,

"순종하는 자는 살며, 항거하는 자는 죽으리라!"

하면서 허리에 찬 칼을 뽑아 들었다.

이유가 보니 바로 정원의 뒤에 한 사람이 우뚝 서 있는데, 기상이 씩씩하고 위풍이 늠름했다. 그 사람은 손에 방천화극方天畵戟을 들었는데 성난 눈으로 동탁을 노려본다. 이유는 황망히 나서서 말한다.

"이런 잔치 자리에서 나랏일을 의논하는 것은 옳지 못하오. 내일 다시 모여 상의해도 늦지 않을 것이오."

문무 백관들의 권고로 정원은 말을 타고 떠나갔다. 동탁은 다시 문무 백관들에게 묻는다.

"그래 내 말에 잘못이 있소?"

노식은 대답한다.

"대감 생각은 잘못이오. 옛날에 은殷나라 임금 태갑太甲은 사리에 어두웠기 때문에 정승 이윤伊尹이 임금을 동궁桐宮으로 추방했으며, 한조漢朝에선 창읍왕昌邑王이 왕위에 오른 지 겨우 27일 동안에 3천여 가지 나쁜 일을 저질렀기 때문에 대장군大將軍 곽광藿光이 태묘太廟에 고하고 왕을 폐위시켜버렸던 것이오. 이제 폐하는 비록 어리시나, 총명하시며 인자하사 추호도 허물이 없으시오. 더구나 대감은 지방을 다스리는 자사의 신분으로서 한 번도 나라 정사政事에 참여하지 못했으며, 또 옛 이윤이나 곽광과 같은 그런 큰 인재도 아니거늘, 어째서 황제를 폐위해야 한다고 주장하시오. 옛 성인聖人도 말씀하시기를 '이윤 같은 뜻이 있으면 임금을 갈아치울 수 있지만, 이윤 같은 뜻이 없으면 그건 역적이라' 하셨소."

동탁은 노기 탱천하여 칼을 들어 노식을 죽이려 든다.

의랑議郞 팽백彭伯이 앞을 막고 간한다.

"노상서盧尙書(노식)는 천하에 인망이 높은 분이오. 저런 분을 해치면 민심이 흉흉할까 두렵소."

동탁은 그제야 들었던 칼을 내렸다.

사도 왕윤이 제의한다.

"황제를 폐위하고 새로 모시는 일은 이런 술자리에서 상의할 일이 아니니, 다음날에 다시 의논합시다."

그래서 문무 백관은 흩어져 돌아갔다. 동탁은 칼을 짚고 뜰 입구에 서 있는데, 저편에서 창을 든 사람 한 명이 말을 채찍질하여 오더니 이리저리 달린다. 동탁은 이유에게 묻는다.

"저 사람은 누구요?"

이유는 대답한다.

"저 사람은 정원의 수양아들이니, 성은 여呂요 이름은 포布며 자를 봉선奉先이라 합니다. 주공은 잠시 몸을 피하십시오."

동탁은 온명원으로 들어가서 몸을 피했다.

이튿날, 수하 사람이 황급히 들어와서 고한다.

"정원이 군사를 거느리고 성밖에 와서 싸움을 청합니다."

동탁은 크게 노해서 군사를 거느리고 이유와 함께 성밖으로 나가 진陣을 친 다음에 바라보니, 여포가 속발금관束髮金冠과 백화전포百花戰袍와 당예唐猊 갑옷 차림으로 허리에 사만보대獅蠻寶帶를 띠고, 창을 들고 말을 달려 정원을 따라 진영 앞으로 나온다.

정원은 손가락으로 동탁을 가리키며 저주한다.

"국가가 불행해서 고자 놈들이 권세를 농락하여 만백성을 도탄에 몰아넣더니, 네 놈은 눈꼽만한 공로도 세우지 못한 주제에 어찌 감히 황제를 폐위한다면서 조정을 어지럽히느냐?"

동탁은 미처 대답할 여가도 없었다.

여포가 어느새 말을 쏜살같이 달려 쳐들어온다. 동탁은 황급히 달아나니, 정원이 군사를 휘몰아 엄습한다. 동탁의 군사는 크게 패하여 30리 바깥으로 달아나 겨우 영채를 꾸렸다. 동탁은 심복 부하들을 모으고 상의한다.

"여포를 보니 그는 참으로 비범한 인물이다. 여포만 우리 편이 되어준다면, 내 천하를 얻는 데 무엇을 염려하리오."

한 사람이 장막 앞으로 나선다.

"주공은 염려 마십시오. 나와 여포는 한 고향 출신인 만큼 잘 압니다. 그는 용맹하나 꾀가 없으며, 이익을 위해서는 의리를 저버리는 성격입니다. 제가 아직 썩지 않은 이 세 치 혀를 놀려 여포가 스스로 항복해오도록 하겠습니다."

동탁이 매우 기뻐서 보니, 그 사람은 바로 호분중랑장虎賁中郎將(친위 사령관) 이숙李肅이었다.

동탁은 묻는다.

"네가 가서 뭐라 말할 테냐?"

"들은즉 주공에게 유명한 말 한 필이 있어 이름은 적토赤兎요 하루에 천리를 간다 하니, 여포에게 우선 그 말을 준 후에 다시 금은보화를 주고 뇌물로써 유인해야 합니다. 연후에 제가 좋은 말로 달래면 반드시 정원을 버리고 주공에게로 항복해올 것입니다."

동탁은 이유에게 묻는다.

"이숙의 말대로 하면 되겠소?"

"주공이 천하를 얻으려 하는데 말 한 마리를 아까워하시겠습니까."

동탁은 흔쾌히 이숙에게 적토마와 황금 천 냥과 값진 구슬 열 개와 옥대玉帶 한 벌을 내줬다.

이숙은 예물을 받아서 여포의 영채로 가다가 매복하고 있던 군사들에게 포위당했다. 이숙은 여포의 군사들에게 말한다.

"너희들은 속히 여포 장군에게 가서 옛 친구가 찾아왔음을 전하여라."

군사 하나가 먼저 가서 말을 전하니, 여포는

"이리 데려오라."

하고 분부했다.

이숙은 들어와서 여포에게 인사한다.

"아우는 그간 별고 없었는가?"

여포는 읍하며 대답한다.

"오랫동안 못 뵈었소. 그래 지금은 어디서 뭘 하오?"

"나는 지금 호분중랑장직職에 있노라. 듣자니 아우가 이번에 국가를 위해 큰일을 한다기에, 내 기쁨을 참을 수 없어 좋은 말 한 필을 끌고 왔네. 그 말은 하루에 천리를 가는데, 물을 건너며 산을 오르기를 평지 달리듯하니, 그 이름이 적토마라. 특별히 아우에게 바치고 범 같은 위엄을 돕고자 하노라."

여포가 그 말을 끌어오게 하여 보니, 과연 온몸이 숯불처럼 빨간데다가 잡털 하나 없으며 머리에서 꼬리까지의 길이가 1장丈이요, 키가 8척인데, 코를 불며 소리치는 모양은 바로 하늘에 날아오를 듯, 또는 바닷속으로 들어갈 듯한 자세였다.

후세 사람이 그 적토마를 찬탄한 시가 있다.

천리를 달려서 티끌을 일으키지만
물을 건너며 산에 오를 때는 자욱한 안개를 여는도다.
줄을 끊고 옥으로 만든 굴레를 흔드는 모양은
하늘에서 시뻘건 용이 날아 내리는 듯하구나.
奔騰千里蕩塵埃
渡水登山紫霧開
戚斷絲勁搖玉陂

火龍飛下九天來

여포는 적토마를 보자 너무나 기뻐서 감사한다.

"형이 이런 용 같은 말을 주시니, 장차 무엇으로 보답해야 좋을지 모르겠소."

이숙은 점잖게 대답한다.

"나는 의기義氣를 위해서 왔소. 어찌 보답을 바라리요."

여포는 술잔을 권하며 이숙을 대접한다. 서로가 술이 얼근해지자 이숙은 수작을 건다.

"나는 그대와 오랫동안 못 만났지만, 춘부장 어른은 늘 뵈었네."

"형이 취했구려. 우리 아버지께서 세상을 떠나신 지 이미 여러 해인데, 형이 어떻게 만나봤단 말이오."

이숙은 껄껄 웃는다.

"내 말을 잘 못 알아듣는군. 그런 것이 아니라, 내가 말하는 뜻은 자사 정원을 두고 하는 말일세."

"비꼬지 마시오. 내가 정원 밑에 있는 것은 어쩔 수 없어서 그런 것이오."

이숙은 엄숙한 표정을 짓는다.

"아우는 하늘을 떠받들고 바다라도 걸머질 만한 인물이니, 이 세상에서 누가 존경하지 않으리요. 주머니 속 물건을 내듯이 부귀 공명을 취할 수 있을 텐데, 어쩔 수 없어서 남의 지배를 받는다니 그게 무슨 말이오?"

"참다운 주인을 못 만나서 한이오."

이숙은 웃는다.

"좋은 날짐승은 나무를 가려서 앉으며, 어진 신하는 주인을 골라서 섬긴다 하오. 기회가 왔는데도, 속히 행동하지 않으면 나중에 후회해도 소용없소."

여포는 묻는다.

"형은 조정에 있으면서 많은 사람을 봤을 테니, 누가 당대 영웅입디까?"

"내가 조정에서 여러 신하를 봤지만 다 동탁만 못합디다. 동탁은 어진 사람을 존경하며 선비를 대우할 줄 알고 상벌賞罰이 분명하니, 반드시 큰일을 할 것이오."

여포는 탄식한다.

"나도 동탁을 따르고 싶으나 연줄이 없어 한이오."

이숙은 황금과 값진 옥대를 내놓는다.

여포는 놀라며 묻는다.

"이건 웬 물건이오?"

이숙은 좌우 사람을 꾸짖어 내보낸 다음에 고한다.

"실은 동탁 대감이 오랫동안 그대의 용맹을 흠모하사, 특별히 나를 시켜 그대에게 갖다 드리도록 한 예물이오. 저 적토마도 동탁 대감이 보낸 것이오."

여포는 묻는다.

"동탁 대감이 이렇듯 나를 생각해주시니, 장차 무엇으로 보답해야 합니까?"

"나처럼 재주 없는 사람도 호분중랑장 노릇을 하니, 그대는 가기만 하면 굉장한 지위에 오를 것이오."

"추호의 공로도 세워드리지 못한 처지로 찾아가 뵙는 것이 원통하오."

"공로를 세우는 거야 손바닥 뒤집기보다도 쉬운 일이지만, 그대가 하려 들지 않으니 어찌하리요."

여포는 잠시 생각하더니 묻는다.

"그럼 내가 정원을 죽이고 그 군사를 거느려 가면 어떻겠소?"

"아우가 그렇게만 한다면야, 참으로 막대한 공로를 세우는 거요. 그러나 일이란 주저하면 못쓰오. 매사는 속히 결정짓는 데 있소."

여포는 내일 투항하겠노라고 약속한다. 이숙은 여러 가지로 충동질한 후 돌아갔다.

그날 밤 2경이었다. 여포는 칼을 차고 장막 안으로 들어갔다. 정원은 불을 밝히고 병서兵書를 읽다가, 들어오는 여포를 보자 묻는다.

"나의 아들아, 무슨 일로 왔느냐?"

여포는 되묻는다.

"나는 당당한 대장부이다. 내가 왜 너의 아들이란 말이냐!"

"너는 어째서 마음이 변했느냐?"

여포는 대답 대신 한칼에 정원의 목을 쳐서 떨어뜨린 다음에 좌우를 돌아보며 큰소리로 외친다.

"정원은 어질지 못하기에 내가 죽였다. 나를 따르려는 자는 여기 남아라. 그렇지 않은 자는 맘대로 가거라."

군사들은 태반이나 여포를 버리고 떠나가버렸다.

이튿날, 여포는 정원의 머리를 들고 이숙을 찾아갔다. 이숙은 즉시 여포를 동탁에게로 안내했다. 동탁은 매우 흡족해하며 여포에게 술잔을 권한 뒤 먼저 일어서서 절한다.

"오늘날 장군을 얻은 것이 마치 가뭄에 단비를 만난 것 같소이다."

여포는 황망히 일어나 동탁을 자리로 모신 다음에 절한다.

"대감께서 버리시지 않겠다면, 여포는 대감을 수양아버지로 삼겠소이다."

동탁은 여포에게 황금 갑옷과 비단과 전포戰袍를 하사하고 흔쾌히 취하였다.

이로부터 동탁의 위세는 더욱 커져서 몸소 전장군前將軍 직을 맡아보고, 친동생인 동민董旻에게는 좌장군左將軍 호후鄠侯를, 여포에게는 기도

정원의 막사로 쳐들어가는 여포. 왼쪽은 병서를 읽고 있는 정원

위중랑장騎都尉中郎將 도정후都亭侯를 봉했다.

이유가 속히 황제를 폐위할 일을 권하자, 동탁은 궁중에다 성대하게 잔치를 베풀고 즉시 모든 문무 백관을 불렀다. 여포는 무장한 군사 천여 명을 거느리고 동탁을 호위했다.

태부太傅 원외袁隗는 문무 백관들과 함께 왔다. 술이 여러 순배 돌았을 때 동탁은 칼을 짚고 말한다.

"황제가 어리석고 나약해서, 종묘 사직을 받들 수 없음이라. 내 이윤과 곽광의 옛일을 본받아 황제를 폐위하고 홍농왕弘農王으로 삼는 대신, 진류왕을 황제로 삼으리니, 복종하지 않는 자가 있으면 참하리라."

모든 신하는 겁이 나서 감히 대답도 못하는데, 중군교위 원소가 앞으로 나선다.

"금상 폐하께서 즉위하신 지 얼마 되지 않았으며, 아울러 덕을 잃은 일이 없으신데, 네가 적자를 폐하고 서자庶子를 세우려 하니 반역이 아니면 무엇이냐!"

동탁은 노하여 꾸짖는다.

"천하 모든 일이 내게 매여 있거늘, 지금 하는 일에 누가 감히 복종하지 않으리요. 네 눈에는 이 칼이 보이지 않느냐?"

두 사람이 잔치 자리에서 서로 맞서니,

정원은 충의를 세우다가 먼저 죽고
원소도 서로 맞서 형세가 위태하다.
丁原仗義身先喪
袁紹爭鋒勢又危

동탁은 장차 어찌 될 것인가?

제4회

한제를 폐위하여 진류왕을 황제로 삼고
조맹덕은 역적 동탁을 죽이려다가 칼을 바치다

동탁은 원소를 죽이려 드는데, 이유가 말린다.
"아직 일을 결정짓지 못했는데, 함부로 사람을 죽이면 안 됩니다."
동탁은 들었던 칼을 내렸다.
이에 원소는 보검寶劍을 들고 모든 문무 백관에게 인사한 후 분연히 궁을 나왔다. 원소는 동문東門 위에다 절節(한나라 제도로서 8척의 대[竹] 자루에 모우旄牛의 꼬리를 세 개 매단 것으로, 우리 나라로 말하면 마패와 같다. 사례교위였던 원소는 그 절을 가지고 범법자를 다스렸다)을 걸어놓고, 벼슬을 하직한 후 기주冀州 땅으로 떠나갔다.
동탁은 태부 원외를 위협한다.
"너의 조카뻘 되는 원소란 놈이 무례하기 짝이 없으나 체면을 봐서 용서한다. 너는 황제를 폐위하려는 일에 대해서 어떻게 생각하느냐?"
원외는 겨우 대답한다.
"동탁 대감의 생각이 옳은 줄로 아오."
동탁은 모든 대신을 흘겨본다.

"감히 이 일을 막는 자가 있으면 군법軍法으로 다스리리라."

문무 백관들은 겁이 나서 일제히 죽어가는 소리를 했다.

"분부대로 거행하리다."

잔치가 끝나자, 동탁은 시중侍中(황제의 고문관) 주비周毖와 교위 오경伍瓊에게 묻는다.

"원소가 가버린 걸 어떻게 생각하나?"

주비는 대답한다.

"원소가 분노하여 갔으니 대감이 상금을 걸고 급히 잡으려 서두르면, 원소는 궁한 김에 반드시 반란을 일으킬 것입니다. 더구나 원씨 집안은 4대代를 내려오며 많은 사람에게 은혜를 베풀었기 때문에 그 문하생으로서 벼슬을 사는 자가 지금 천하에 두루 깔려 있는 실정입니다. 원소가 호걸을 불러들여 그의 도당을 모으면, 그 기회에 영웅들이 들고 일어날 것이니 산동山東 지방 일대는 대감의 소유가 안 될 것입니다. 그러니 차라리 원소를 용서하고 한 군郡의 태수로 봉하십시오. 원소는 죄를 면하면 필시 기뻐할 것이며 따라서 대감도 뒷걱정이 없으리다."

오경도 대답한다.

"원소는 일을 꾸미는 건 좋아하나 결단력이 없으니 족히 염려하실 건 없습니다. 그에게 한 군의 태수를 시켜주고 대신 민심을 수습하는 것이 좋습니다."

동탁은 머리를 끄덕이며, 그날로 사람을 보내어 원소를 발해渤海 태수로 임명했다.

9월 초하룻날, 동탁은 황제를 가덕전嘉德殿으로 청하여 앉히었다. 동탁은 모든 문무 백관을 모은 뒤 칼을 뽑아 든다.

"천자가 사리에 어둡고 나약해서 천하의 임금 노릇을 못하는지라. 여기 책문策文이 있으니 읽어드리시오."

소제를 폐위하고 진류왕을 황제로 등극시키는 동탁

이유는 분부를 받고 책문을 읽는다.

효령황제孝靈皇帝가 일찍이 모든 신하와 백성을 버리고 세상을 떠나자, 그 뒤를 이어 황제가 대위를 계승함에 천하가 다 우러러보며 기대하였음이라. 그러나 황제는 천성이 경조 부박하여 상중喪中의 몸이로되 법도가 없고 또한 덕德이 없어서 제왕의 자리를 더럽혔다. 뿐만 아니라 하태후何太后도 또한 어머니로서의 교훈과 예의가 전혀 없는지라, 나랏일이 더욱 황폐해졌으며, 지난번 동태후께서 갑자기 세상을 떠나셨을 때도 세상 여론은 여러 가지로 분분하였다. 이러고도 삼강三綱(군君·사師·부父)의 진리와 천하의 기강이 무너지지 않았다고 하겠는가. 그러나 진류왕 협協은 성덕聖德이

높고, 법도가 엄숙하여 상중에 슬퍼하고 요사한 말은 입에 담지 않았다. 그 거룩한 천품은 천하가 널리 아는 바이니, 마땅히 나라를 이어받아 만세에 전할지라. 이에 황제를 폐하여 홍농왕으로 삼고, 하태후를 정사에 참여하지 못하도록 규제한다. 청컨대 진류왕을 받들어 황제로 삼노니, 하늘 뜻에 순종하고 인심에 순응하여 만백성의 바라는 바를 위로하라.

이유가 책문을 다 읽자 동탁은 좌우 사람에게 황제를 끌어내리도록 호령한다. 좌우 것들은 우르르 올라가서 황제를 전각 아래로 끌어내리더니 옥새 끈을 풀고 북쪽을 향하여 꿇어앉게 한 다음에, 윽박질러댔다.
"이제부터는 신하로서 명령을 들으시오."
그리고는 하태후를 불러내어 태후 복장을 벗기고 새 황제의 어명을 기다리도록 호령했다. 황제와 하태후는 통곡한다. 신하들도 모두 슬퍼한다.
한 대신이 분노를 참을 수 없어,
"역적 동탁이 하늘을 속이는 계책을 쓰니, 마땅히 내 목의 피를 뿌리리라!"
높이 외치고, 들었던 상아홀象牙笏로 동탁을 쳤다.
동탁은 크게 노하여 무사에게 호령한다.
"이놈을 잡아 내려라!"
문무 백관들이 붙잡혀 내려가는 사람을 보니, 그는 바로 상서尙書 정관丁管이었다.
동탁은 계속 호령한다.
"당장 그놈을 끌어내다가 참하여라."
정관은 끌려 나가면서도 끝내 동탁을 꾸짖는다. 그는 목이 떨어지기까지 얼굴빛 하나 변하지 않았다.

　후세 사람이 시를 지어 정관을 찬탄하였다.

　　음흉한 역적 동탁이 황제를 갈아치울 계책을 세우니
　　한나라 종묘 사직은 쑥대밭이 되는가.
　　만조 백관滿朝百官은 다 말려들어갔으나
　　정관만이 참다운 남아 대장부였도다.
　　董賊潛懷廢立圖
　　漢家宗社委丘墟
　　滿朝臣宰皆囊括
　　惟有丁公是丈夫

　동탁은 진류왕에게 전상殿上에 오르기를 청한다. 만조 백관은 하례賀禮를 드렸다.

　동탁의 명령으로 하태후와 홍농왕과 왕비 당唐씨(홍농왕의 부인)는 봉쇄封鎖되고 모든 신하의 출입을 엄금했다.

　슬프다, 소제少帝(홍농왕이 죽은 뒤에 붙여준 칭호)는 4월에 등극하여 9월에 쫓겨난 것이다.

　동탁이 새로 세운 진류왕 협의 자는 백화伯和요, 영제靈帝의 둘째 아들이니, 그가 바로 헌제獻帝이다. 이때 그의 나이 겨우 아홉 살이었다. 이리하여 연호를 초평初平 원년으로 고쳤다.

　동탁은 스스로 정승이 되어 황제에게 절을 할 때에도 자기 이름을 말하지 않고 '나'로서 대하며, 조정에 들어갈 때에도 다른 신하들처럼 몸을 숙이지 않으며, 언제나 허리에 칼을 차고 전각에 올라가니, 그의 위엄과 세력은 비할 데가 없었다.

이유는 동탁에게,

"이럴 때는 덕망 높은 사람을 등용해서 민심부터 수습해야 합니다."

하고 권하면서 채옹蔡邕을 천거했다. 동탁은 사람을 보내어 불렀으나, 천하 문장이요 덕망 높은 채옹이 올 리가 없었다.

동탁은 진노하여 분부한다.

"다시 가서 채옹에게 '오지 않으면 너의 일족이 멸할 줄 알라'고 일러라."

이에 채옹은 두려워서 동탁에게로 왔다. 동탁은 채옹을 보자 크게 기뻐서 한 달 동안에 세 번이나 승진시켜 시중侍中으로 삼고 극진히 대접했다.

황제의 자리에서 쫓겨난 소제는 하태후와 당비唐妃(소제의 비 당씨)와 함께 영안궁에 감금당하다시피 되어 곤궁한 생활을 보냈다. 의복과 음식이 점점 줄어들면서부터 소제의 눈에는 눈물이 마를 날이 없었다.

어느 날, 소제는 뜰에 날아다니는 제비 한 쌍을 보고 시 한 수를 지어 읊는다.

아지랑이는 새 풀에 어렸는데
한 쌍 제비가 맵시 있게 나는도다.
낙수洛水의 한 줄기 물빛은 푸르러
언덕 위 사람이 부럽다, 하더라.
멀리 비칫빛 구름이 깊은 곳을 바라보니
바로 내가 있던 옛 궁전이구나.
누가 충성과 의리를 세워
쌓이고 쌓인 이내 원한을 풀어줄거나.
嫩草緣凝烟
毘毘雙飛燕

洛水一條靑

陌上人稱羨

遠望碧雲深

是吾舊官殿

何人仗忠義

泄我心中怨

동탁은 심복 부하를 보내어 영안궁 동정을 늘 살피고 있었다. 그날 그 심복 부하가 소제가 지어서 읊는 시를 듣고 돌아가서 동탁에게 일러바친다.

동탁은 이유에게 분부를 내렸다.

"원망하는 시를 지었으니, 이젠 죽여도 명분이 선다."

이유는 무사 10여 명을 거느리고 영안궁으로 갔다. 이때 소제는 하태후, 당비와 함께 누각 위에 있었다.

궁녀가 와서 아뢴다.

"이유가 왔습니다."

동탁의 모사 이유가 왔다는 말만 듣고도 소제는 소스라치게 놀란다.

이윽고 이유가 들어와서 독주毒酒를 바치니, 소제는 어리둥절하다.

"웬일이오?"

"봄날이 화창하기로 동정승께서 특별히 만수주萬壽酒를 보낸 것이오."

하태후는 의심한다.

"그렇듯 좋은 술이라니, 그럼 네가 먼저 마셔라."

이유는 대뜸 흥분하여, 소제에게

"이래도 못 마시겠느냐!"

위협하면서 거느리고 온 무사들에게 분부한다.

"가지고 온 물건을 여기 내놓아라."

좌우 무사는 소제 앞에 단도短刀와 흰 비단줄을 내놓는다.

이유는 호령한다.

"술을 마시지 않으려거든 이 두 가지 물건을 받아라!"

당비는 고꾸라질 듯, 이유 앞으로 나아가 무릎을 꿇고 사정한다.

"이 몸이 황제를 대신해서 술을 마시겠으니, 바라건대 그대는 두 모자분 목숨만 살려주오."

"네가 뭐기에 왕 대신 죽겠다는 거냐?"

이유는 당비를 꾸짖으며 하태후에게 술을 내민다.

"너부터 먼저 마셔라."

하태후는 이유를 저주하며 탄식한다.

"하진이 지혜가 없어 역적을 도성으로 끌어들이더니, 오늘날에 이 꼴을 당하는구나!"

이유는 또 소제에게 술을 마시라며 성화를 부리면서 재촉한다.

"나에게 태후 마마와 작별할 여가를 다오."

소제는 크게 통곡하다가 노래를 지어 부른다.

    하늘과 땅이 바뀜이여
    해와 달이 뒤집혔도다.
    만승천자 자리를 버림이여
    물러가서 한낱 변방의 몸이 되었도다.
    신하에게 협박당함이여
    죽음이 눈앞에 닥쳤도다.
    대세가 이미 기울었음이여
    헛되이 눈물만 흐르는도다.

  天地易兮日月暢
  棄萬乘兮退守藩
  爲臣逼兮命不久
  大勢去兮空淚螢

당비도 또한 노래를 지어 부른다.

  황천이 무너짐이여
  후토[地神]는 결딴났도다.
  몸은 황제의 짝이 됐으나
  따라 죽지 못하니 한이로다.
  살고 죽는 길이 서로 다름이여
  이로부터 영 이별이로다.
  정신을 차릴 수 없음이여
  이 슬픔을 어찌할거나!
  皇天將崩兮后土頹
  身爲帝姬兮恨不隨
  先死異路兮從此別
  奈何均速兮心中悲

노래를 마치자 황제와 당비는 서로 얼싸안고 통곡한다. 이유는 추상같이 호령한다.
 "동정승은 지금 우리가 돌아오기를 기다리신다. 너희들이 이러면 누가 구해줄 줄 아느냐?"
 하태후는 크게 저주한다.

"역적 동탁이 우리 모자를 핍박하고, 하늘이 우리를 돕지 않으사 너희들이 극악한 짓을 한다마는, 머지않아 너희들 일족도 반드시 멸망할 날이 있으리라."

이유는 격분하여 하태후를 들어 누각 아래로 내던졌다. 높은 누각에서 떨어진 하태후는 한 번 꿈틀하더니 다시 움직이지 않았다. 이유가 눈짓을 하자, 무사들이 달려들어 당비의 목을 흰 비단줄로 졸라 죽인다. 또한 소제의 입을 벌리고 독주를 들이붓는다.

기막힌 일이다. 이유는 누각 위와 아래에 쓰러져 있는 세 구의 시체를 한 번 흘겨보고는 돌아가서 보고했다.

동탁은 시체들을 성 바깥으로 끌어내어 묻도록 분부했다. 이로부터 동탁은 밤마다 궁에서 궁녀들을 간음하며 용상龍床에서 잠을 잤다.

한번은 동탁이 군사를 거느리고 성을 나와 양성陽城 지방으로 갔다. 이때가 2월이라, 마을 백성들은 남자 여자 할 것 없이 성황당에 모여 축제를 올렸다. 동탁은 군사들에게 마을 백성들을 에워싸고 쳐죽이도록 호령했다. 군사들은 부녀자와 재물을 마구 약탈하였다. 죽인 백성의 머리 천여 개를 수레에 매달고 개가凱歌를 부르면서 도성으로 돌아왔다.

"역적을 쳐서 크게 이기고 돌아왔노라."

동탁은 선전하며,

"끊어온 역적들의 머리를 성 바깥에 내다가 불태워라."

분부하고 잡아온 부녀자와 빼앗아온 재물을 군사들에게 나눠줬다.

월기교위越騎校尉(8교위의 하나로서 도성 밖에 주둔하는 군사를 거느린다. 월인越人, 즉 오늘날 절강 지방의 군사들로 조직한 기병대라는 설도 있다. 그 기병의 사단장 격이다) 오부伍孚의 자는 덕유德瑜였다. 오부는 전부터 동탁의 잔인 무도함에 분노를 참을 수 없어, 관복 속에 갑옷을 입고 비수를 품고 기회만 노리고 있었다.

어느 날, 동탁이 조정에 들어가는데, 오부는 뜰로 내려와 영접하는 체하면서 날쌔게 비수를 뽑아 찔렀다. 그러나 동탁은 기운이 장사였다. 두 손을 번쩍 들어 오부의 팔을 잡고 실랑이질치는데, 그때 여포가 들어오다가 보고서 오부의 뒷덜미를 잡아챘다.

동탁은 묻는다.

"어떤 놈이 너더러 모반하도록 지시하더냐!"

오부는 눈을 부릅뜨고 큰소리로 꾸짖는다.

"네 놈은 나의 임금이 아니며 내가 네 놈의 신하가 아닌데 어찌 모반했다 하느냐! 너의 죄악이 하늘에 가득할새 사람마다 죽이고자 하는지라. 너를 찢어 죽여 만천하 사람들에게 보답하지 못하는 것이 한이로다."

동탁은 노기 등등해서 명한다.

"저놈을 끌고 가서 칼로 오장육부를 도려내라."

이날, 오부는 숨이 멈출 때까지 동탁에게 욕설을 퍼부어댔다.

후세 사람이 오부를 찬탄한 시가 있다.

　　한나라 말년 충신 오부로 말하면
　　그의 충천하는 호기는 세상에 짝이 없었도다.
　　역적 동탁을 죽이려 했던 그의 이름은 지금껏 전해져
　　만고에 대장부라는 칭송을 받는도다.
　　漢末忠臣說伍孚
　　沖天豪氣世間無
　　朝堂殺賊名猶在
　　萬古堪稱大丈夫

이런 뒤로 동탁이 출입할 때면 늘 무장한 군사가 호위했다.

한편, 원소는 발해 태수로 있으면서 동탁이 갖은 못된 짓을 다한다는 소문을 듣자, 왕윤에게 밀서를 보냈다.

역적 동탁이 하늘을 속이고 황제를 폐하더니, 사람으로선 못할 짓을 하는데, 대감은 놈들의 날뛰는 꼴을 보고도 못 본 체하니, 그러고서야 어찌 국가에 충성하는 신하라 하겠소. 나는 지금 군사를 모아 조련하며 장차 황실皇室을 새로이 밝히려 하나, 경솔히 행동을 개시할 수 없는지라, 대감에게도 나와 같은 뜻이 있거든 마땅히 기회를 보아 거사하시오. 언제든지 연락만 하면 나는 즉시 분부대로 일을 일으키겠소.

왕윤은 원소의 밀서를 읽고 곰곰이 생각했으나 별로 뾰족한 계책이 떠오르지 않았다. 어느 날, 왕윤은 입궐했다가 시반侍班들의 실내에 모여 있는 옛 신하들을 보았다.

왕윤은 그들에게 말한다.

"오늘이 이 늙은 사람의 생일이오. 감히 여러분을 청하노니, 밤에 내 집에 와서 술이나 함께 듭시다."

"예, 가서 축수祝壽하리다."

그날 밤, 왕윤은 후당後堂에다 잔치를 벌였다. 이윽고 옛 대신들이 다 모였다. 술이 몇 순배 돌았을 때 왕윤이 갑자기 얼굴을 소매로 가리더니 방성통곡한다.

대신들이 깜짝 놀라 묻는다.

"대감은 생일날 왜 그리 슬피 우시오?"

왕윤은 눈물을 닦고 추연히 대답한다.

"사실을 말하자면 오늘은 내 생일이 아니오. 여러분과 함께 한번 소회를 펴고 싶었으나 동탁이 의심할까 두려워서 그래서 생일이라 핑계를 댔소. 동탁이 임금을 속이고 권세를 농락하여 국가는 조만간에 결딴이 날 지경에 이르렀소. 생각건대 고조 황제(한 고조 유방)께서 진秦나라를 무찌르고 초楚나라 항우를 꺼꾸러뜨리고 천하를 정하셨거늘, 오늘날까지 전해 내려온 국가가 동탁의 손에 무너질 줄 누가 알았으리요. 그래서 울음을 참을 수 없구려."

그 말을 듣자 옛 신하들도 통곡한다. 좌중에서 한 사람이 손바닥을 슬슬 문지르며 껄껄 웃는다.

"만조 대신들이 날이 새도록 울다가 다시 밤이 될 때까지 울기만 하면, 그래 동탁이 죽을 성싶소?"

왕윤이 보니 그 사람은 바로 효기장군驍騎將軍 조조였다. 왕윤은 꾸짖는다.

"너의 조상이 또한 한나라 국록國祿을 먹었거늘, 나라에 보답할 생각은 않고 우리를 비웃느냐!"

조조는 대답한다.

"내가 다른 일 때문에 웃는 건 아니오. 여러 어른이 이렇게 모였으면서도 동탁을 죽일 계책이 전혀 없기에 그래서 웃었소. 조조는 비록 재주는 없지만 바라건대 동탁의 머리를 끊어 도성 성문 위에 높이 매달고 천하에 사례하리다."

왕윤은 자리를 비켜 앉으며 묻는다.

"맹덕孟德(조조의 자)은 무슨 높은 계책이라도 있소?"

조조가 대답한다.

"요즘 내가 몸을 굽히고 동탁을 섬기는 뜻은 기회를 얻기 위해서요. 이제 동탁은 나를 매우 신임하기 때문에 언제든지 그놈 가까이 갈 수 있소. 듣자 하니 사도 왕윤 대감에게 칠보七寶로 장식한 칼이 있다던데, 원컨대 이 조조에게 빌려주시면 정승 부중府中에 가서 동탁을 찔러 죽이겠소. 만일 실패해서 내가 죽는다 해도 여한이 없겠소."

왕윤은 머리를 끄덕이며,

"맹덕이 과연 그런 생각이라면 천하를 위해서 다행한 일이오."

하고 친히 잔에 술을 따라 조조에게 바친다. 조조는 술잔을 받아 땅에 술을 뿌리고, 여러 대신들 앞에서 맹세했다. 이에 왕윤은 칠보로 장식된 칼을 조조에게 내주었다. 조조는 칼을 몸에 지니고 술을 마저 마신 후에 일어나 대신들에게 하직하고 나갔다.

이튿날, 조조는 칠보도를 허리에 차고 정승 부중에 가서 묻는다.

"승상은 지금 어디 계시느냐?"

시종하는 자가 대답한다.

"지금 저편 조그만 누각 안에 계시나이다."

조조는 바로 누각 안으로 들어갔다. 동탁은 의자에 앉았는데, 곁에 여포가 서 있었다. 동탁이 묻는다.

"맹덕은 어째서 이제야 오느냐?"

조조는 서슴지 않고 대답한다.

"워낙 늙은 말이라. 잘 걷지를 못해서 늦었나이다."

동탁은 여포를 돌아본다.

"내게 서량西凉 지방에서 진상해온 좋은 말들이 있으니, 봉선奉先(여포의 자)은 한 마리 골라서 맹덕에게 주어라."

여포는 분부를 받자 말을 고르러 밖으로 나갔다. 조조는 속으로 생각한다.

'이 역적 놈이 이제사 죽을 때가 왔나 보다.'

조조는 즉시 칼을 뽑아 찌르고 싶었으나 동탁의 힘이 워낙 센 것을

동탁 암살에 실패하여 보도를 바치는 조조. 왼쪽은 여포

알기 때문에 두려워서 경솔히 행동하지 못한다. 동탁은 너무 살이 쪄서 오래 앉아 있지를 못하고, 마침내 벌떡 눕더니 얼굴을 반대편으로 돌렸다. 조조는 또 속으로 생각한다.

'이 역적 놈이 이제야 만사가 끝나나 보다.'

조조는 급히 칠보로 단장한 칼을 뽑아 동탁을 찌르려 한다. 그러나 누가 알았으리요. 드러누운 동탁은 마침 거울에 비친 자기 모습을 보고 있었다. 그런데 거울 속에서 자기 뒤에 있는 조조가 칼을 뽑는 것이 아닌가!

동탁은 획 몸을 돌려 묻는다.

"맹덕은 뭐 하느냐!"

이때 여포는 말을 이끌고 누각 밖에 서 있었다. 실로 아슬아슬한 찰나였다. 조조는 엉겁결에 무릎을 꿇고 동탁에게 칼을 바친다.

"제게 칠보로 단장한 칼이 있어 승상께 바치려던 참이었습니다."

받아 보니, 칼 길이는 1척 남짓한데, 몹시 날카로운 것이 과연 보물이었다. 동탁은 들어온 여포에게 칼을 내준다.

"좋은 칼이다. 안에 잘 두어라."

조조는 칼집까지 여포에게 바친다. 동탁은 조조를 데리고 누각에서 나와 여포가 끌어다 놓은 말을 보았다.

조조는 감사한다.

"원컨대 시험 삼아 타보겠습니다."

동탁은 시종자들에게 분부한다.

"조조에게 말고삐를 주고 안장을 얹어라."

조조는 말을 끌고 부중에서 나오자, 선뜻 올라타더니 채찍질하여 나는 듯이 동남쪽으로 가버린다.

여포가 묻는다.

"조금 전에 제가 들어오다 보니까, 조조는 칼을 뽑아 들고 마치 무엇을 찌르려는 자세였습니다. 들키는 바람에 일부러 칼을 바친 것이 아니겠습니까?"

동탁이 대답한다.

"나도 좀 수상하다고 생각했지!"

이렇게 말하는데 이유가 왔다. 동탁은 조조가 다녀간 일을 소상히 말했다.

이유는 일러준다.

"조조는 도성에서 처자 없이 혼자 집을 얻어 생활합니다. 곧 사람을 보내어 조조를 오라고 하십시오. 조조가 오면 진정으로 칼을 바친 것이며, 무슨 핑계를 대고 안 오면 승상을 찌르려 했던 것이 분명하니, 그때는 사로잡아다가 물어보십시오."

동탁은 그 말을 옳게 여기고 옥졸獄卒 네 명에게 분부한다.

"곧 가서 조조를 불러오너라."

옥졸 네 놈은 간 지가 한식경이 넘어서야 돌아와 고한다.

"조조는 거처하는 곳에 들르지 않고 말을 달려 동문東門 밖으로 나갔다 합니다. 동문 문지기가 어디로 가느냐고 물었더니, 대답하기를, 승상의 급한 심부름을 간다 하고 말을 황급히 달려 가버리더랍니다."

이유가 말한다.

"조조란 놈이 달아난 모양입니다. 승상을 찌르려 했던 것이 확실합니다."

동탁은 분에 차 소리지른다.

"내가 그만큼 높은 자리를 줬는데도, 도리어 나를 살해하려 하다니!"

이유는 고한다.

"이 일은 혼자서 한 짓이 아닙니다. 반드시 어떤 놈과 함께 짜고 일을 꾸몄을 것인즉, 조조만 잡아오면 곧 알게 될 것입니다."

이에 동탁의 분부로 장안은 물론이요, 각 지방에까지 문서와 함께 조조의 얼굴을 그린 그림이 발송됐다.

> 조조를 사로잡아 바치는 자에게는 상금 천금千金을 주는 동시에 만호후萬戶侯를 봉하리라. 그러나 숨겨두거나 고하지 않는 자가 있으면 조조와 같은 처벌을 받으리라.

한편, 조조는 낙양 성문을 도망쳐 나와 그의 고향 초군初郡으로 말을 달려가다가, 도중에 중모현中牟縣을 경유하게 되었다. 조조는 관소關所(관은 접경을 말한다)를 지키는 군사에게 검문을 당했다.

군사는 조조를 수상히 여기고 붙들어 현령에게로 데리고 갔다.

묻는 말에 조조가 대답한다.

"나는 돌아다니면서 장사하는 나그네올시다. 성을 황보皇甫라 합니다."

현령은 조조를 뚫어지게 굽어보며 무슨 생각을 하는지 말이 없더니,

"내가 지난날, 벼슬을 구하러 낙양에 간 일이 있었는데, 그때 나는 네가 조조란 것을 알았다. 그런데 어째서 신분을 숨기느냐?"

하고 수하 사람에게 분부한다.

"이놈을 옥에 가두어라. 내일 낙양으로 압송하고 상금을 받으리라. 그리고 관소를 지키는 군사에게는 술과 음식을 많이 주고 돌려보내라."

그날 한밤중이었다. 현령은 수하 사람에게 옥에 갇혀 있는 조조를 몰래 끌어내어 후원으로 데리고 오라 했다. 현령은 다시 심문한다.

"내가 들은 소문에 의하면 동탁 정승께서 너를 매우 우대했다던데, 어째서 스스로 이런 불행을 자초했느냐?"

조조는 대답한다.

"제비나 참새 같은 조그만 것이 어찌 붕鵬새의 큰 뜻을 알겠는가. 기왕 나를 잡았으면 도성으로 보내어 상금이나 탈 일이지 뭣 때문에 여러 가지로 묻느냐."

현령은 좌우 사람을 물러가도록 하고 조조에게 말한다.

"나를 얕보지 말라. 나는 세상의 허다한 속된 벼슬아치와는 다르다. 다만 참다운 주인을 못 만났을 뿐이다."

조조는 머리를 끄덕이며 말한다.

"나의 조상은 대대로 한나라 국록을 먹은 신하이니, 국가에 보답할 일을 생각하지 않는다면 짐승과 무엇이 다르리오. 내가 몸을 굽히고 동탁을 섬긴 뜻은, 기회를 보아 그놈을 없애고 국가를 편안케 하려 함이라. 그랬던 것이 이번에 실패했으니 이야말로 하늘의 뜻이로다."

현령은 묻는다.

"맹덕은 어디로 가려던 참인가?"

"고향에 돌아가서 조서를 만들어 세상에 호소하고 천하 제후들을 불러 각기 군사를 일으키게 하고, 함께 동탁을 쳐죽이는 것이 나의 소원이노라."

현령은 이 말을 듣자, 조조의 결박을 친히 풀어주고 윗자리로 모시더니 두 번 절한다.

"그대는 참으로 천하의 충성과 의리를 지닌 선비시오."

조조도 일어나 현령에게 절하고 묻는다.

"현령은 존함이 어떻게 되시오?"

"나의 성명은 진궁陳宮이요, 자를 공대公臺라 하오. 늙으신 어머니와 아내와 자식들은 다 동군東郡에 있으며, 나 혼자 여기에 와 있소. 이제 그대의 충성과 의리에 감격했으니, 바라건대 나도 벼슬을 버리고 따라가겠소."

조조는 매우 기뻤다.

그날 밤에 진궁은 길 떠날 준비를 마치고, 조조에게 옷 한 벌을 바꿔 입혔다. 그들은 각기 칼을 등에 메고 말을 달려 떠나갔다.

그들은 사흘 만에 성고成皐 지방에 이르렀다. 해가 저문다. 조조는 말채찍을 들어 숲이 우거진 곳을 가리킨다.

"저 숲 속에 한 사람이 있는데, 성명은 여백사呂伯奢로 바로 나의 부친과 의형제를 맺은 분이다. 그 집에 가서 우선 고향 집 소식도 듣고 하룻밤 묵어서 떠나는 것이 어떻겠소?"

진궁은 찬동했다. 두 사람은 그 집 앞에 이르러 말에서 내려 들어가 여백사를 뵈었다.

여백사는 묻는다.

"내 들으니 조정에서 너를 잡으려고 문서와 네 모습을 그린 그림을 돌리고 야단들이라더구나. 너의 부친은 벌써 몸을 피해 진류陳留 땅으로 갔다. 그런데 어떻게 여기를 왔느냐?"

조조는 지난 일을 고하고 진궁을 소개한다.

"여기 진궁 현령을 만나지 않았으면 저는 벌써 능지처참을 당했을 것입니다."

여백사는 진궁에게 절하며,

"당신을 만나지 못했더라면 내 조카는 말할 것도 없고, 아마 조씨 일문一門이 다 죽음을 당할 뻔했소. 편히 앉으오. 보잘것없는 곳이나 오늘 밤은 우리 집에서 주무시오."

하고 안으로 들어갔다.

한참 만에 여백사가 나오더니 진궁에게 말한다.

"늙은 사람이 사는 집이라서 좋은 술이 없소. 내 서쪽 마을에 가서 술을 좀 사올 테니 기다리시오."

이에 여백사는 나귀를 타고 서쪽 마을로 총총히 사라졌다.

조조는 진궁과 함께 앉아 있는데, 홀연 집 뒤에서 써억써억 칼 가는 소리가 들린다.

조조가 말한다.

"여백사는 나의 친일가가 아니니, 나귀를 타고 어디로 갔는지 수상스럽소. 숨어서 집 안의 동정을 살펴봅시다."

조조와 진궁은 방을 나와 가만히 초당草堂 뒤로 돌아갔다. 말하는 소리가 똑똑히 들린다.

"여러 말 할 것 없이 결박해서 죽이면 어떻겠소?"

이 말을 듣자, 조조가 말한다.

"음, 내 짐작이 들어맞았구나. 우리가 선수를 치지 않으면 저놈들에게 붙들릴 것이오."

조조는 진궁과 함께 칼을 뽑아 들고 집 안으로 뛰어들어가 남자 여자 할 것 없이 닥치는 대로 모조리 쳐죽였다.

순식간에 여덟 식구를 몰살하고 부엌을 돌아 나오는데, 바로 옆에서 꿀꿀거리는 소리가 난다. 보니 돼지가 매여 있었다. 집안 식구들은 손님을 대접하려고 돼지를 잡으려던 것이 분명했다.

진궁은 탄식한다.

"맹덕이 의심이 많아 착한 사람들을 죽였구나!"

그러나 뉘우친들 무슨 소용이 있으리요. 진궁은 조조를 따라 나와 급히 말을 타고 떠나갔다. 두 사람이 두 마장도 못 갔을 때였다.

여백사는 나귀 안장에 술병 둘을 달고 과일과 야채를 사서 돌아오다가 앞에서 오고 있는 두 사람을 발견하고 외친다.

"어진 조카는 그분과 어째서 떠나가는가?"

조조는 대답한다.

"쫓기는 몸이라, 감히 오래 머물 수가 없어 떠납니다."

여백사는 청한다.

"내 이미 집안사람들에게 돼지를 잡으라고 일렀으며, 오랜만에 서로 한잔하려던 참인데, 어진 조카와 그대는 하룻밤 자고 가는 것마저 싫다 하는가. 어서 말고삐를 돌려 돌아가세."

그러나 조조는 돌아보지도 않고 말에 채찍질하여 몇 걸음 달리다가 갑자기 칼을 뽑아 들더니, 다시 돌아오면서 여백사를 부른다. 여백사는 반가워한다.

"그럼 그렇지, 어서 집으로 가자."

조조가 묻는다.

"저기 오는 사람은 누굽니까?"

여백사는 조조가 가리키는 곳을 돌아본다. 순간 조조는 칼로 여백사를 쳤다. 진궁은 나귀에서 떨어져 죽는 여백사를 보자 크게 놀라 외친다.

"조금 전에는 잘못 알고 참혹한 짓을 했지만, 이건 또 웬일이오?"

조조가 대답한다.

"그가 집에 돌아가 식구가 죄 죽은 걸 보면, 어찌 그냥 있으리요. 많은 사람을 이끌고 뒤쫓아오면, 우리는 영락없이 잡히고 마오."

진궁은 끝내 아무 말도 하지 않았다. 그날 밤, 그들은 몇 리를 가다가 달빛에 나타나는 객점이 있기에 문을 두드리고 들어가 자게 됐다.

조조는 우선 말을 배불리 먹이고 방에 들어오더니, 먼저 잠이 들었다. 진궁은 잠을 못 이루고 여러 가지 생각에 잠긴다.

"조조가 훌륭한 사람인 줄 알고 벼슬까지 버리고 따라왔더니, 알고본즉 늑대 같은 놈이구나. 저런 놈을 내버려뒀다간 세상에 해로울 것이다."

진궁은 마침내 조조를 찔러 죽이기로 결심하니,

　　마음씨가 늑대 같으면 훌륭한 인물이 아니니
　　조조나 동탁이나 따져보면 다 마찬가지라.
　　設心狼毒非良士
　　操卓原來一路人

　　조조의 생명은 어찌 될 것인가.

제5회

조조가 거짓 조서를 천하에 뿌리니, 모든 제후들은 호응하고
세 영웅은 관소의 군사를 격파하고 여포와 싸우다

진궁은 조조를 죽이려다가 문득 생각을 돌린다.
'내가 조조를 따라 여기까지 온 것은 나라를 위해서이다. 이제 저런 따위를 죽이는 것은 의義도 아니니, 차라리 나 혼자 다른 곳으로 가리라.'
진궁은 칼을 도로 꽂고 말을 타고 날이 새기 전에 처자가 있는 동군東郡으로 떠나갔다.
조조가 잠을 깨고 보니 진궁은 보이지 않았다.
"진궁이 나의 행동과 하는 말을 듣고 어질지 못한 사람이라 의심한 나머지 저 혼자 가버린 모양이니, 급히 떠나야지 이러고 있을 때가 아니다."
조조는 밤낮없이 길을 재촉하여 진류 땅에 이르러 숨어 사는 아버지를 뵈었다. 조조는 아버지에게 지난 일을 자세히 고하고 뜻을 말한다.
"집안 재산을 흩어서라도 의병을 모집해야겠습니다."
아버지는 대답한다.
"큰일이란 자금이 넉넉지 못하면 성공하기 어렵다. 이 지방에 효렴으로 꼽히는 위홍衛弘이란 분이 있는데, 재산보다도 의를 존중하고 또한

큰 부자이니, 도움만 받을 수 있다면 큰일을 도모할 수 있으리라."

조조는 곧 술상을 차리고 자리를 펴놓은 후에, 위홍에게 가서 절하고 집으로 모셔왔다.

"이제 한나라 황실에는 주인이 없어 동탁이 모든 권력을 잡고 임금을 속이며 백성을 들볶으니, 천하의 뜻 있는 사람은 다 이를 가는 실정입니다. 이 조조는 기울어가는 종묘 사직을 애써 바로잡고 싶으나, 실은 생각뿐이지 힘이 없어 한이로소이다. 듣건대 어르신네는 충성과 의리를 겸한 선비라니, 저를 도와주십시오."

위홍이 대답한다.

"나도 그런 생각은 한 지가 오래나, 아직 영웅을 만나지 못해서 한이었소. 이제 맹덕이 그런 큰 뜻을 품었다니, 내가 도리어 우리 집 재산을 써달라고 청해야겠소."

이에 조조는 크게 기뻐하고 우선 거짓 조서를 만들어 천하 각 지방으로 보낸 후에, 의병을 모집한다는 흰 기旗를 세웠다. 그 흰 기에는 '충의忠義' 두 자가 또렷이 씌어 있었다.

그리고 며칠이 지나지 않아, 군대 모집에 응모하는 젊은 장정들이 소나기처럼 몰려들었다.

하루는 양평군陽平郡 위衛나라 출신으로, 성명은 악진樂進이요 자를 문겸文謙이라고 하는 사람이 찾아왔다. 산양군山陽郡 거록현鉅鹿縣 출신으로서, 성명은 이전李典이요 자를 만성曼成이라고 하는 사람도 찾아왔다. 조조는 악진과 이전에게 막하幕下의 일을 맡겼다.

또 패국沛國 초현初縣 사람인 하후돈夏侯惇은 자가 원양元讓이니 바로 하후영夏侯嬰(한나라 개국 공신)의 후손으로서, 어려서부터 창과 몽둥이 쓰는 법을 익혔으며, 나이 열네 살에 스승을 좇아 무술을 배웠는데, 한번은 어떤 자가 그의 스승을 모욕하는지라, 하후돈은 분노하여 그자를 죽이고 다른 지방으로 달아나 떠도는 신세가 되었다.

하후돈도 조조가 군사를 일으킨다는 소문을 듣자, 인척간의 동생뻘 되는 하후연夏侯淵과 함께 각기 장정 천 명을 거느리고 왔다. 이 두 사람은 원래 조조와 종형제從兄弟뻘이라 할 수 있다. 조조의 아버지 조숭曹嵩은 원래 하후夏侯씨의 아들이었는데, 조씨 집안에 양자로 들어왔기 때문에 실은 그들과 동족간이었던 것이다.

며칠이 지나자 이번에는 조씨의 형제인 조인曹仁과 조홍曹洪이 각기 군사 천여 명을 거느리고 왔다. 조인의 자는 자효子孝요 조홍의 자는 자렴子廉이니, 두 사람은 다 활을 잘 쏘고 말을 잘 다루는 무예에 정통한 인물들이었다.

조조는 크게 기뻐하고 마을에서 군사와 말을 조련시켰다. 위홍은 아낌없이 자기 재산을 내놓아, 전포와 갑옷과 기旗와 번旛을 마련해주니, 사방에서 군량을 보내주는 사람도 일일이 헤아릴 수 없을 정도로 많았다.

이때 원소는 조조가 보낸 임시 조서를 받자, 휘하의 문무文武 부하와 군사 3만 명을 거느리고 발해를 떠나 조조에게 와서 서로 동맹했다.

마침내 조조는 격문檄文을 전국 모든 고을로 발송했다.

　　조조 등은 삼가 대의大義를 천하에 포고하노라.
　　동탁은 하늘을 속이고 땅을 모독하고 나라를 망치고 임금을 죽이고 궁궐을 더럽히고 백성을 해치어 그 어질지 못한 죄악이 가득 찼노라. 이제 천자께서 보내신 비밀 조서를 받자온 우리는 크게 의병을 모집하여 천하를 깨끗이 맑히는 동시, 모든 흉악한 놈들을 죽여 없애기로 맹세했노라. 모두 다 의병을 일으켜 만천하의 분노를 함께 풀고 황실을 도와 도탄에 빠진 백성을 건질지니, 이 격문을 받는 그날로 즉시 거사하라.

제후들을 모아 동탁 토벌을 도모하는 조조

    조조의 격문이 전국에 퍼지자, 천하 각 진鎭의 제후들은 다 군사를 일으켜 호응했다. 그 인물들을 하나하나 살펴보면,

    제1진은 후장군後將軍 남양南陽 태수 원술袁術이요

    제2진은 기주冀州 자사 한복韓馥이요

    제3진은 예주豫州 자사 공주孔伷요

    제4진은 연주兗州 자사 유대劉岱요

    제5진은 하내河內 태수 왕광王匡이요

    제6진은 진류陳留 태수 장막張邈이요

    제7진은 동군東郡 태수 교모喬瑁요

    제8진은 산양山陽 태수 원유袁遺요

    제9진은 제북濟北의 상相(한나라에서는 황족이 영지를 받아 왕이라

제5회——119

일컬을 경우에, 상을 두어 실무를 보게 했으니, 지위는 군의 태수와 동격이다) 포신鮑信이요

제10진은 북해北海 태수 공융孔融이요

제11진은 광릉廣陵 태수 장초張超요

제12진은 서주徐州 자사 도겸陶謙이요

제13진은 서량西凉 태수 마등馬騰이요

제14진은 북평北平 태수 공손찬公孫瓚이요

제15진은 상당上黨 태수 장양張楊이요

제16진은 오정후烏亭侯 장사長沙 태수 손견孫堅이요

제17진은 기향후祁鄕侯 발해渤海 태수 원소袁紹였다.

각 지방에서 일으킨 군사의 수효는 일정하지 않아서 많으면 3만 혹은 1, 2만 명씩이었는데, 그 고을 문관이거나 아니면 무장이 각기 군사를 거느리고 사방에서 오는 중이었다.

이 즈음, 북평 태수 공손찬은 군사 만 5천 명을 거느리고 덕주德州 평원현平原縣을 지나가는 중이었다. 저 멀리 우거진 뽕나무 사이에 누런 기가 서 있는 곳으로부터 몇 사람이 말을 달려 나와 영접한다.

공손찬이 맨 앞 사람을 본즉, 바로 유현덕이었다. 공손찬은 묻는다.

"어진 동생이 어째서 이런 곳에 와 있소?"

유현덕이 대답한다.

"지난날 형님 덕분에 평원현령平原縣令이 되어 지금까지 잘 지내고 있습니다. 이번에 형님이 많은 군사를 거느리고 이곳을 지나간다기에 뵈러 왔으니, 청컨대 형님은 성안에 들어가서 쉬었다 가십시오."

공손찬은 관운장과 장비를 가리키며 묻는다.

"저 사람들은 누구요?"

현덕이 대답한다.

"이 사람은 관우요, 또 한 사람은 장비니 나와 결의結義 형제한 사이입니다."

"그럼 황건적을 무찌른 장수들이구려."

"결국은 이 두 사람이 세운 공로였습니다."

"그렇다면 지금 무슨 직무를 맡아보오?"

"관우는 마궁수馬弓手(말을 타고 활을 쏘는 군사로서 장교급도 못 된다) 노릇을 하며 장비는 보궁수步弓手(활을 쏘는 보병 정도) 노릇을 합니다."

이 말을 듣자 공손찬은 탄식한다.

"이야말로 영웅이 초야에 묻힌 셈이구려. 알다시피 동탁이 세상을 어지럽힘에 지금 천하 모든 제후들이 군사를 일으켜 죽이려 가는 중이오. 아우는 보잘것없는 벼슬을 버리고 우리와 함께 역적을 쳐서 한나라 황실을 일으키는 것이 어떻겠소?"

현덕은 대답한다.

"함께 가기가 소원입니다."

장비가 불쑥 말한다.

"지난날 내가 동탁을 죽이려 했을 때 말리지만 않았더라도 오늘날 이런 일은 없었을 거요!"

관운장이 타이른다.

"사세가 이렇게 됐으니, 여러 말 말고 떠날 준비나 하여라."

그날로 유현덕과 관운장, 장비는 몇 명 안 되는 군사를 거느리고 공손찬을 따라 평원현을 떠나갔다. 조조는 공손찬을 영접하였다. 모든 제후들이 또한 속속 모여들어서 각기 군영軍營을 세우니 그 길이가 2백여 리나 되었다.

이에 조조는 소와 말을 잡아 음식을 차려 크게 대회大會를 열고 모든 제후들과 함께 장차 낙양으로 쳐들어갈 계책을 상의한다.

먼저 태수 왕광이 말한다.

"이제 모두가 다 대의명분 아래 거사하니 먼저 맹주盟主를 세워 그 명령을 따르기로 한 연후에 진격합시다."

조조가 의견을 내놓는다.

"원소 대감은 조상 때부터 4대를 내려오면서 삼공三公의 높은 벼슬을 한 집안이기 때문에 그 문하에서 나온 관리들이 많을 뿐더러 또한 한조 명상名相의 후손이니 우리의 맹주로 추대합시다."

그러나 원소는 자기가 그러한 자격이 못 되노라며 거듭 사양한다.

모든 제후들은 주장한다.

"원소 대감이 아니면 안 되오."

그제야 원소는 이를 수락했다.

이튿날, 3층 대臺를 쌓고 오방五方(동·서·남·북·중앙)에 기치旗幟를 세우고 위로는 백모白旄와 황월黃鉞과 도끼를 세웠다. 아래에는 병부兵符와 장수의 인印을 놓은 뒤에 모든 제후들이 원소에게 단壇 위로 오르기를 청했다.

이에 원소는 옷깃을 여미고 칼을 차고 개연히 단 위로 올라가서 향을 사르고 두 번 절한 다음 맹세하는 글을 읽는다.

한나라 황실이 불행하여 기강이 무너지자 역적 동탁이 그것을 기회로 알고 갖은 나쁜 짓을 다하여 지존至尊하신 황제까지 침범하고 백성을 학대하는지라. 원소 등은 나라가 망하는 것을 그냥 볼 수가 없어 의병을 모아 함께 국난國難에 나아가려고 한다. 무릇 우리 동맹에 든 사람들은 한마음 한뜻으로 힘을 합쳐 신하로서의 절개를 오로지하되 결코 딴생각을 품지 말라. 이 맹세를 저버리는 자는 죽을 것이며 그 자손도 세상에 살아 남지 못하리라. 황천 후토皇天后土(천지의 신)와 조종 신명祖宗神明(조상)은 우리들의 뜻을 굽어살피소서.

원소는 맹세하는 글을 읽자 입술에 희생犧牲의 피를 바르며 천지신명 앞에 맹세하고 맹주가 됐다. 그러는 동안에 단 아래 서 있던 모든 제후들은 맹세하는 글을 듣고 비분 강개하여 울었다.

원소가 의식을 마치고 단에서 내려오자 모든 제후들은 그를 부축하여 장막 위로 모시고 벼슬과 나이 순서로 두 줄을 지어 앉았다.

조조가 술을 몇 순배 돌리고 나서 말한다.

"우리는 이미 맹주를 세웠소. 각기 맡은바 부서에 충실함으로써 함께 나라를 건져야 하오. 그러니 서로가 강하고 약한 것을 따지지 마시오."

원소는 맹주로서 제후들에게 부탁한다.

"내 비록 재주는 없으나 여러분의 추대를 받아 맹주가 됐으니, 공을 세운 자에겐 반드시 상을 줄 것이요 죄를 지은 자에겐 반드시 벌을 내리겠소. 나라엔 법이 있으며 군에는 기율紀律이 있으니, 각기 어긋나는 일이 없도록 하시오."

모든 제후들은 일제히 대답한다.

"다만 명령대로 따르겠소."

원소는 그제야 분부한다.

"동생 원술은 모든 군량과 마초馬草를 맡아서 각 병영兵營에 대어주되, 늘 부족함이 없도록 하라. 누구고 한 사람이 선봉이 되어 바로 사수관汜水關으로 쳐들어가서 싸움을 걸고, 그 외는 각기 험준하고 요긴한 곳을 점거하여 싸움을 도와줘야겠소."

장사 태수 손견이 앞으로 나서며 청한다.

"원컨대 내가 선봉이 되겠소."

원소는 대답한다.

"문대文臺(손견의 자)는 용맹하니 가히 선봉을 맡을 수 있으리다."

마침내 손견은 본부本部 군사를 거느리고 먼저 사수관으로 출발했다.

한편, 사수관을 지키던 장수는 즉시 말을 달려 낙양 승상의 부중으로 가서 고한다.

"제후들의 군사가 쳐들어옵니다."

동탁은 중앙 권력을 모조리 잡은 뒤로 날마다 잔치하며 술을 마시는 일로 일과를 삼았다.

이유는 급한 소식을 전하는 문서를 받자마자 줄달음질쳐서 동탁에게 올렸다. 동탁은 소스라치게 놀라서 급히 모든 장수들을 불러 상의한다. 온후溫侯 여포는 몸을 앞으로 내밀며 나선다.

"아버지는 염려 마소서. 저는 지방 제후들을 잡초 나부랭이 정도로 생각합니다. 바라건대 호랑이 같은 군사를 거느리고 가서 놈들의 머리를 모조리 잘라 도성 문 위에 걸겠습니다."

동탁은 크게 기뻐한다.

"나에게 봉선奉先(여포의 자)이 있으니, 베개를 높이 베고 근심이 없겠도다."

말이 끝나기도 전에, 여포 뒤에서 또 한 사람이 나서며 큰소리로 외친다.

"그까짓 닭을 잡는 데 어찌 소를 잡는 도끼를 휘두를 것 있으리요. 내가 제후들의 목을 자르기를 내 주머니 속 물건을 끌어내듯이 하리다."

동탁이 보니 그 사람은 키가 9척에 범과 같은 체격이요, 늑대 허리와 표범 머리에 원숭이 팔이었다. 그는 관서關西 사람으로서 성명은 화웅華雄이었다.

동탁은 그 말을 듣자 크게 반기며 즉석에서 화웅을 표기교위驃騎校尉로 승격시키고 군사 5만 명을 주었다. 이에 화웅은 이숙李肅, 호진胡軫, 조잠趙岑과 함께 군사를 거느리고 밤낮없이 사수관으로 달려가서 제후들의 군사와 대진했다.

한편, 제후들 중에서 제북의 상相인 포신은
"손견이 선봉이 됐으니, 이러다간 그에게 첫 번째 공로를 빼앗기겠구나!"
하고 그 동생 포충鮑忠에게 귀띔했다. 포충은 몰래 기병과 보병을 합쳐 3천 명을 거느리고 작은 길로 질러가서 사수관에 먼저 이르러 싸움을 걸었다.
사수관에서 화웅은 기병 5백 명을 거느리고 나는 듯이 내려오며 외친다.
"적장은 꼼짝 말라. 게 섰거라!"
포충은 황급히 후퇴하려다가 화웅의 칼에 맞아 말에서 떨어져 죽고 장교들도 많이 사로잡혔다.
화웅은 사람을 시켜 포충의 머리를 잘라, 승상의 부중으로 보내고 아울러 첫 승리를 보고했다. 그날로 동탁은 화웅에게 도독都督을 제수했다.
한편, 선봉장 손견은 네 명의 장수를 거느리고 그제야 사수관에 이르렀다. 그 네 명의 장수는 누구인고 하니,
하나는 우북평右北平 토은土垠 땅 사람으로서 성명은 정보程普요 자는 덕모德謀니, 특히 철척사모창鐵脊蛇矛槍을 잘 썼다. 둘째 장수는 영릉零陵 땅 사람으로서 성명은 황개黃蓋요 자는 공복公覆이니, 철편鐵鞭을 잘 썼다. 셋째 장수는 요서遼西 영지令支 땅 사람으로 성명은 한당韓當이요 자는 의공義公이니, 큰 칼을 잘 썼다. 넷째 장수는 오군吳郡 부춘富春 땅 사람으로서 성명은 조무祖茂요 자는 태영太榮이니, 쌍칼을 잘 썼다.

손견은 붉은 두건과 찬란한 은빛 갑옷 차림으로 허리에 고정도古錠刀를 비껴 차고 설화마雪花馬를 높이 타고 손가락으로 사수관을 가리키며 큰소리로 꾸짖는다.

"역적을 돕는 필부匹夫는 어째서 속히 항복하지 않느냐!"

이 말을 듣자 화웅의 부장副將 호진은 군사 5천 명을 거느리고 사수관에서 달려 내려온다.

정보가 나는 듯이 말을 달려가서 사모창을 휘두르며 호진에게 덤벼든다. 서로 싸운 지 수합이 못 되어 정보의 창이 번쩍하는 순간 어느새 호진의 목을 찔러 말 아래로 거꾸러뜨린다.

이에 손견은 군사를 휘몰아 바로 사수관 앞으로 쳐들어갔다. 관문關門 위에서 화살과 돌이 빗발치듯 내려온다. 손견은 하는 수 없이 군사를 돌려 양동梁東으로 돌아와 일단 주둔하고 사람을 보내어 원소에게 승리를 보고했다. 손견은 또 원술에게로 사람을 보내어 군량을 속히 보내라고 했다.

한편, 심복 부하 한 사람이 원술에게 속삭인다.

"손견은 바로 강동江東의 사나운 범입니다. 그가 낙양을 함락하고 동탁을 죽이면 어찌 되겠습니까. 이야말로 늑대를 없애고 호랑이를 들여 앉히는 격입니다. 그러니 손견에게 군량을 보내지 마십시오. 머지않아 손견의 군사는 저절로 흩어질 것입니다."

원술은 머리를 끄덕이고 군량과 마초를 보내지 않았다. 한편, 손견의 군사들은 양식이 떨어지고 먹지를 못하자 술렁거리기 시작했다.

첩자는 이 사실을 탐지하고 사수관으로 올라가서 보고했다. 이숙은 화웅과 상의한다.

"오늘 밤에 일지군一枝軍을 거느리고 관문을 나가 좁은 길로 가 뒤에서 손견의 영채를 엄습할 테니, 장군은 영채 앞을 공격하시오. 그러면 손견을 사로잡을 수 있소."

화웅은 응낙하고 군사를 배불리 먹인 후 날이 어두워지자 사수관을 출발했다. 그날 밤은 달이 밝고 바람도 시원했다. 그들이 영채 가까이 이르렀을 때는 한밤중이었다. 그들은 일제히 북을 치고 함성을 지르면서 영채로 쳐들어갔다.

갑자기 공격을 당한 손견은 황급히 갑옷을 입고 붉은 두건을 쓰고 말을 타고 달려나가다가 바로 정면에서 쳐들어오는 화웅을 만났다.

손견과 화웅이 서로 어우러져 수합을 싸우고 있을 때 영채 뒤를 엄습한 이숙은 군사를 시켜 일제히 불을 질렀다. 손견의 굶주린 군사들은 불을 피해 숨기가 바쁘다. 장수들간에만 접전이 벌어졌는데 조무는 손견의 곁을 떠나지 않고 함께 싸우다 포위를 뚫고 달아난다.

화웅은 즉시 손견의 뒤를 쫓는다. 손견은 달아나면서 뒤돌아보고 화살 두 대를 연달아 쐈으나 화웅은 번번이 몸을 돌려 피하면서 뒤쫓아온다. 손견이 세 번째로 쏘는데, 너무 힘을 들였기 때문에 화살이 시울을 벗어나기도 전에 작화궁鵲畵弓이 부러졌다. 손견은 활을 버리고 달아난다. 조무는 함께 달아나며 손견에게 말한다.

"쓰고 있는 붉은 두건이 너무 선명해서 적의 목표가 됩니다. 어서 벗어주십시오. 제가 대신 쓰겠습니다."

손견은 붉은 두건을 조무의 투구와 바꾸어 쓰고 각기 다른 길로 달아난다. 과연 화웅의 군사는 붉은 두건 쓴 자만을 바라보며 뒤쫓는다. 덕분에 손견은 위기를 모면하고 도망쳤다.

한편, 달아나던 조무는 화웅의 추격이 더욱 급해지자 불타다 남은 백성 집 기둥에 붉은 두건을 슬쩍 걸어놓고 숲 속으로 들어가 숨었다.

화웅은 달빛으로 멀리 붉은 두건을 발견하자 군사들을 휘몰아 그 사방을 에워싼 후 감히 가까이 가지는 못하고 잇달아 활만 쏘아댔다. 화살은 소나기처럼 날아갔으나 아무런 동정이 없었다. 화웅은 그제야 속은 줄 알고, 가까이 가서 붉은 두건을 내리는데 숲 속에 숨었던 조무가 달려 나와 쌍칼을 내리쳤다. 순간 화웅은 몸을 피하고 크게 소리를 지르면서 단칼에 조무를 베어 말 아래로 거꾸러뜨리고 먼동이 틀 때까지 싸우다가 군사를 거두어 사수관으로 돌아갔다. 뿔뿔이 흩어졌던 정보, 황개, 한당은 손견을 찾아 만나 다시 군사와 말을 수습하고 영채를 세웠다.

손견은 조무의 죽음으로 상심하다가 그날로 사람을 원소에게로 보내어 결과를 보고했다.

한편 원소는 손견이 패했다는 보고를 듣자 크게 놀라,

"문대文臺(손견의 자)가 화웅에게 패할 줄은 몰랐다."

하고 즉시 모든 제후들을 불러 앞일을 상의하는데 공손찬만이 뒤늦게 왔다. 원소는 공손찬을 청하여 자리에 앉게 하고 천천히 말한다.

"전날 포신 장군의 동생 포충은 명령도 안 받고 제멋대로 군사를 거느리고 가서 죽음을 당하고 허다한 군사를 잃더니, 이번엔 손견이 화웅에게 패하여 우리의 사기마저 꺾였소. 이 일을 어찌하면 좋겠소?"

모든 제후들은 대답이 없다. 원소가 좌중을 둘러보니 공손찬 바로 뒤에 세 사람이 서 있는데, 각기 용모가 기이하고 좌중을 비웃는 듯한 표정들이었다.

원소는 묻는다.

"공손찬 태수 뒤에 서 있는 사람들은 누구요?"

공손찬은 유현덕을 앞으로 불러내 원소에게 소개한다.

"이 사람은 나와 어렸을 때부터 동문 수학한 형제 같은 사이로서 평원령平原令으로 있던 유비요."

조조는 묻는다.

"그럼, 황건적을 무찌른 유현덕인가요?"

공손찬은 빙그레 웃으며,

"그렇소."

하고 좌중에 인사를 시킨 다음에 유현덕의 공로와 그 집안 족보를 설명했다.

원소는 분부한다.

"그럼 황실의 종친이구려. 자리에 앉히시오."

유현덕은 겸손하게 사양하고 자리에 앉지 않았다.

원소는 또렷이 해라를 한다.

"내가 너의 벼슬을 보아서 대접하는 것이 아니다. 네가 황제의 먼 친척뻘이라기에 그래서 앉으라는 것이다."

이에 유현덕이 맨 끝자리에 앉자 관운장과 장비는 두 손을 앞에 모으고 서서 모신다.

홀연 파발꾼이 와서 고한다.

"화웅이 군사를 거느리고 사수관에서 내려와 긴 장대 끝에 손견 태수의 붉은 두건을 매달아놓았습니다. 지금 영채 앞에서 싸움을 겁니다."

원소는 묻는다.

"누가 나가서 화웅과 싸우겠소?"

원술의 등뒤에서 용맹한 장수 유섭兪涉이 앞으로 썩 나선다.

"소장小將이 나가서 싸우겠습니다."

원소는 기뻐하며 즉시 출마出馬하도록 명했다. 유섭이 말을 달려 나간 잠시 뒤였다. 군사 하나가 헐레벌떡 들어와서 고한다.

"유섭 장군은 나가서 싸운 지 불과 3합에 화웅의 칼에 맞아 죽었습니다."

이 말을 듣자 모든 제후들은 크게 놀랐다.

태수 한복이 말한다.

"나에게 장수 반봉潘鳳이 있으니, 가히 화웅을 참할 것이오."

원소는 즉시 반봉에게 출전을 명했다.

반봉은 손에 큰 도끼를 들고 말을 달려 나간 잠시 뒤였다. 군사가 말을 달려와서 급히 고한다.

"반봉 장군도 화웅의 칼에 죽었습니다."

제후들은 얼굴빛이 변했다.

원소는 길이 탄식한다.

"참으로 애석하구나! 이럴 때 나의 장수 안양顔良과 문추文醜 중에서 한 사람만 왔더라도 어찌 화웅 따위를 겁낼 것 있으리요!"

원소의 말이 끝나기도 전이었다. 계단 아래에서 한 사람이 나서며 큰 소리로 청한다.

"소장이 나가서 화웅의 머리를 베어 장하에 바치겠소."

모든 사람이 보니 그 사람은 키가 9척이요, 수염 길이가 2척이요, 단봉丹鳳의 눈에 누에의 눈썹이요, 얼굴은 삶은 대춧빛 같고, 목소리는 큰 종소리 같았다.

원소는 장전帳前에 나와 서는 그 사람을 보고 묻는다.

"저 장수는 누구요?"

공손찬은 대답한다.

"저 장수는 유현덕의 동생 관우요."

원소는 계속 묻는다.

"지금 무슨 벼슬에 있소?"

"유현덕을 따라다니며 마궁수 노릇을 하오."

장상帳上의 원술은 목청을 돋우어 꾸짖는다.

"네가 모든 제후들 중에 장수가 없다고 깔보는 거냐. 한낱 마궁수의 신분으로서 어찌 감히 그런 소리를 하느냐. 어서 저놈을 끌어내라!"

조조는 급히 말린다.

"원소 대감은 고정하오. 저 사람이 큰소릴 하니 반드시 용기와 지략

이 있는 것 같소. 시험 삼아 내보냈다가 이기지 못하거든 그때 꾸짖어도 늦지 않으리다."

원소는 투덜댄다.

"한낱 마궁수를 내보내보오. 화웅이란 놈이 우리를 비웃을 것이오."

조조는 거듭 말한다.

"저 사람 풍신이 속되지 않으니, 화웅이 어찌 마궁수란 걸 알아보겠소?"

관운장이 거듭 청한다.

"나가서 이기지 못하거든 청컨대 그때는 나를 참하시오."

조조는 더운 술을 한잔 따라서 관운장에게 주며, 마시고 말에 오르도록 권했다. 관운장은

"술을 거기 두시오. 내 곧 갔다 오리다."

하고 칼을 들고 장막을 나가 몸을 날려 말 위에 올라탔다.

이윽고 관關 바깥에서 북소리가 진동하며 함성이 크게 일어난다. 금세 하늘이 무너지는 듯, 땅이 뒤집어지는 듯, 산이 흔들리는 듯했다. 모든 제후들은 대경 실색하여 결과를 궁금히 기다리는데, 급한 말방울 소리가 중군中軍 앞에 이르러 딱 멈춘다.

모든 제후들은 일제히 쳐다봤다. 관운장이 장막 안으로 들어서면서 화웅의 머리를 땅바닥에 던진다. 술잔에서는 아직도 따뜻한 김이 솔솔 오른다.

후세 사람이 관운장을 찬탄한 시가 있다.

위엄이 천지를 누른 첫째 공로여.
원문에서 채색한 북소리가 둥 둥 둥.
관운장은 잔을 둔 채 영웅의 용맹을 발휘해서
술이 식기도 전에 화웅을 참했더라.

威鎭乾坤第一功

　　轅門畵鼓響承承

　　雲長停盞施英勇

　　酒尙溫時斬華雄

　조조는 매우 기뻤다. 이번에는 유현덕의 등뒤에서 장비가 썩 나서며 외친다.

　"나의 형님이 화웅을 참했으니, 이때에 사수관으로 쳐들어가서 동탁을 사로잡지 않으면 언제 다시 하리요."

　원술이 크게 꾸짖는다.

　"나는 대신大臣이지만 오히려 겸손한데, 한낱 현령의 수하 졸개 따위가 어디서 감히 무술을 뽐내며 위엄을 드날리느냐!"

　조조가 말린다.

　"공로를 세운 사람에게는 상을 주기로 되어 있는데, 어째서 신분의 귀천만 따지시오?"

　원술이 발끈 성을 낸다.

　"여러분이 하잘것없는 현령 따위를 이처럼 존중한다면 난 여기서 물러나겠소."

　조조는 원술을 만류하며,

　"이런 사소한 말 한마디로 큰일을 그르쳐서야 되겠소?"

하고 공손찬에게 청한다.

　"세 사람을 데리고 먼저 돌아가시지요."

　공손찬은 유현덕, 관운장, 장비와 함께 먼저 영채로 돌아갔다. 잠시 뒤 제후들도 각기 자기 영채로 돌아갔다. 조조는 몰래 사람을 시켜 고기와 술을 유현덕 등 세 사람에게로 보내어 은근히 경의를 표했다.

한편, 화웅이 죽자 싸움에 패한 군사들은 급히 사수관으로 돌아와서 보고했다. 이숙은 황급히 형세가 급하다는 글을 써서 동탁에게 보냈다.

동탁은 즉시 이유와 여포를 불러들여 상의한다.

이유가 먼저 말한다.

"이제 장수 화웅이 죽었으니 적의 형세는 더 커졌습니다. 아시다시피 적군의 맹주 원소의 아저씨는 지금 조정에서 태부 벼슬을 사는 원외입니다. 원외와 원소가 안팎에서 서로 내통이라도 한다면, 사태는 매우 악화될 우려가 있습니다. 그러니 먼저 태부 원외부터 없애버리십시오. 연후에 승상은 친히 대군을 거느리고 가서 적군을 무찌르셔야 합니다."

동탁은 이유의 말을 옳게 여기고, 이각李桷과 곽사郭汜를 불러들여 지시했다. 이에 이각과 곽사는 군사 5백 명을 거느리고 가서 태부 원외의 집을 에워싸고 남녀노소 할 것 없이 모조리 죽였다. 그런 후에 원외의 머리를 사수관으로 보내어 관문 위에 높이 걸었다.

동탁은 마침내 군사 20만 명을 일으켜 두 길로 나누어 출발했다. 그 하나는 이각과 곽사가 거느린 5만 명 군사로서 사수관에 이르러 굳게 지키기만 하고 나가서 싸우지는 않았다. 다른 하나는 동탁이 친히 거느린 15만 명의 군사로서 이유, 여포, 번주樊稠, 장제張濟 등과 함께 호뢰관虎牢關으로 나아갔다.

호뢰관은 낙양에서 50리 떨어진 곳이었다. 호뢰관에 당도한 동탁은 여포에게 군사 3만 명을 주어 관문 아래에 큰 영채를 세우게 하고, 몸소 관문 안에 주둔했다.

연합군의 파발꾼은 호뢰관의 새로운 형세를 탐지하자 원소의 대채로 재빨리 보고했다. 원소는 모든 제후들을 모으고 상의한다.

조조가 먼저 말한다.

"동탁이 호뢰관에 주둔한 것은 제후들의 뒤를 끊으려는 수작이니, 우리도 군사를 나눠서 보내야 하오."

원소는 왕광, 교모, 포신, 원유, 공융, 장양, 도겸, 공손찬 등 8로路 제후들에게 분부했다.

"호뢰관에 가서 일제히 적을 무찌르시오."

조조는 군사를 거느리고 형세에 따라 그들을 적절히 응원하기로 했다. 이에 팔로 제후들은 각기 군사를 일으켜 호뢰관으로 향했다.

하내 태수 왕광이 제일 먼저 호뢰관에 당도했을 때였다. 호뢰관에서 여포가 말까지 갑옷을 입힌 기병 3천 명을 거느리고 나는 듯이 달려 나온다.

왕광은 우선 군사를 늘어세우고 진을 벌인 다음에 문기門旗(대장이 있는 곳을 나타내기 위하여 세운 두 개의 붉은 기) 아래로 나아가 말을 멈추고 적군을 바라봤다.

여포가 진영에서 달려 나오는데, 머리털을 세 가닥으로 묶은 채 위로 자금관紫金冠을 쓰고, 몸에는 서천西川 홍금紅錦 백화전포百花戰袍를 걸치고, 수면탄두獸面吞頭 연환連環 갑옷을 입고, 허리에는 영롱한 사만대獅蠻帶를 차고, 어깨에는 활과 전통箭筒을 메고, 손에는 그림을 그린 창을 들고, 부는 바람을 향하여 소리치는 적토마를 탔다. 과연 훌륭한 여포요, 특출한 적토마라 할 만했다.

왕광은 부하 장수들을 돌아보며 묻는다.

"누가 나가서 싸울 테냐?"

뒤에서 한 장수가 창을 들고 말을 달려 나간다. 왕광이 보니 바로 하내河內 땅 출신인 유명한 장수 방열方悅이었다.

방열은 서로 맞부닥쳐 싸운 지 5합이 못 되어 여포의 창에 찔려 말 아래로 떨어져 죽는다.

여포가 승세를 이용하여 창을 휘두르며 쳐들어오니, 왕광의 군사는 크게 패하여 뿔뿔이 달아난다. 여포는 좌충우돌, 마치 무인지경無人之境을 드나들듯 무찌른다. 다행히도 교모와 원유의 군사가 와서 왕광을 구출하니 여포는 그제야 물러갔다.

이 싸움으로 3로路 제후들은 각기 군사를 잃고, 30리 바깥으로 물러가서 영채를 세웠다. 뒤따라오던 5로 제후들도 그곳에 모여 함께 상의하는데,

"여포는 영웅이라 아무도 대적할 사람이 없소."

하고 걱정들만 했다.

한 군사가 황급히 와서 고한다.

"여포가 와서 싸움을 겁니다."

8로 제후들은 일제히 말을 타고 군사를 8대隊로 나누어 높은 언덕 위에 벌여 세운 다음 앞을 바라본다.

저편에서 여포가 군사를 거느리고 수놓은 기를 펄럭이며 쳐들어온다. 상당 태수 장양의 부장 목순穆順이 말을 달려 나가 창을 꼬느어 들고 여포에게로 덤벼들었다. 여포의 창이 한 번 번쩍하자 목순은 창에 찔려 말 아래로 떨어져 죽는다.

여덟 제후들은 이 광경을 바라보자 크게 놀라 넋이 빠졌다. 이번에는 북해 태수 공융의 부장 무안국武安國이 철퇴를 들고 말을 달려 나갔다. 여포는 말에 박차를 가하고 창을 휘두르며 맞이하여 싸운 지 10여 합에 창 끝으로 무안국의 팔 하나를 쳐서 끊었다. 철퇴를 든 팔이 땅에 떨어지자 무안국은 병신이 되어 달아난다.

8로 군사가 일제히 달려나가 무안국을 구출하자 여포는 비로소 물러갔다. 제후들은 영채로 돌아와서 상의한다.

조조가 말한다.

"여포의 용맹을 대적할 사람이 없으니 8로 제후가 다 함께 모여 좋은 계책을 생각해야겠소."

"여포만 사로잡으면 동탁을 죽이기는 어렵지 않소."

이렇게 의논들을 하는데, 여포가 다시 와서 싸움을 걸었다. 8로 제후들은 일제히 나갔다. 공손찬이 먼저 창을 들고 내달아 친히 여포와 싸운 지 수합에 감당할 수가 없어서 달아난다.

여포는 적토마를 달려 공손찬을 뒤쫓는다. 적토마는 하루에 천리를 가는 말이라, 바람처럼 잠깐 사이에 둘 사이가 바짝 좁혀졌다. 여포는 공손찬의 등으로부터 심장을 냅다 찌르려 채색 그림을 그린 창[畵戟]을 번쩍 쳐들었다.

바로 그때였다. 한 장수가 고리눈을 부릅뜨고 호랑이 수염을 모조리 곤추세우고 1장 8척의 사모창을 고쳐 들고 옆에서 달려 나와 여포의 앞을 가로막으며 큰소리로 외친다.

"아비 성姓을 셋씩이나 가진 쌍놈의 새끼야, 게 섰거라. 연燕 땅의 장비를 몰라보느냐!"

여포는 욕을 먹자 화가 나서, 달아나는 공손찬을 버리고 즉시 장비에게로 달려든다. 장비는 정신을 모아 여포와 어우러져 50여 합을 싸웠으나 승부가 나지 않는다.

관운장이 옆에서 바라만 보다가 말에 박차를 가하여 82근 청룡언월도靑龍偃月刀를 춤추듯 휘두르면서 달려와 장비와 함께 협공하니, 세 마리 말이 정丁 자 모양으로 자리를 바꿔가면서 싸운 지 30합이로되 여포를 거꾸러뜨리지 못한다.

유현덕은 보다못해 마침내 쌍칼을 뽑아 들고 누런 갈기 머리의 말을 달려 비스듬히 쳐들어가서 싸움을 돕는다. 유현덕, 관운장, 장비가 삼면으로 여포를 에워싸고 주마등처럼 돌아가면서 공격한다. 참으로 놀라

호뢰관에서 유비 형제와 일전을 벌이는 여포. 왼쪽부터 시계 방향으로 여포, 유비, 관우, 장비

운 싸움이다. 8로의 모든 군사는 넋을 잃고 바보처럼 바라보기만 한다.

그러나 여포가 어찌 세 영웅을 대적할 수 있으리요. 지금까지 싸운 것만으로도 여포는 과연 무서운 용장이었다. 여포는 세 사람을 대적하기가 점점 어려워지자, 유현덕의 얼굴을 노리고 냅다 창을 찌르는 체했다. 순간 현덕은 급히 몸을 피했다. 그 기회를 놓칠세라, 여포는 적토마를 달리어 쏜살같이 빠져 나가더니 창을 옆구리에 끼고 달아난다.

세 사람이 어찌 달아나는 여포를 그냥 버려둘 리 있으리요. 일제히 말을 달려 여포를 뒤쫓아가니, 그제야 8로 군사들은 산이 진동하도록 함성을 지르면서 여포를 엄습한다. 여포와 그 군사들은 산지사방으로 흩어져 사수관을 향하여 정신없이 도망친다. 유현덕, 관운장, 장비는 여포를 뒤쫓는다.

제5회——137

옛사람이 유현덕, 관운장, 장비 세 사람이 여포와 싸운 일을 찬탄한 시가 있다.

> 한나라 운수는 환제, 영제 때에 이르러
> 해처럼 힘찼던 기운이 서쪽으로 기울었도다.
> 간신 동탁은 마침내 소제를 몰아내어 죽이고
> 황제의 위에 오른 유협은 나약하여 꿈속에서도 놀라더라.
> 이에 조조는 격문을 띄워 천하에 고하니
> 모든 제후들은 분노하여 일제히 군사를 일으켰도다.
> 그들은 상의하여 원소를 맹주로 세운 다음
> 황실을 도와 태평 성세를 이루겠노라 맹세했도다.
> 온후 여포는 세상에 짝이 없는 영웅의 재질로써
> 사해에 그 용맹을 널리 과시했으니
> 몸에는 용 비늘을 주렁주렁 달아 붙인 갑옷 차림이요
> 머릿다발을 묶어 금관을 쓰고 꿩 꼬리를 꽂았더라.
> 울퉁불퉁한 보배로운 띠는 맹수를 삼키는 형태요
> 쪽 뽑아 입은 전포에서는 금방 봉새가 날 것만 같았다.
> 용마가 달리니 하늬바람이 일어나며
> 화극은 번쩍번쩍 가을 물을 쏘더라.
> 관문을 나서서 싸움을 걸면 대적할 자가 없으니
> 모든 제후들은 넋을 잃고 벌벌 떨었다.
> 이때 힘차게 뛰쳐나오는 이는 연 땅 사람인 장비로세.
> 손에 든 무기는 1장 8척의 사모창이라.
> 범 수염이 모조리 곤추서니 금실이 나부끼듯
> 둥그런 고리눈을 부릅뜨니 번갯불이 인다.

싸운 지 한참이로되 승부가 나지 않아서
진 앞의 관운장은 보다못하여 달려 나왔도다.
보배로운 청룡도에는 서리와 눈발이 일며
앵무전포는 나비처럼 가벼이 날도다.
말굽이 이르는 곳마다 귀신들은 울부짖으며
똑바로 쏘아보고 한번 노하면 그 무엇이건 피를 흘리게 마련
이로다.
영웅 현덕은 쌍칼을 뽑아 들자
하늘의 위엄을 떨치며 용맹을 편다.
세 사람이 에워싸서 싸운 지 한참 만에
여포는 칼을 막아내며 창을 받기에 허둥지둥이라.
함성이 크게 일어나 천지가 진동하니
살기는 가득 펴져 견우성, 북두성도 추워보이도다.
여포는 힘이 다하여 달아날 길을 찾아
멀리 산을 바라보며 말에 채찍질하는도다.
그림을 그린 방천극을 거꾸로 들었으니
금빛을 뿌린 오색 기는 어지러이 흩어진다.
비단 고삐를 끊고 적토마는 달리어
몸을 기울여 호뢰관으로 날아올라가더라.

漢朝天數當桓靈

炎炎紅日將西傾

奸臣董卓廢少帝

劉協懦弱魂夢驚

曹操傳檄告天下

諸侯奮怒皆興兵

議立袁紹作盟主
誓扶王室定太平
溫侯呂布世無比
雄才四海誇英偉
護軀銀鎧切龍鱗
束髮金冠簪雉尾
參差寶帶獸平吞
錯落錦袍鳳飛起
龍駒跳踏起天風
畫戟熒煌射秋水
出關四戰誰敢當
諸侯膽裂心惶惶
踊出燕人張翼德
手提蛇矛丈八樣
虎函倒豎翻金線
環眼圓寥起雷光
乞戰未能分勝敗
陣前惱起關雲長
青龍寶刀燦霜雪
鸚鵡戰袍飛狡蝶
馬蹄到處鬼神驅
目前一怒應流血
梟雄玄德戚雙鋒
陛驚天威施勇烈
三人圍繞戰多時

遮鴉架隔無休歇
喊聲震動天地暢
殺氣迷漫牛斗寒
呂布力窮尋走路
遙望家山拍馬還
倒拖畫桿方天戟
亂散銷金五彩創
頓斷絨絛走赤兎
飜身飛上虎牢關

세 사람이 여포를 뒤쫓아가다 호뢰관에 이르러 관문 위를 쳐다보니, 서쪽 바람에 푸른 비단 일산日傘이 나부낀다.

장비는 큰소리로,

"저기에 반드시 동탁이 있을 것이다. 여포를 뒤쫓은들 무슨 소용이 있으리요. 먼저 동탁을 사로잡고 적의 근본을 뽑아버리는 일이 상수다!"

외치고 말에 채찍질하여 호뢰관으로 올라가서 동탁을 잡으려 하니,

역적을 잡으려면 뭣보다도 그 괴수를 잡아야 하며
기이한 공로를 세우려면 우선 기이한 사람이 나타나야 한다.
擒賊定須擒賊首
奇功端的待奇人

장차 승부는 어떻게 날 것인가.

제6회

동탁은 찬란한 궁궐을 불지르는 극악한 짓을 하고
손견은 옥새를 감추어 맹약을 저버리다

장비는 말을 달려 호뢰관 아래에 이르렀으나, 관문 위에서 화살과 돌이 빗발치듯 날아와 더 나아가지 못하고 돌아왔다.

8로의 제후들은 함께 유현덕, 관운장, 장비를 초대하여 공로를 치하한 다음에 원소의 영채로 사람을 보내어 승리를 보고했다. 보고를 받은 원소는 마침내 손견에게 격문을 보내어 사수관을 공격하도록 명령했다.

한편, 손견은 정보와 황개를 데리고 원술의 영채에 가서 지팡이로 땅바닥을 치며 따진다.

"동탁과 나는 원래 아무런 원한도 없소. 그렇지만 내가 이제 목숨을 걸고 화살을 무릅쓰며 죽음을 두려워 않고 싸우는 것은, 위로는 국가를 위해서 역적을 치는 동시에 아래로는 모든 제후들과 함께 맹세한 때문이오. 그런데 장군은 나를 모함하는 말을 곧이듣고 군량과 마초를 보내지 않아서 이 손견으로 하여금 싸움에 지게 만들었으니 그러고도 편안하시오?"

원술은 황공하여,

"전날 나에게 손견 장군을 모함했던 자를 끌어내어 참하여라."
하고 분부함으로써 사죄했다.

홀연 손견의 수하 군사가 들어와서 고한다.

"사수관에서 적장 한 사람이 말을 달려 우리 영채에 와서 장군을 뵙겠다 청합니다."

손견은 원술과 작별한 후 영채로 돌아와서,

"그 적장을 들라 하여라."

하고 분부했다. 들어오는 적장을 보니, 그는 다른 사람이 아니라, 바로 동탁의 사랑하는 장수 이각이었다.

손견은 묻는다.

"네가 무슨 일로 왔느냐?"

이각이 대답한다.

"우리 승상께서 평소 존경하시는 분은 장군 한 분뿐이오. 이번에 특별히 나를 보내신 뜻은 장군과 인척을 맺고자 하심이외다. 우리 승상의 딸과 장군의 아들을 결혼시키려고 교섭하러 왔소."

손견은 버럭 화를 낸다.

"동탁은 하늘을 거역하는 무도한 자로서 한나라 황실을 뒤엎으려 한다. 내 그 구족을 멸하여 천하에 보답하려 하거늘, 어찌 역적 놈과 혼인할 수 있으리요! 너를 죽일 것이로되 살려주니, 돌아가서 즉시 호뢰관을 우리에게 바치고 길이 살 생각을 하여라. 만일 지체하면 네 몸이 가루가 되리라!"

이각은 머리를 얼싸안고 쥐구멍을 찾듯이 돌아가,

"손견은 참으로 무례한 놈입디다."

하고 동탁에게 다녀온 경과를 고했다.

동탁은 화가 나서 이유에게 묻는다.

"이리도 저리도 할 수 없으니, 장차 어찌하면 좋겠소?"

이유는 대답한다.

"여포가 새로이 패하여 군사들도 싸울 생각이 없으니, 군사를 거느리고 낙양으로 되돌아가서 황제를 장안長安으로 옮긴 다음에 요즘 유행하는 동요에 적응하십시오.

서쪽도 한 한漢이요
동쪽도 한 한漢이라.
사슴이 장안으로 달려들어가니
비로소 근심은 없더라.
西頭一箇漢
東頭一箇漢
鹿走入長安
方可無斯難

이런 동요가 요즘 항간에서 유행합니다. 신臣이 이 동요를 생각건대 '서쪽도 한 한'이라 한 것은 바로 한 고조가 처음으로 서쪽 장안에 도읍을 정하여 왕위에 오른 뒤로 12대를 내려왔으니, 세상에서 일컫는바 서한西漢 시대를 말한 것입니다. '동쪽도 한 한'이라 한 것은 그 뒤 광무제光武帝가 동쪽 낙양으로 도읍을 옮기어 또한 지금까지 12대를 내려왔으니, 세상에서 일컫는바 오늘날 동한東漢 시대를 말한 것입니다. 그러기에 하늘의 운수는 빙글빙글 도는 법이라, 승상께서 이번에 장안으로 다시 도읍을 옮기면 하늘의 이치를 따르는 것이 되기 때문에 모든 근심이 없어지리이다."

동탁은 크게 고무되어,

"그대가 말해주지 않았던들, 내가 미처 깨닫지 못할 뻔했소."
하고 마침내 여포와 함께 낙양으로 돌아간다.

낙양으로 돌아온 즉시로 동탁은 문무 백관을 모으고 도읍을 옮길 일을 상의한다.

"한나라가 이곳 동쪽 낙양에 도읍한 지 근 3백 년에 운수는 이미 쇠하였소. 내가 보건대 새로운 운수가 장안에서 일어나니, 황제의 어가御駕를 모시고 도읍을 서쪽으로 옮겨야겠소. 그대들은 각기 천도遷都할 준비를 서두르시오."

사도 양표楊彪가 말한다.

"장안 땅 일대는 옛 도읍지였지만, 지금은 매우 황폐해졌소. 이제 아무 이유도 없이 종묘宗廟와 역대 황제들의 능陵을 버리고 옮겨간다면, 백성들이 놀라서 흔들릴까 두렵소이다. 자고로 천하를 뒤흔들어놓기는 쉽지만 천하를 안정시키기는 지극히 어려운 일이니, 승상은 다시 한 번 생각하시오."

동탁은 화를 낸다.

"네가 국가의 큰 계책을 방해하려 드느냐!"

태위 황완黃琬이 간한다.

"양표 대감의 말씀이 옳소. 옛날에 왕망王莽(한 평제平帝의 황후의 친정 아버지로서 한 왕조를 뒤집고 국호를 '신新'이라 했으나 15년 만에 망했다)은 역적질을 했으며, 잇달아 경시황제更始皇帝(한 왕조를 되찾은 신하들이 세운 황제로서 이름은 유현劉玄이다. 재위 2년에 광무황제가 그 뒤를 이었다. 역사에서는 한나라 중흥주中興主를 광무황제로 치고 경시황제는 치지 않는다) 때 적미赤眉의 난(왕망이 황제의 위를 빼앗을 때, 산동 지방에서는 번숭樊崇이란 자가 반란을 일으켰는데, 그들은 왕망의 군사와 구별하기 위해서 눈썹을 뻘겋게 물들였다. 그래서 적미赤

眉라 한다. 나중에 광무황제가 그들을 평정했다)이 일어나 장안은 몽땅 불타버려 폐허가 됐으며, 백성들은 흩어져 백에 한둘도 남지 않았소. 그런데 이제 궁궐을 버리고 폐허로 가다니 안 될 말이오."

동탁은 단호히 명령한다.

"관동關東(함곡관函谷關의 동쪽 지방) 땅은 도둑이 일어나 천하가 요란하나, 장안에는 효산崤山과 함곡函谷의 험한 요새가 있다. 더구나 농서隴西(농산隴山 서쪽) 지방이 가까워서 큰 목재와 석재石材, 벽돌과 기와도 쉽게 마련할 수 있으니 궁실을 짓는 데 한 달 남짓밖에 걸리지 않을 것이다. 그러니, 너희들은 여러 말 말라."

사도 순상荀爽이 간한다.

"승상이 도읍을 옮기려 들면 백성들의 소동으로 편할 날이 없으리다."

동탁은 더욱 크게 노한다.

"내가 천하를 위해 계책을 실행하려는데 어찌 백성 따위를 돌볼 수 있겠느냐!"

동탁은 즉시 양표, 황완, 순상의 벼슬을 빼앗고 몰아냈다. 회의를 마치자, 동탁은 나와서 수레를 타는데, 두 사람이 손을 들어 읍한다. 보니 바로 상서尙書 주비周毖와 성문교위城門校尉 오경伍瓊이었다.

동탁이 묻는다.

"무슨 일이냐?"

주비는 대답한다.

"우리는 승상이 도읍을 장안으로 옮기려 한다는 소문을 들었기에 간하러 왔소이다."

동탁은 화가 머리 끝까지 나서,

"음, 지난날 내가 너희 둘의 말만 믿고 원소를 죽이지 않고 살려줬었다. 그런데 이제 그 원소가 반란을 일으켰으니, 너희 놈들도 원소와 일당이로구나."

하고 무사들에게 추상같이 호령하여 두 사람을 끌어내다가 참했다.

"내일 안에 새 도읍으로 떠날 준비를 끝내어라."

이유는 고한다.

"이제 군용금軍用金과 곡식이 부족한데, 낙양엔 부자들이 많으니 관에서 그들 재산을 몰수하십시오. 더구나 원소와 관계 있는 친척과 무리들도 많으니, 그들을 죽여 그 재산만 몰수해도 엄청날 것입니다."

동탁은 즉시 무장한 기병 5천 명을 동원하여 낙양 부자들을 모조리 잡아들이니, 하루아침에 결딴난 집만도 수천 집이었다. 군사들은 그 많은 부자들 몸에다 일일이 '반신역당反臣逆黨'이라고 쓴 기폭旗幅을 꽂아, 성 바깥으로 끌어내어 참한 다음에 그 재산을 몰수했다.

마침내 이각과 곽사는 낙양 백성 수백만 인구를 모조리 몰아 장안으로 가는데, 백성 1대隊 사이마다 군사 1대를 두어 죄수 다루듯이 압송하니, 도랑과 산 구렁에 쓰러져 죽은 자만도 이루 헤아릴 수 없을 정도였다.

또 그들은 군사들이 백성들의 부인과 딸들을 마음대로 농락하며 남의 양식을 빼앗는 짓을 내버려두니, 울음 소리가 천지에 진동했다.

동탁은 낙양을 떠나면서 모든 성문에 불을 지른 다음 백성들 중에 남아 있는 자가 없도록 백성들 집까지 태운다. 아울러 종묘와 모든 관부官府에까지 방화하여 남쪽과 북쪽 두 궁궐에서 치솟는 불길이 하늘에서 서로 맞닿으니 낙양은 불바다가 되어 마침내 초토로 변한다. 뿐만 아니라 동탁은 여포를 시켜 역대 황제와 황후와 비빈妃嬪들의 능침陵寢까지 파헤쳐 금은보화를 파내니, 군사들도 우쭐해서 벼슬 산 사람의 무덤과 백성들 무덤을 마구 파헤쳐 도둑질한다.

동탁은 금은 구슬과 가지가지 보배를 수천 대의 수레에 실은 다음 황

낙양을 불태우는 동탁

제와 황후와 비빈들을 겁박하여 거느리고 장안을 향하여 떠나간다.

장수 조잠(趙岑)은 낙양을 떠나는 동탁을 보고, 통분한 나머지 그길로 손견에게 가서 사수관을 바쳤다. 이리하여 손견은 즉시 군사를 거느리고 사수관으로 들어왔다.

한편, 유현덕과 관운장과 장비는 호뢰관을 무찔러 점령하니, 모든 제후들도 각기 군사를 거느리고 뒤를 따라 들어왔다.

한편, 손견이 낙양을 향하여 나는 듯이 달려가면서 바라보니, 저 멀리 불길은 하늘을 찌르며 검은 연기는 땅을 덮었는데, 2, 3백 리 사이에 닭 한 마리 개 한 마리 사람 한 명이 없었다.

손견은 군사를 앞서 보내어 불을 끄게 하고, 모든 제후들에게 기별하여 어디건 타다 남은 자리에 군사를 주둔시키도록 했다.

조조가 와서 보더니 원소에게 말한다.

"역적 동탁은 서쪽으로 떠났으니, 이런 좋은 기회에 뒤쫓아가서 무찔러야 마땅한데, 손견은 군사를 멈추고 꼼짝을 않으니 웬일이오?"

원소가 대답한다.

"모든 군사가 너무 지쳐서, 뒤쫓아간대도 별수없을 것 같군."

조조는 강조한다.

"역적 동탁은 궁궐을 불사르고, 황제를 윽박질러 데려갔기 때문에 천하가 진동하여 어찌할 바를 모르니, 이는 하늘이 동탁을 죽이려는 것이오. 지금이야말로 한번 싸워 천하를 결정지을 기회인데, 여러분은 무엇을 의심하며 주저하시오?"

모든 제후들은 한결같이 대답한다.

"경솔히 행동할 때가 아니오."

조조는 화가 나서,

"이런 못난 것들과는 함께 의논할 수 없다."

하고 마침내 친히 군사 만여 명과 하후돈, 하후연, 조인, 조홍, 이전, 악진 등을 거느리고 밤낮없이 동탁을 뒤쫓아갔다.

한편, 동탁은 가다가 형양榮陽 지방에 이르렀다. 태수 서영徐榮이 나와서 영접한다.

이유는 동탁에게 꾀를 말한다.

"승상은 낙양 도읍을 버렸으나 뒤쫓아오는 적을 막아야 합니다. 서영의 군사를 형양성 바깥의 산그늘로 매복시키고, 만일 뒤쫓아오는 적이 있거든 그냥 지나가도록 버려두라 하십시오. 우리가 직접 적을 맞이하여 무찌를 때, 매복했던 서영의 군사가 길을 끊고 뒤를 쳐서 협공하면 다 죽일 수 있습니다. 그래야만 뒤쫓아올 적이 없을 것입니다."

동탁은 이유의 계책대로 지시한 다음에 또 여포에게,

"씩씩한 군사를 거느리고 가서 뒤를 끊어라."

하고 분부했다.

여포가 가다가 보니, 조조의 군사들이 달려온다.

"이유의 짐작에서 벗어날 놈이 없구나."

여포는 크게 껄껄 웃으며 군사를 벌여 세웠다.

조조는 말에 박차를 가하여 달려오면서 큰소리로 외친다.

"역적은 천자를 납치하고 백성들을 끌고 어디로 가느냐?"

여포도 욕질한다.

"우리 승상을 배반한 놈아! 무슨 망령된 말을 하느냐."

하후돈이 창을 들고 말을 달려와서 곧 여포에게 달려들어 싸운 지 수합이 못 되었을 때였다.

동탁의 장수 이각이 1대의 군사를 거느리고 나타나 왼쪽에서 쳐들어왔다. 조조는 급히 하후연에게 적군을 맞이하여 싸우도록 했다. 그러자 이번에는 오른쪽에서 함성이 일어나더니 동탁의 장수 곽사가 군사를 거느리고 쳐들어온다. 조조는 급히 조인을 내보내 싸우게 했다.

그러나 조조는 좌우 중앙에서 쳐들어오는 세 방면의 적군을 감당할 도리가 없었다. 이미 하후돈은 여포를 대적 못해 말을 돌려 진영으로 돌아오는 중이었다.

여포는 기회를 놓치지 않고 군사를 거느리고 무찌르니, 조조의 군사는 크게 패하여 형양 땅을 바라보며 달아난다.

한참 달아나다가 황폐한 산기슭에 이르렀을 때였다. 시각은 약 2경쯤 되었는데 달이 밝아서 대낮 같았다. 조조는 패잔병을 모아 솥을 걸고 밥을 지어 먹도록 했다. 한참 밥을 짓는데, 사방에서 함성이 일어나며 지금까지 매복했던 서영의 군사가 달려 나온다.

조조는 크게 놀라, 황망히 말에 채찍질하여 길을 빼앗아 달아나다가,

서영이 쏜 화살에 어깨를 맞았다. 조조는 어깨에 박힌 화살을 그냥 달고 달아나 산 고개를 지나는데, 풀 속에 숨어 있던 적의 두 졸개가 일제히 창을 들어 찌른다. 그러나 두 개의 창을 한꺼번에 맞은 것은 조조가 탄 말이었다. 말이 소리를 지르며 쓰러지는 바람에, 조조는 풀 속으로 데굴데굴 굴렀다. 두 졸개가 달려들어 조조를 덮어 누르고 잡아 세우려는 찰나였다.

한 장수가 나는 듯이 말을 달려와 한칼에 두 졸개를 쳐죽이더니, 말에서 급히 뛰어내려 조조를 부축해 일으킨다. 조조가 보니 그는 바로 조홍이었다.

조조는 말한다.

"나는 여기서 죽는 몸이다. 아우는 속히 이곳을 떠나라."

"어서 말을 타십시오. 나는 걸어가겠습니다."

"적군이 몰려오는데, 너 혼자서 어찌하려느냐?"

"천하에 조홍은 없어도 괜찮지만, 조조가 없어서는 안 됩니다."

"내가 살아난다면 다 너의 힘이다."

이에, 조조는 말에 올라탔다. 조홍은 무거운 갑옷과 전포를 벗어 던진 다음에 칼만 차고 조조의 말을 뒤따라 알몸으로 뛰었다.

그들은 시각이 4경을 좀 지났을 때까지 달렸다. 그러나 어찌하리오. 큰 강물이 앞을 가로막은 것이다. 뒤에서는 적군의 함성이 점점 가까이 들려온다.

조조는 말한다.

"내가 이곳에서 죽는구나."

조홍은 조조를 말에서 부축해 내리고 갑옷과 전포를 벗겼다. 조홍은 알몸이 된 조조를 등에 업고 강물로 뛰어들어 헤엄을 쳐서 건너간다. 겨우 강을 건너 저쪽 언덕에 닿았을 때 적군이 이르러 활을 쏴댔다. 조와 조홍은 흠뻑 젖은 알몸으로 달아난다.

날이 샐 무렵까지 그들은 다시 30리를 달아나 어느 언덕 밑에서 겨우 숨을 돌리는 참이었다.

문득 함성이 일어나며 한 떼의 군사가 달려온다. 서영이 강 상류로 돌아서 얕은 곳을 건너 뒤쫓아온 것이었다. 조조는 너무나 황급해서 어쩔 줄을 몰랐다.

이때 반대쪽에서 하후돈과 하후연 두 장수가 기병 수십 명을 거느리고 나는 듯이 달려오며 큰소리로 외친다.

"우리 주공主公을 범하지 말라!"

서영은 즉시 하후돈에게로 달려들었다. 하후돈은 창을 들어 싸운 지 수합에 서영을 무찔러 흩었다. 그제야 조인, 이전, 악진이 군사를 거느리고 조조를 찾아와서 만나게 되니 서로 기뻐하며 동시에 슬퍼했다. 구사일생한 조조는 패잔병 5백여 명을 모아 하내河內 땅으로 돌아갔다.

한편, 모든 제후들은 각기 나뉘어 낙양에 그냥 주둔하고 있었다. 손견은 타다 남은 궁궐의 불을 완전히 끄고 나서, 성안에 주둔하였다. 손견은 타버린 건장전建章殿 터에다 장막을 치고 영채를 세웠다. 군사를 시켜 궁중의 그을린 기왓장 등을 깨끗이 치우고, 동탁이 파버린 역대 황제의 능침들을 수리했다. 타버린 태묘太廟 터에다 임시로 세 칸 집을 짓고 모든 제후들을 초청, 역대 황제의 신위神位를 모신 다음에 희생을 바치고 제사를 지냈다. 모든 제후들은 제사를 마치자 각기 자기 영채로 돌아갔다.

손견이 영채로 돌아온 그날 밤이었다. 달이 유난히 밝은데 별은 반짝였다. 이에 손견은 칼을 짚고 이슬이 내린 풀 위에 앉아 천문天文을 우러러 보았다. 자미원紫微垣(북두성 북쪽에 있는 별로서 천자를 상징하는 별)에 뿌우연 기운이 가득 서려 있었다.

손견은 탄식한다.

"제왕의 별이 분명치 못하니, 역적은 나라를 어지럽히고 만백성은 도탄에 빠져 도성이 이 지경으로 비었구나!"

손견은 말을 마치자 자연 눈물이 흘러내린다. 곁에서 군사가 손으로 가리키며 고한다.

"어전御殿 터 남쪽 우물 속에서 오색빛이 일어납니다."

손견은 군사를 불러 분부한다.

"횃불을 들고 우물 속으로 들어가보아라."

군사는 우물 속으로 들어가더니, 잠시 뒤에 한 부인의 시체를 끼고 올라왔다. 시체는 비록 오래된 듯하나 조금도 상한 데가 없어 마치 살아 있는 듯하였다. 더구나 그 부인은 궁중 옷을 입었고, 목에 비단 주머니를 달고 있었다. 그 비단 주머니를 끌러보니, 속에서 주홍빛 조그만 갑匣이 나오는데, 황금 쇠사슬로 단단히 묶여 있었다. 그 갑을 여니 바로 한 개의 옥새가 나타났다. 그 크기는 4촌寸인데, 그 위에는 다섯 마리 용이 서로 뒤엉킨 조각이 돼 있었다. 한 쪽 모서리가 떨어져 나간 데는 황금으로 때웠고, 밑바닥에는 전자篆字로 글이 새겨져 있었다.

하늘의 명을 받아 영원히 번영하리라.

受命于天 其壽永昌

손견은 옥새를 들고 보며 정보에게 연유를 물었다. 정보는 자세히 설명한다.

"이 보물은 나라를 전할 때 함께 전하는 옥새올시다. 옛날에 변화卞和란 사람이 형산荊山 밑에서 돌 위에 집을 짓는 봉황을 보고, 그 돌을 실

제6회—153

어와서 초楚 문왕文王에게 진상했는데, 왕이 그 돌을 쪼개게 했더니 과연 이 옥을 얻게 됐던 것입니다. 진秦나라 26년에 진 시황始皇이 솜씨 있는 장인에게 분부하여 그 옥을 갈아서 이 옥새를 만들었고, 이사李斯를 시켜 전자篆字 글씨 여덟 자를 쓰게 하고 새긴 것이 바로 이 도장입니다. 28년에 진 시황이 순행巡行하던 차 동정호洞庭湖에 이르렀을 때, 바람과 물결이 크게 일어나 탔던 배가 엎어지게 되었으므로, 황급히 이 옥새를 물에 던졌더니 즉시 바람이 없어지고 물결은 잔잔해졌다 합니다. 36년에 이르러 진 시황은 다시 순행하여 화음華陰 땅에 이르렀는데, 어떤 사람이 이 옥새를 가지고 나타나 길을 막더니 시종하는 사람에게 내주며 '이 보물을 황제에게 돌려드린다'는 말을 마치자 문득 없어졌다 합니다. 그리하여 이 옥새는 다시 진나라 것이 되었으나, 그 이듬해에 진 시황은 죽었습니다. 그 뒤 자영子穢(진 시황의 아들이니 진나라 3대째 왕이다)이 이 옥새를 우리 한 고조에게 바쳤습니다. 그 뒤 왕망이 역적질을 할 때 효원황후孝元皇后가 역적의 일당인 왕심王尋·소헌蘇獻에게 이 옥새를 던졌기 때문에 그때 모서리 한 쪽이 떨어져 나갔습니다. 그래서 이처럼 황금으로 때운 것입니다. 그 뒤 광무황제가 의양宜陽 땅에서 이 옥새를 회수한 이래로 오늘날까지 역대 황제에게 전해졌습니다. 전번에 고자대감 십상시들이 난을 일으키고 소제를 납치하여 북망산으로 달아났다가, 소제가 다시 궁궐로 돌아왔을 때 이 보물이 없어졌습니다. 그런데 이제 하늘이 주공께 이 옥새를 주셨으니, 반드시 구오九五의 지위(천자의 위)에 오르실 징조인가 합니다. 이젠 더 이상 낙양에 머물러서는 안 됩니다. 속히 강동江東으로 돌아가셔서, 앞으로 큰일을 도모하십시오."

"그대 말이 나의 뜻과 같다. 내일 병이 났다 핑계하고 돌아가리라."

손견은 대답하며,

"이 일이 밖에 누설되지 않도록 각별히 조심하라."

하고 군사들에게 주의시켰다.

그러나 누가 알았으리요. 군사들 중에는 원소와 한 고향인 사람이 있었다. 그자는 이 일을 미끼로 입신 출세立身出世해볼 생각이 나서, 그날 밤으로 손견의 영채를 몰래 빠져 나갔다. 곧바로 원소의 영채로 달려간 그는 이 일을 미주알고주알 일러바쳤다. 원소는 그자에게 많은 상을 주고 자기 군사들 속에 몰래 숨겨뒀다.

이튿날, 손견은 원소에게 갔다.

"내가 병이 나서 장사로 돌아가야겠기에 작별하러 왔소."

원소는 껄껄 웃는다.

"나는 그대의 병을 아오. 나라와 함께 전하는 옥새 때문에 탈이 났구려."

손견의 얼굴색이 변한다.

"그런 말을 어디서 들으셨소?"

원소는 대답한다.

"우리가 군사를 일으켜 역적을 치는 일은 국가를 위해서요. 그러니 옥새는 바로 조정의 보물이라. 그대가 기왕 그것을 얻었다면, 일단 우리에게 보이고 맹주인 나에게 맡겨두었다가, 동탁을 죽인 뒤에 조정에 반납해야 옳은 일이오. 그러하거늘 이제 그대가 감추어 떠나려 하니 장차 어쩌자는 거요?"

손견은 시치미를 딱 뗀다.

"옥새가 어떻게 나한테 있겠소."

원소는 다잡아 묻는다.

"그럼 건장전 우물 속에서 나온 건 뭐요?"

"없는 걸 이렇듯 조르니, 나를 어쩌자는 거요!"

원소는 버럭 소리를 지른다.

옥새를 둘러싸고 대립하는 원소와 손견

"속히 내놔라. 그렇지 않으면 그대 몸에 해로우리라!"

손견은 손으로 하늘을 가리키며 맹세한다.

"내가 만일 그 보물을 감추었다면, 평생을 잘 마치지 못하고 칼과 화살에 맞아 죽으리라."

그제야 모든 제후들이 말린다.

"손견이 이처럼 맹세한 바에야 필시 가지지 않았을 것이오."

원소는 전날 밤중에 와서 밀고해준 군사를 불러냈다.

"우물 속에서 옥새가 나왔을 때, 이 사람이 있었던 걸 기억하겠지!"

손견은 분개하여 칼을 뽑아 그 군사를 죽이려 든다. 순간 원소도 또한 칼을 뽑아 든다.

"네가 이 군사를 죽이려 드는 걸 보니, 나를 속인 것이 분명하구나!"

원소 뒤에 섰던 장수 안양顔良과 문추文醜가 일시에 칼을 뽑자, 손견 뒤에 섰던 장수 정보와 황개도 일제히 칼을 뽑아 들었다.

장내는 아연 살기가 감돌았다. 모든 제후들은 사태가 심상치 않은 것을 보고 원소와 손견 사이를 막고 말렸다.

손견은 말을 타고 돌아와 그날로 영채를 뽑고 낙양을 떠나갔다.

크게 노한 원소는 서신을 써서 심복 부하에게 내주며,

"네 밤낮없이 급히 형주荊州에 가서 형주 자사 유표劉表에게 이 서신을 전하여라."

하고 보냈다. 그 편지 내용은 손견의 돌아가는 길을 막고 옥새를 빼앗으라는 지령이었다.

이튿날, 파발꾼이 와서 고한다.

"동탁을 뒤쫓아갔던 조조가 형양 땅에서 싸웠으나 크게 패하여 돌아왔습니다."

원소는 사람을 보내어 돌아온 조조를 자기 영채로 초청하고 술자리를 마련한 다음에 모든 제후들과 함께 위로했다.

조조는 탄식한다.

"내가 애초에 대의를 일으켜 나라를 위해 역적을 없애려 하니, 여러분도 대의를 위해서 모여든 것이오. 원래 나의 생각으론 원소 장군의 힘을 빌려, 하내 군사로서 황하黃河 건널목인 맹진孟津과 산조酸棗 땅을 진압하고 여러분은 성고成皐 땅을 굳게 지키며, 오창敖倉 땅을 거점으로 해서, 환원轘轅과 대곡大谷 방면을 막아, 험하되 요긴한 곳을 진압하는 것이었소. 동시에 원술 장군은 남양南陽 군사를 거느리고 단수丹水와 석현析縣 지대에 주둔하는 한편, 무관武關을 넘어 장안을 중심으로 삼보三輔 일대에서 기세를 올리고, 깊이 구렁을 파서 높이 보루保壘를 쌓고 싸우지는 말되 군사가 엄청나게 많은 것처럼 의병疑兵(소수의 군사가 다수의 군사처럼 위장하는 것)을 가장한 다음에 적을 위협하여, 천하의 형세가 이미 정해진 것처럼 과시했더라면, 순리順理로써 역리逆理를 다스리듯 완전히 역적을 평정할 수 있었을 것이오. 그런데 여러분이 주저하며 나아가지 않아서 천하 만백성의 기대를 저버렸으니, 조조는 적이 부끄럽소이다."

원소를 위시한 모든 제후들은 입이 있어도 할말이 없었다. 그래서 술자리는 싱겁게 끝났다.

조조는 원소와 모든 제후들이 각기 엉뚱한 딴생각을 품고 있어서 능히 큰일을 못할 것을 알자, 즉시 군사를 거느리고 양주楊州 땅으로 떠났다.

공손찬은 유현덕, 관운장, 장비에게 말한다.

"원소는 무능한 사람이다. 낙양에 이렇게 오래 있다가는 반드시 변이 일어날 것이니, 우리도 돌아가는 것이 옳으리라."

공손찬은 영채를 뽑고 북쪽으로 돌아가다가, 평원군平原郡에 이르자 유현덕을 평원령平原令으로 삼고, 자기만 북평北平으로 돌아가서 군사를 길렀다.

한편 낙양에 주둔한 제후들간에는 어떤 사태가 일어났는가 하니, 연주 태수 유대는 동군 태수 교모에게 군량미를 꾸어달라고 청했으나, 이리저리 핑계만 대며 꾸어주지 않으니, 화가 난 유대는 군사를 거느리고 돌격하여 교모를 죽였다. 유대는 교모의 군사를 모조리 자기 군대로 편입시켰다.

원소는 동지들간에 피비린내 나는 사건이 생긴데다가, 또 제각기 돌아가는 제후들을 보자, 마침내 영채를 뽑아 군사를 거느리고 낙양을 떠나 관동關東으로 갔다.

한편, 형주 자사 유표의 자는 경승景升이니, 원래는 산양군山陽郡 고평

高平 땅 사람으로 바로 한 황실의 종친이었다. 그는 젊었을 때부터 사람들과 사귀기를 좋아하여, 명사名士 일곱 사람과 친구가 되었으니, 세상에서는 그들을 '강하江夏 땅 여덟 명사'라 일컬었다. 유표를 제외한 그 일곱 사람의 출신지와 이름과 자를 소개하면,

여남군汝南郡 출신인 진상陳翔의 자는 중인仲麟이요, 같은 여남군 출신인 범방范滂의 자는 맹박孟博이요, 노魯나라 출신인 공욱孔昱의 자는 세원世元이요, 발해군渤海郡 출신인 범강范康의 자는 중진仲眞이요, 산양군 출신인 단부檀敷의 자는 문우文友요, 같은 산양군 출신인 장검張儉의 자는 원절元節이요, 남양군南陽郡 출신인 잠치岑犀의 자는 공효公孝였다.

유표는 이들 일곱 사람과 벗을 삼고, 연평延平 땅 출신인 괴양蒯良, 괴월蒯越과 양양襄陽 땅 출신인 채모蔡瑁를 보좌관으로 삼고 있었다.

이때 유표는 원소의 편지를 받아보자, 괴월과 채모에게 군사 만 명을 주고 손견이 올 터이니 길을 막도록 분부했다.

마침내 손견의 군사가 오는 것을 보고 괴월은 군사를 늘어세운 다음에 말을 채찍질하여 앞으로 나선다.

손견은 묻는다.

"괴월은 어째서 군사를 거느리고 길을 막는가?"

괴월은 대답한다.

"한나라 신하로서 나라를 전하는 보물을 어찌하여 몰래 가져가느냐. 속히 내놓아야만 무사히 통과할 줄 알아라."

매우 노한 손견은 황개에게 나가서 싸우도록 했다.

채모도 칼을 춤추며 내달아와, 황개와 어우러져 싸운 지 수합에 이르렀을 때였다. 황개가 말채찍으로 채모의 호심경護心鏡(가슴을 보호하기 위해 붙이는 오늘날의 방탄 조끼 같은 것)을 정통으로 내리쳤다.

채모는 그만 정신이 아찔해져서 말고삐를 돌려 달아나듯 돌아간다.

손견이 기회를 놓치지 않고 괴월의 군사를 무찔러 경계를 넘어 들어갔을 때, 북소리와 태징 소리가 일제히 일어나며 유표가 친히 군사를 거느리고 내달아온다.

손견은 말 위에서 인사한다.

"유표는 어찌하여 원소의 편지만 믿고 이웃 고을간에 싸움을 거시오?"

유표는 대답한다.

"네가 옥새를 숨겨 가졌으니 앞으로 역적질을 할 생각이냐!"

손견은 서슴지 않고 대답한다.

"내가 정말 옥새를 가졌다면, 칼과 화살에 맞아 오사誤死하리라."

"네 말이 참말이라면, 너희들의 몸과 짐을 뒤져보자."

"네가 무슨 힘을 믿고 감히 나를 업신여기느냐!"

손견이 군사를 몰아 쳐들어가자, 유표는 즉시 물러간다. 손견이 말을 달려 뒤쫓아가는데, 양쪽 산에 매복했던 유표의 군사가 일제히 달려 나온다. 뒤에서는 채모와 괴월이 쳐들어온다.

손견은 꼼짝없이 포위를 당하여 위기에 빠졌으니,

옥새를 가졌으나 무엇에 쓰리요.
이 보물 때문에 피비린내 나는 싸움이 일어난다.
玉璽得來無用處
反因此寶動刀兵

손견은 어떻게 위기에서 벗어날까?

제7회

원소는 반하에서 공손찬과 싸우고
손견은 강을 건너가서 유표를 치다

　손견은 유표의 군사에게 포위당했으나 정보, 황개, 한당 세 장수의 눈부신 활약으로 겨우 죽음에서 벗어났다. 군사의 태반을 잃은 손견은 길을 빼앗아 강동江東으로 정신없이 달아났다. 이때부터 손견은 유표와 원수간이 됐다.
　한편, 원소는 하내에 주둔하였으나, 군량미와 마초가 부족해서 근심이었다. 이때 기주冀州 목사 한복韓馥은 그 상황을 짐작하고 사람을 시켜 군량미를 원소에게로 보냈다. 즉 군사를 위해서 쓰라는 것이었다.
　뜻밖에 군량미가 생긴 날, 모사謀士 봉기逢紀는 원소에게 말한다.
　"대장부가 천하를 주름잡고 다녀야 할 때에, 어찌 남이 보내주는 양식이나 얻어먹으면서 있겠습니까. 기주 땅은 곡식이 많이 나는 지역이며 여러 가지 물자도 풍부합니다. 그런데 장군은 어찌하여 기주 땅을 손아귀에 넣으려 하지 않으십니까?"
　원소는 대답한다.
　"좋은 계책이 생각나지 않으니 어찌하리요."

"사람을 시켜 서신을 비밀리에 공손찬에게 보내되 군사를 거느리고 기주 땅을 치기만 하면, 우리도 즉시 기주 땅으로 쳐들어가서 협공하겠다고 하십시오. 그러면 공손찬은 반드시 군사를 일으킬 것이며, 기주 자사 한복은 어리석은 사람이라, 반드시 장군에게 와서 고을 일을 맡아달라고 청할 것입니다. 일이 그쯤 되면, 쉽게 기주 땅을 우리의 것으로 만들 수 있습니다."

원소는 매우 기뻐하며, 즉시 서신을 써서 북평 태수 공손찬에게로 보냈다. 공손찬이 원소의 편지를 받아보니, 함께 기주 땅을 쳐서 반씩 나눠 가지자는 내용이었다. 공손찬은 크게 반기며 그날로 군사를 일으켰다.

한편, 원소는 기주 자사 한복에게도 사람을 보내어 전번에 보내준 양식은 잘 받았다는 것과, 들리는 소문에 의하면 공손찬이 그곳으로 쳐들어갈 모양이니 각별히 조심하라고 일러줬다.

한복은 뜻밖의 소식을 받자, 황망히 순심荀諶과 신평辛評 두 모사를 불러 상의한다.

순심이 말한다.

"공손찬이 연국燕國과 대군代郡 군사를 거느리고 길이 달려오면, 우리는 그들의 날카로운 기세를 감당할 수 없습니다. 더구나 유현덕·관운장·장비가 공손찬을 도울 것이니, 우리가 어찌 그들을 대적하겠습니까. 그러나 원소는 지혜와 용기가 뛰어난데다 그 수하에 유명한 장수도 많습니다. 장군은 원소에게 우리 기주 땅을 함께 다스리자고 청하십시오. 원소는 반드시 장군을 융숭히 대우하며 공손찬을 무찔러줄 것입니다."

한복은 즉시 별가別駕 벼슬에 있는 관순關純을 원소에게로 보내려 하는데 장사長史 벼슬에 있는 경무耿武가 간한다.

"지금 원소는 떠돌이 신세며 그 군사들도 궁줄에 빠져 있습니다. 원소는 마치 갓난아이가 눈치보듯 우리 동정만 살피는 중입니다. 우리가 먹을 걸 주지 않으면 원소는 젖 못 먹은 아기처럼 당장에 굶어 죽을 처지인데, 어쩔 요량으로 그런 사람에게 고을 일을 맡기려 합니까. 이야말로 사나운 범을 평화로운 염소 떼 속으로 끌어들이는 거나 같습니다."

한복은 대답한다.

"나는 원래 원袁씨 밑에서 벼슬을 살던 수하 사람이었다. 또 재주와 힘도 그만 못하다. 옛말에도 '어진 사람에게 자리를 양보한다' 하였으니, 그대는 뭣을 질투하는가."

경무는 길이 탄식한다.

"이제 기주 땅도 볼장 다 봤구나!"

사태가 이쯤 되자, 그날로 벼슬을 버리고 떠나간 사람이 30여 명이나 됐다. 그래도 경무와 관순만은 성 바깥에 매복하고 원소가 기주로 들어오기를 기다렸다.

며칠이 지났다. 원소가 군사를 거느리고 오는지라, 경무와 관순은 칼을 뽑고 달려나가 원소를 찔러 죽이려다가, 경무는 원소의 장수 안양의 칼에 두 토막이 나서 죽었다. 관순은 문추의 철편에 맞아 그 자리에서 죽었다.

원소는 마침내 기주로 들어와서 기주 자사 한복을 분위장군奮威將軍으로 삼더니, 전풍田豊·저수沮授·허유許攸·봉기逢紀에게 고을 일을 나눠 맡기고 한복의 권한을 몽땅 빼앗았다.

그제야 한복은 후회하며 고민했지만 이미 엎질러진 물이었다. 마침내 한복은 식구를 그대로 두고, 혼자서 조그만 말을 달려 진류陳留 태수 장막張邈에게 가서 몸을 의탁했다.

한편 공손찬은 원소가 이미 기주 땅을 독차지한 사실을 알자, 그 동생 공손월公孫越을 보내어 전날 약속한 대로 기주 땅 반을 내놓으라고 했다.

원소는 공손월에게 대답한다.

"자네 형님더러 친히 오라 하게. 내 서로 상의할 일이 있으니 가서 전하게."

공손월이 원소에게 하직하고 돌아가는데, 겨우 50리도 못 갔을 때였다. 길가에서 1대의 기병이 쏟아져 나오며,

"우리는 동탁 승상의 집안 장수들이다."

외치고 일제히 활을 쏘아 공손월을 죽여버렸다. 수행하던 자는 주인 시체도 수습하지 못한 채 달아났다. 그자는 돌아가서 공손찬에게 보고한다.

"공손월께서는 돌아오다가 도중에서 죽음을 당했습니다."

공손찬은 크게 노한다.

"원소가 나를 꾀어 군사를 일으켜 한복을 치라 해놓고, 놈은 뒷구멍으로 기주를 차지했다. 또 동탁의 군사라 속이고서 내 동생을 죽였으니, 이 원수를 어떻게 갚아야 할까!"

공손찬은 본부 군사를 모조리 일으켜 곧장 기주로 향했다.

한편, 원소는 공손찬이 군사를 거느리고 온다는 보고를 받자, 또한 군사를 거느리고 나아가 반하盤河에서 서로 대치했다.

원소의 군사는 반하교盤河橋 동쪽에 진을 벌였다. 공손찬의 군사는 다리 서쪽에 진을 벌였다.

공손찬은 말을 달려 다리 위로 나가 큰소리로 외친다.

"의리를 저버린 놈아, 어찌 감히 나를 속였느냐?"

원소도 또한 말을 달려 다리 앞에 이르자 공손찬을 가리키며 꾸짖는다.

"한복이 재주가 없어 나에게 기주 땅을 양도했는데, 네가 무슨 상관이냐!"

공손찬은 화가 났다.

"지난날엔 네가 충성이 대단한 체하기에 너를 맹주로 추대했더니, 오

늘날 소행을 본즉 참으로 늑대의 마음이요 개 같은 행동이다. 그러고도 무슨 면목으로 이 세상을 살겠다는 거냐."

원소도 분노한다.

"누가 저놈을 사로잡을 테냐?"

말이 끝나기도 전에 문추가 말을 달려 다리 위로 쳐들어온다. 공손찬이 다리 앞에서 문추를 맞이하여 서로 싸운 지 10여 합이 못 되었을 때였다. 공손찬이 대적하지 못해 달아나니, 문추는 기회를 놓치지 않고 뒤쫓는다. 공손찬이 달아나 진 안으로 들어가자, 문추는 말을 달려 중군中軍 안까지 쳐들어가서 좌충우돌한다.

이에 공손찬의 수하 장수 네 사람은 일제히 문추에게 덤벼들었다. 문추의 창이 한 번 번뜩하면서 단번에 한 장수를 찔러 말 아래로 거꾸러뜨리니, 나머지 세 장수는 넋을 잃고 달아난다.

문추는 말고삐를 돌려 다시 공손찬만 쳐서 진영 바깥으로 내몰았다. 공손찬은 진영을 나와 산골짜기를 향하여 정신없이 달아난다.

문추는 말을 달려 뒤쫓아가며 큰소리로 외친다.

"공손찬은 속히 말에서 내려 항복하라!"

이때 공손찬은 화살도 다 써버렸으며 투구는 언제 벗겨졌는지 없고, 상투도 풀려 산발이 되어 달아나다가, 산 고개를 넘어갈 때 말이 앞다리를 접질러 엎어지는 바람에 고개 밑으로 데굴데굴 굴러 떨어졌다.

뒤쫓아온 문추는 급히 창을 들어 공손찬을 찌르려 하는데, 갑자기 왼편 덤불 속에서 한 소년 장수가 나는 듯이 말을 달려와 창을 바로 들고 대든다.

그 동안에 공손찬은 고개 위로 허둥지둥 기어올라가서 돌아보니, 그 소년 장수는 키가 8척이요, 검은 눈썹에 눈은 크며, 얼굴은 넓고, 턱은 두 겹이 졌는데, 위풍이 늠름하여, 문추와 크게 싸운 지 5, 60합이 지났으나,

반하에서 한바탕 싸우는 조자룡(왼쪽). 오른쪽 위는 공손찬

아직도 승부가 나지 않는다.

그제야 공손찬의 군사가 구원하러 몰려왔기 때문에 문추는 말을 돌려 돌아간다. 그 소년 장수도 더 이상 뒤쫓지 않았다.

공손찬은 급히 산 고개에서 내려와서 그 소년 장군에게 묻는다.

"장군의 성명은 어떻게 되오?"

소년 장수는 허리를 굽혀 인사한다.

"나는 상산常山 나라 진정眞定 땅 사람으로, 성명은 조운趙雲이요 자는 자룡子龍이오. 원래 원소의 휘하에 있었는데, 원소는 임금에게 충성하거나 백성을 도울 생각이 없습니다. 그래서 장군의 휘하에 들려고 오던 참이었는데, 뜻밖에 여기서 뵙게 됐습니다."

공손찬은 크게 기뻐하고, 드디어 조자룡과 함께 영채로 돌아와서 군사를 정돈했다.

이튿날, 공손찬은 기병을 좌우 두 부대로 나누니, 그 형세가 마치 날개를 편 것 같았다. 그들이 탄 5천여 마리 말은 거개가 흰말이었다.

지난날 공손찬은 오랑캐 강인羌人(오늘날 감숙甘肅, 청해靑海, 서강西康, 서장西藏 일대에 흩어져 사는 민족)들과 싸운 일이 있었는데, 그때 흰말을 탄 군사만 골라서 선봉으로 삼고, 친히 백마장군白馬將軍이라 일컬었기 때문에, 오랑캐 강인들은 흰말만 보면 달아났다. 그 뒤로 공손찬의 군대에는 흰말이 많아지게 되었던 것이다.

한편 원소는 안양과 문추를 선봉으로 삼았다. 선봉이 된 두 장수는 각기 궁노수弓弩手(사격병) 천 명씩을 거느리고 역시 좌우 두 부대로 나누었다. 왼편 부대는 공손찬의 오른쪽 부대와 대치했다. 오른쪽 부대는 공손찬의 왼쪽 부대와 대치했다. 원소는 다시 장수 국의麴義에게 명하여 활 쏘는 군사 8백 명과 보병 만 5천 명을 진영 한가운데 벌여 세운 다음에 자신은 친히 보병 수만 명을 거느리고 그들의 뒤에서 응원했다.

공손찬은 조자룡을 처음으로 얻었기 때문에 완전히 신임할 수가 없어서, 군사를 주어 뒤로 돌렸다. 그 대신 대장 엄강嚴綱을 선봉으로 삼았다. 공손찬 자신은 친히 중군을 거느리고 말을 타고 다리 위에 나서면서, 그 곁에 동그란 붉은 바탕에 금실로 장군 수帥 자를 수놓은 기를 세웠다.

진시辰時(오전 7시~9시)가 되자, 양편 군사는 일제히 북을 친다. 그런데 웬일인지 사시巳時가 되어도 원소의 군사는 진격하지 않는다.

원소의 장수 국의가 활을 가진 군사들에게,

"차전패遮箭牌(적의 화살을 막는 방패) 뒤에 숨어 있다가, 포 소리가 나거든 그것을 신호로 일제히 활을 쏴라."

하고 명령을 내렸기 때문이다.

공손찬의 장수 엄강은 적을 기다리다 못하여 일제히 북을 치고 함성을 지르며 국의의 진으로 쳐들어간다.

국의의 군사들은 달려오는 엄강의 군사를 보고도 차전패 뒤에서 꼼짝을 안 했다. 엄강의 군사가 바로 가까이에 이르렀을 때, 포 소리가 일어나자 그것을 신호로 8백 명이 일제히 활을 쏜다.

엄강은 빗발치는 화살을 피해 급히 돌아서려는데, 국의가 말에 박차를 가하여 칼을 춤추며 달려와서 한칼에 엄강을 쳐죽인다. 공손찬의 군사가 크게 패하는지라 공손찬의 좌우 두 부대는 도우러 오다가, 적장 안양과 문추의 수하 궁노수들이 쏴대는 빗발치는 화살에 막혀서 그 자리에 서버렸다. 이에 원소의 군사는 이긴 김에 일제히 반하교 다리 주위로 쳐들어오는데, 국의가 앞서 달려와서 기를 잡은 장수를 쳐죽이고 금실로 수놓은 기를 베어 분질렀다.

공손찬은 부러져 쓰러지는 기를 보자, 그제야 말을 달려 다리 아래로 내려가 달아난다. 국의는 즉시 군사를 이끌고 공손찬의 후군後軍으로 쳐들어오다가, 바로 내닫는 조자룡과 서로 맞부닥뜨렸다.

조자룡은 창을 휘두르며 말을 몰아서 싸운 지 수합이 못 되어 국의를 찔러 말 아래로 거꾸러뜨리고 혼자서 원소의 군사 속으로 달려들어가 좌충우돌하기를 마치 무인지경 드나들 듯한다.

그제야 달아나던 공손찬은 되돌아와서 군사를 거느리고, 원소의 군사를 무찔렀다. 이에 원소의 군사는 크게 패한다.

한편, 원소는 후방에 진을 치고 싸움의 형세가 어찌 되나 기다리던 참이었다. 싸움터에서 파발꾼이 달려와 보고한다.

"국의 장수가 깃대를 잡은 적의 장수를 한칼에 쳐죽이고 그 깃대를 분지르고 달아나는 적군을 무찌르는 중입니다."

이 보고를 듣자, 원소는 흐뭇해서 아무런 전투 준비도 없이 창 가진 군사 수백 명과 말 탄 궁노수 수십 명만 거느리고 전풍과 함께 구경하러 싸움터로 나갔다.

원소는 한참 몰리는 공손찬의 군사를 바라보며 크게 껄껄 웃는다.

"공손찬은 참으로 무능한 자다."

만족해하던 원소가 문득 바라보니, 조자룡이 나타나 국의의 군사를 마구 무찌르지 않는가. 궁노수들이 조자룡을 쏘려는데, 어느새 조자룡은 단번에 궁노수 몇 명을 창으로 연달아 찔러 죽이니, 모두가 활을 버리고 달아난다. 뿐만 아니라 달아났던 공손찬도 어느새 돌아왔는지 군사를 거느리고 다리를 건너 물밀듯이 쳐들어온다.

눈 깜박할 사이에 전세는 역전됐다. 전풍은 황급히 원소에게 권한다.

"주공은 속히 저 빈 담 너머로 피하십시오."

원소는 투구를 벗어 땅바닥에 동댕이치며 큰소리로 외친다.

"대장부가 진영에 나온 이상, 싸우다 죽으면 죽었지 어찌 담 너머 빈 터에 숨어서 살기를 바라리요!"

그러는 동안에 원소의 군사는 다급한 만큼 죽을 각오로 싸웠다. 조자룡은 더 이상 쳐들어오지를 못하는데, 점점 원소의 대부대가 모여든다. 안양이 또한 군사를 거느리고 와서 협공한다.

조자룡은 공손찬을 보호하며 포위를 뚫고 나와 도로 다리를 건너 돌아가는데, 원소의 군사가 크게 그 뒤를 무찔러서, 미처 다리를 못 건넌 공손찬의 군사는 반하 물에 무수히 빠져 죽었다.

삽시간에 전세는 다시 역전하였다. 이에 원소가 맨 앞에 나서서 군사를 거느리고 달아나는 공손찬의 군사를 추격하여 한 다섯 마장쯤 갔을 때였다.

문득 산 뒤에서 함성이 크게 일어나며 1대의 군사들이 내달아오니, 맨 앞서 달려오는 세 장수는 바로 유현덕, 관운장, 장비였다.

평원에 있던 그들은 공손찬과 원소가 싸울 것 같다는 소문을 듣자마자, 공손찬을 도우러 온 것이다. 세 장수는 각기 장기長技인 세 가지 무기를 휘두르면서 앞서 오는 원소에게로 달려든다.

원소는 크게 놀라, 보검을 말 아래로 떨어뜨리더니, 말고삐를 돌려 허둥지둥 달아나, 부하들의 도움을 받고 겨우 반하 다리를 도로 건너갔다.

공손찬은 군사를 거두어 영채로 돌아오자 유현덕, 관운장, 장익덕張翼德(장비의 자)이 와서 인사를 드린다.

공손찬은 세 사람에게,

"유현덕이 멀리 와서, 나를 도와주지 않았다면, 오늘 싸움에 큰 낭패를 볼 뻔했소."

라며 감사하고, 조자룡을 불러 세 사람에게 인사를 시켰다.

유현덕은 조자룡을 한 번 보자 공경하고 사랑하는 마음이 나서,

"내 저 사람을 버리지 않으리라."

하고 생각했다.

한편, 원소는 싸움에 한 번 진 뒤로 굳게 지킬 뿐 나오지 않았다. 이리하여 공손찬과 원소의 군사는 반하 다리를 사이에 두고 한 달 동안 서로 노려보고만 있었다.

이때 어떤 사람이 장안에 가서 동탁에게 원소와 공손찬이 싸운 일을 고했다.

이유는 동탁에게 말한다.

"원소와 공손찬은 당대 호걸들입니다. 그들이 반하에서 서로 싸운대서야 되겠습니까. 사람을 시켜 천자의 조서를 보내면, 두 사람은 감격하여 화해하고 반드시 태사太師(동탁의 벼슬이니 문무 백관 중의 최고위이다)를 따르리이다."

동탁은 거듭 머리를 끄덕인다.

"그러는 것이 좋겠군."

이튿날, 동탁은 태부 마일제馬日磾와 태복太僕 조기趙岐에게 조서를 주고 하북河北으로 보냈다. 두 사람이 하북 땅에 가자, 원소는 백 리 바깥까지 나와서 영접하고 천자의 조서를 받았다.

이튿날, 두 사람이 이번에는 공손찬의 영채로 가서 조서를 전하자, 공손찬은 서신을 원소에게로 보냈다. 이리하여 쌍방간에 강화가 이루어졌다.

두 사람이 임무를 마치고 장안으로 돌아가게 되자 공손찬도 군사를 거두어 돌아가면서 '유현덕을 평원 고을 상相으로 봉해주십시오' 하고 천거하는 상소문을 보냈다.

유현덕이 조자룡과 작별하는데, 손을 잡고 눈물을 흘리며 서로 헤어지지 못한다.

조자룡은 탄식한다.

"제가 전번에 공손찬을 당대 영웅인 줄로 잘못 알았습니다. 이번에 그의 행동을 본즉, 또한 원소와 다를 바가 없는 위인입니다."

유현덕은 눈물을 흘리며,

"그대는 몸을 굽히어 공손찬을 섬기라. 언젠가 우리는 다시 만날 날이 있을 것이다."

하고 작별했다.

한편, 원술은 남양 땅에 있으면서, 형님인 원소가 이번에 기주 땅을 차지했다는 소문을 듣자, 사람을 보내어 '말 천 필匹만 보내주십시오' 하고 청했다.

원소는 아우 원술의 청을 거절하고 말을 보내지 않았다. 원술은 형을 괘씸히 생각하여, 이로부터 형제간에 의가 상했다.

원술은 또한 사람을 형주 땅으로 보내어 유표에게 군량미 20만 석만 꾸어달라고 청했다. 그러나 형주 태수도 군량미를 보내지 않았다. 원술은 유표에게 앙심을 품고 비밀리에 강동의 손견에게 서신을 보냈다. 이는 손견으로 하여금 유표를 치게 하자는 속셈이었다.

지난번에 유표가 장군의 돌아가는 길을 막고 옥새를 내놓으라고 시비를 건 일은 다 나의 형 원소가 시킨 짓이었습니다. 그런데 원소는 또 유표와 서로 짜고서 이번에는 직접 강동 땅을 엄습하여 장군을 칠 준비를 서두르고 있습니다. 장군은 낭패를 보기 전에 속히 군사를 일으켜 먼저 유표를 치십시오. 나는 장군을 위해 원소를 치겠습니다. 그러면 우리는 각기 원수를 갚을 수 있을 뿐만 아니라, 장군은 형주 땅을 차지할 수 있으며, 나는 기주 땅을 차지할 수 있습니다. 기회를 놓치지 마십시오. 부탁합니다.

손견은 편지를 다 읽자,
"지난날 유표가 나의 돌아오는 길을 막고 덤벼들던 일을 어찌 잊을 수 있으리요. 이 기회에 원한을 갚지 않으면 다시 어느 때를 기다리리요!"
하고 정보, 황개, 한당 등과 상의한다.
정보는 말한다.
"원술은 거짓말을 잘하는 자올시다. 그자의 말을 그대로 믿어선 안 됩니다."
손견은 대답한다.
"나는 나의 원수를 갚을 뿐이다. 어찌 원술의 도움을 바라리요."
마침내 손견은 먼저 황개를 강으로 보내어 전함을 정비한 다음에 많은 무기와 군량미와 마초를 싣고 큰 배에는 전투용 말을 싣자, 그날로 군사를 일으켰다.

이에 강동에 숨어 있던 첩자는 즉시 형주로 돌아가서 유표에게 이 사실을 보고했다. 유표는 크게 놀라, 급히 선비들과 장수들을 모으고 상의한다.

괴양이 말한다.

"걱정할 것 없습니다. 황조黃祖에게 강하江夏의 군사를 거느리고 선봉이 되라 하십시오. 그리고 주공은 형주와 양양襄陽의 군사를 거느리고 뒤에서 후원하십시오. 그러면 손견이 장강長江과 호수湖水를 건너올 지라도 지쳐서 별수없을 것입니다."

유표는 그러는 도리밖에 없다고 생각하고, 황조를 선봉으로 삼아 앞서 보낸 다음에 곧 군사를 모조리 일으켰다.

한편, 손견에게는 아들 넷이 있었는데, 그들은 다 오부인吳夫人 소생이었다.

큰아들 이름은 손책孫策이니 자는 백부伯符요, 둘째 아들 이름은 손권孫權이니 자는 중모仲謀요, 셋째 아들 이름은 손익孫翊이니 자는 숙필叔弼이요, 넷째 아들 이름은 손광孫匡이니 자는 계좌季佐였다.

오부인의 친정 여동생이 또한 손견의 둘째 부인이니, 그 몸에서는 아들 하나, 딸 하나를 두었다. 그 아들 이름은 손낭孫郎이니 자는 조안早安이요, 딸 이름은 손인孫仁이었다.

손견은 소실 유俞씨의 몸에서 아들 하나를 두었으니, 이름은 손소孫韶요 자는 공례公禮였다.

또 손견에게는 동생이 한 명 있었으니, 이름은 손정孫靜이요 자는 유대幼臺였다.

손견이 말을 타고 군사를 거느리고 떠나는데, 아우 손정이 손견의 여러 아들을 데리고 나와 앞에 늘어세우며 간한다.

"오늘날 동탁은 권세를 맘대로 휘두르는데 천자는 나약한지라, 세상이 크게 혼란하자 뭇 영웅들이 들고일어나 각기 한 지방씩 차지하여 날뛰는 판국입니다. 그러나 우리 강동은 평화를 유지하고 있는데, 그까짓 조그만 원한을 못 참아서 대군大軍을 일으키다니, 아무리 생각해도 마땅치 못한 일입니다. 바라건대 형님은 다시 한 번 생각하십시오."

손견은 대답한다.

"동생은 여러 말 하지 말라. 내 장차 천하를 종횡으로 달릴 작정인데 원수를 두고 어찌 그냥 있으리요."

큰아들 손책은 청한다.

"부친께서 꼭 가시겠다면 소자도 따라가겠습니다."

손견은 허락하고, 드디어 큰아들 손책과 함께 전함 위로 올라탔다. 손견의 전함들은 열을 지어 곧장 번성樊城으로 달린다.

한편, 유표의 장수 황조는 강가에 궁노수들을 매복시켰다.

기다리던 손견의 전함들이 나타나 점점 강 언덕으로 다가오자, 황조의 궁노수들은 빗발치듯 활을 쏜다.

손견은 모든 군사에게 명령한다.

"경솔히 움직이지 말고 배 아래로 내려가서 기다려라."

손견의 전함들은 3일 동안 밤낮없이 언덕을 따라 오르내리면서 접근하다가는 물러서기를 수십 번 했다. 전함들이 언덕에 접근할 때마다 황조의 군사는 미친 듯이 활을 쏘아댔다.

3일이 지났다. 전함들이 언덕에 접근하여도 화살은 날아오지 않는다. 황조의 군사들이 화살을 다 써버렸던 것이다.

그제야 손견은 군사를 시켜 전함들에 꽂혀 있는 적의 화살을 모조리 뽑아 거둬들이니 10만여 개나 됐다. 그날, 바람은 바다에서 언덕 쪽으로 불었다. 손견의 군사들은 바람을 따라 일제히 언덕으로 화살을 빗발치듯 쏜다.

황조의 군사는 더 이상 버틸 수가 없어서 달아난다. 손견의 군사는 일제히 상륙하였다. 정보와 황개는 즉시 군사를 거느리고 두 길로 나뉘어 황조의 영채로 쳐들어갔다. 상륙 지점이 다른 한당은 뒷편에서 황조의 영채를 무찔러 삼면에서 협공한다.

황조는 크게 패하여 번성 땅을 버리고 등성鄧城 땅으로 도망쳐갔다.

손견은 황개를 시켜 바다로 가서 전함을 지키게 하는 동시에 친히 군사를 거느리고 등성 땅으로 향했다.

이에 황조는 군사를 거느리고 나와서 벌판에 진을 쳤다. 손견도 군사를 벌여 진을 세운 다음에 말을 달려 문기門旗 아래로 나섰다. 손책도 투구와 갑옷 차림으로 창을 들고 부친 곁에 말을 세웠다.

황조는 강하江夏의 장호張虎와 양양襄陽의 진생陳生을 거느리고 나와서 채찍을 들어,

"강동 땅 쥐새끼 같은 도둑아, 네 어찌 감히 한 황실 종친의 경계를 침범하느냐?"

크게 꾸짖고 장호를 내보낸다.

이에 손견의 진에서는 한당이 달려 나와 장호를 맞이한다. 이 둘이 싸운 지 30여 합에 이르렀을 때였다.

진생은 장호가 겁을 먹고 싸움에 몰리는 모양을 보고는 도우려고 달려나갔다.

손책은 달려 나오는 진생을 바라보고 즉시 활을 당겨 쐈다. 달려오던 진생은 얼굴에 화살을 맞고 말에서 떨어져 구른다. 장호는 죽어 자빠지는 진생을 보고, 깜짝 놀라 미처 손을 쓰지 못하다가 한당의 칼에 맞아 두 토막이 났다.

정보는 기회를 놓치지 않고 황조를 잡으려 적진 앞으로 쏜살같이 달

강을 건너가 유표를 치는 손견

려들어간다. 황조는 투구를 벗어 던지더니 말을 버리고 보병들 사이에 섞여서 달아난다.

손견은 달아나는 적군을 추격하여 곧장 한수漢水에 이르러,

"사람을 황개에게 보내어, 전함을 이곳 한강漢江에 대도록 일러라."

하고 하령했다.

한편 황조는 패잔병을 거두어 유표에게로 돌아와서,

"손견의 군사력을 감당할 수 없더이다."

하고 보고했다.

유표는 당황하여 괴양과 상의한다. 괴양이 말한다.

"첫번 싸움에 졌으니 우리 군사는 더 싸울 생각이 없을 것입니다. 그러니 구렁을 깊이 파서 성루城壘를 높이 쌓고 적군의 날카로운 기세를

피하는 동시에, 사람을 몰래 원소에게로 보내어 구원병을 청하면 포위를 풀 수 있습니다."

채모蔡瑁는 반대한다.

"괴양의 계책은 어리석은 일이오. 적군이 성 밑까지 임박해왔으니 머지않아 호濠(성 주위에 판 도랑에 감도는 물)에 이를 것인데, 우리는 팔짱을 끼고 죽을 때만 기다리잔 말이오? 내 비록 재주는 없지만, 청컨대 군사를 거느리고 성밖에 나가서 한번 싸워 결정을 내겠소이다."

유표는 채모의 청을 허락했다. 채모는 군사 만여 명을 거느리고 양양성 바깥으로 나가 현산峴山에서 진을 벌였다.

한편, 손견은 승리한 군사를 거느리고 줄곧 달려온다. 채모가 말을 달려 나서자, 손견이 바라보더니 수하 장수들에게 말한다.

"저자는 유표 후처後妻의 오라비이다. 누가 나를 위해서 저놈을 사로잡을 테냐!"

손견의 말이 끝나기가 급하게, 정보는 철척鐵脊 창을 휘두르며 달려가 채모와 싸움을 벌였다. 싸운 지 불과 수합에 채모는 패하여 달아난다.

손견은 대군을 거느리고 달아나는 적을 추격하여 마구 무찔러 죽인다. 이리하여 채모의 군사는 벌판에 즐비하게 죽어 자빠졌다.

채모는 양양성 안으로 도망쳐 돌아와서 괴양에게 사과한다.

"내 그대의 훌륭한 계책을 듣지 않고 나갔다가 크게 패했으니, 마땅히 군법에 의해서 내 목을 참해주시오."

그러나 유표는 최근에 채모의 누이동생을 후처로 맞이했기 때문에, 형벌을 내리지 않았다.

손견은 군사를 사방으로 나누어 양양성을 철통같이 에워싸고 공격했다.

어느 날 바람이 미친 듯이 일어나더니, 영채의 수帥 자 장군 깃대가 부러져 떨어진다.

한당은 적이 놀라며 손견에게 고한다.

"장군의 기가 부러졌으니, 이는 좋은 징조가 아닙니다. 군사를 거두어 일단 돌아가기로 하십시오."

"나는 여러 번 싸워 여러 번 다 이겼다. 양양성의 함락이 목전에 있거늘, 깃대가 부러졌대서 어찌 갑자기 돌아간단 말이냐."

손견은 드디어 한당의 말을 듣지 않고 명령을 내렸다.

"성을 더욱 세게 공격하라!"

한편 성안에서는 괴양이 유표에게 말한다.

"지난밤에 천문을 봤더니, 한 장수 별이 떨어지려는 중이었습니다. 그 장수 별의 위치로 미루어 생각하건대, 아마도 손견에 해당하는 별인 듯 싶습니다. 주공은 속히 원소에게 편지를 보내어 응원을 청하십시오."

유표는 편지를 쓴 다음에 묻는다.

"누가 감히 적의 포위망을 뚫고 가겠느냐?"

씩씩한 장수 여공呂公이 선뜻 나서며 자원한다.

괴양은 여공에게 계책을 일러준다.

"네가 가겠다니 계책을 듣고서 떠나거라. 네게 활 잘 쏘는 기병 5백 명을 줄 테니, 적의 포위를 뚫고 나가서 바로 현산으로 도망하라. 그러면 적군은 반드시 뒤쫓아올 것이다. 너는 현산에 이르거든 군사 백 명만 산으로 올려 보내어 돌을 모으게 하라. 또 활 잡은 군사 백 명은 숲 속에 매복시켜라. 도중까지 나가서 뒤쫓아오는 적군을 맞이하여 이리저리 피해 달아나되 숲 속에 매복시킨 군사들이 있는 곳까지 유인하라. 그러면 산 위에선 일제히 돌을 굴려 내리고, 숲 속에선 일제히 활을 쏘되, 만일 이길 것 같거든 곧 연주포連珠砲를 쏴라. 그러면 그것을 신호로 알고 우리는 성에서 쏟아져 나가 도울 것이다. 그러나 적군이 너를 뒤쫓아오지 않을 경우엔 그냥 그대로 떠나가거라. 오늘 밤은 달이 그다지 밝지 않을 터이니 해가 저문 뒤에 성을 나가는 것이 좋을 것이다."

여공은 괴양의 계책을 받자 군사와 말을 꾸미고 잘 차림한 다음에 해가 저물기를 기다려 가만히 동쪽 성문을 열고 군사를 거느리고 성 바깥으로 나갔다.

이때 손견은 장막 속에 있었는데, 문득 일어나는 함성을 듣자, 급히 말을 타고 기병 30여 명을 거느리고 영채 바깥으로 나가봤다.

군사가 헐레벌떡 달려와서 고한다.

"양양성 안에서 지금 한 떼의 군사가 나와 현산 쪽으로 달아났습니다."

손견은 수하 장수들도 대동하지 않고 기병 30여 명만 거느리고 적군을 뒤쫓아간다.

한편, 현산에 다다른 여공은 즉시 산 위와 숲 속에 위아래로 군사를 매복시켰다.

이윽고 손견이 다른 군사보다 훨씬 앞장서서 홀로 쾌히 말을 달려 쫓아가보니, 적군이 머지않은 곳에 있었다. 손견은 큰소리로 외친다.

"이놈들, 달아나지 말고 게 섰거라!"

그러자, 여공은 말을 홱 돌려 세우더니, 손견에게로 달려온다.

서로 싸운 지 겨우 1합에 여공은 다시 말을 돌려 달아나 산속으로 들어간다. 손견은 그 뒤를 쫓아 산길로 들어섰으나, 여공은 그새 어디로 갔는지 보이지 않는다.

손견이 사방을 굽어보려 산 위로 막 올라가는데, 문득 태징 소리가 한 번 꽝! 나더니 산 위에서 무수한 바위와 큰 돌이 굴러 내려온다. 동시에 숲 속에서 화살이 빗발치듯 날아온다.

이 지경이 되니 쾌걸 손견도 어쩔 도리가 없다. 손견은 무수한 돌과 화살에 맞아 머리가 깨져 골수가 흘러 나온다. 그는 무참히 말과 함께 쓰러졌다.

현산 속에서 손견이 죽으니 이때 그의 나이는 37세였다. 때는 한 헌제 獻帝 초평初平 2년 신미辛未(이상은 『통감通鑑』의 기록이다)였다.

여공은 말 탄 적군 30여 명이 오기를 기다렸다가 모조리 죽여버린 다음에 잇달아 연주포를 쏘아 양양성으로 신호를 보냈다.

현산에서 쏘는 연주포 소리를 들은 양양성 안의 장수 황조, 괴월, 채모는 기다렸다는 듯이 각기 군사를 나눠 거느리고 일제히 성문을 열어 제친다. 그들은 물밀듯이 쏟아져 나와 적군을 마구 무찌른다.

이에 모든 강동 군사는 일대 혼란에 빠졌다. 이때 한강에 전함들을 대고 지키던 황개는 하늘이 진동하는 듯한 함성을 아득히 듣자,

"이거 무슨 변괴가 일어난 모양이로구나!"

하고 즉시 수군水軍을 거느리고 양양성을 향하여 달려온다.

황개는 양양성 가까이 이르러 바로 황조를 만나 싸운 지 수합에 황조를 사로잡았다. 또 정보는 손견의 큰아들 손책을 보호하며, 급히 달아날 길을 찾다가 바로 여공을 만나 싸운 지 수합에 창으로 여공을 찔러 죽였다.

양쪽 군사는 크게 싸우다가 날이 샐 무렵에야 각기 군사를 거두었다. 이에 유표의 군사는 양양성으로 돌아갔다.

손책은 한강으로 가서야 비로소 부친이 무수한 돌과 화살에 맞아 무참히 죽은 사실을 알았다. 더구나 손책은 적군이 부친 머리를 베어 양양성 안으로 들어갔다는 사실도 알았다.

손책이 대성 통곡하니, 모든 장수와 군사는 목놓아 운다. 이윽고 손책은 울음을 참으며 말한다.

"부친의 시체가 적군에게 있으니, 내 어찌 혼자 고향으로 돌아가리요!"

황개는 고한다.

"사로잡은 황조가 여기 있으니, 사람을 양양성으로 보내어 우선 강화한 다음에 황조와 주공의 머리를 서로 바꾸기로 하십시오."

황개의 말이 끝나기도 전에, 군리軍吏로 있는 환해桓楷가 나서서 고한다.

"나는 지난날에, 유표와 서로 잘 알던 처지입니다. 바라건대 나를 사자로 보내주십시오."

손책은 승낙했다. 이에 환해는 양양성으로 가서 유표를 만나 자기가 맡아온 임무를 소상히 말했다. 유표는 대답한다.

"내 이미 손견의 머리를 널로 짠 통에 성대히 모셨으니, 황조를 속히 돌려보내되, 각기 군사를 거두어 다시는 침범하는 일이 없도록 하라."

환해는 유표에게 절하여 감사하고 막 나가려는 참이었다. 댓돌 아래서 괴양이 썩 나서며 고한다.

"그래선 안 됩니다. 나에게 할말이 있으니 들어주십시오. 강동 땅 모든 군사를 하나도 돌아가지 못하게 하리니, 청컨대 먼저 환해부터 참한 다음에 계책을 쓰십시오."

　　손견은 적군을 쫓다가 목숨마저 잃었는데
　　환해는 화평을 청하러 갔다가 역시 위기에 몰렸다.
　追敵孫堅方殞命
　求和桓楷及遭殃

환해의 목숨은 어찌 될 것인가.

제8회

왕사도는 교묘히 연환계를 쓰고
동태사는 봉의정을 소란케 하다

괴양은 계속 말한다.

"손견은 죽었습니다. 그 아들들이 다 어리니, 이런 때에 쳐들어가면 강동 땅을 단번에 얻을 수 있습니다. 이와 반대로 손견의 머리를 돌려주고 화평하면 그들의 힘을 길러주는 일이니, 언젠가는 우리 형주 땅의 우환이 됩니다."

유표는 대답한다.

"나의 장수 황조가 적군 속에 잡혀 있으니, 어찌 차마 그를 버릴 수 있으리요."

괴양은 단호히 주장한다.

"쓸모없는 황조 하나를 버리고, 강동 땅을 차지하는 것이 어째서 옳지 못하단 말씀입니까?"

"황조는 나의 심복 부하이다. 그를 버리는 것은 의義가 아니다."

유표는 드디어 죽은 손견의 머리와 황조를 교환하기로 환해에게 약속했다. 이리하여 환해는 무사히 교섭을 마치고 한강 영채로 돌아왔다.

며칠 후 손책은 황조를 돌려보내고 대신 부친 영구靈柩를 영접한 다음, 싸움을 파하고 강동으로 돌아갔다.

손책은 곡아曲阿 땅에다 부친을 장사지냈다. 장례가 끝나자 손책은 강동 땅에 군사를 두고 어진 선비와 호걸을 널리 초청해서 스스로 몸을 굽혀 그들을 극진히 대접했다. 이에 천하 사방에서 호걸들이 점점 강동 손책에게로 모여들었다.

한편, 동탁은 장안에 있으면서 강동 손견이 죽었다는 보고를 듣자,
"이제야 나의 근심이 하나 없어졌구나."
하고 이렇게 묻는다.
"손견의 큰아들이 지금 몇 살이지?"
"열일곱 살입니다."
그말에 동탁은 안심했다.

이때부터 동탁은 더욱 교만해져서 횡포를 부리며 스스로 상보尙父(예전에 주周 무왕武王은 강태공을 상보라 불렀다. 즉 임금이 아버지처럼 존경한다는 뜻이다)라 일컬었다. 출입할 때는 천자와 똑같은 의장儀仗을 앞뒤로 늘어세웠다. 동생 동민董旻을 좌장군左將軍 호후鄠侯로, 조카인 동황董璜을 시중侍中(친위병을 통솔하는 장)으로 삼았다. 그 밖에도 동씨 종족이면 늙은이 어린이 할 것 없이 다 후侯로 봉했다.

뿐만 아니라 그는 장안성에서 250리 떨어진 곳에 미오郿塢(미郿는 성곽이며 오塢는 지명이다)라는 별장을 세우는 데, 백성 25만 명을 동원했다. 그 별장의 성城 규모는 높이로나 두께로나 장안성과 꼭 같았다. 그 안에는 궁실과 창고가 있어 20년 동안 먹을 양식이 쌓였다. 또 민간에서 뽑아 들인 소년과 아름다운 처녀 8백 명이 득실거렸다. 금·옥·채색 비단·값진 구슬 등이 얼마나 많은지 그 수효를 알 수 없을 정도였다. 동탁

의 가족들은 다 그 안에서 살았다.

동탁은 보름 만에 한 번, 아니면 한 달에 한 번씩 장안으로 오는데, 그럴 때마다 문무 백관들은 장안성 문 바깥에까지 나가서 영접하거나 또는 전송했다.

동탁은 또 도중에다 임시 장막을 짓게 하고 거기에서 문무 백관들과 술을 마셨다.

어느 날, 동탁이 미오 별장으로 돌아가는데, 언제나 그러하듯이 문무 백관들은 장안 성문 바깥에까지 따라 나가서 전송한다. 그날도 동탁은 문무 백관들을 장막으로 들라 하여 술잔치를 벌였다.

모두가 술을 마시는데, 이때 마침 북지군北地郡에서 항복한 포로 수백 명이 군사들에게 압송되어왔다. 동탁은 자기가 보는 앞에서 그 포로들의 팔다리를 끊게 하거나 그 눈알을 후벼 파게 하였다. 또는 혓바닥을 뽑게 하거나, 큰 가마솥에 넣어 부글부글 끓였다.

아픔을 견디지 못해 울부짖는 포로들의 소리가 하늘을 진동한다. 문무 백관들은 이 끔찍하고 무서운 광경 앞에서 벌벌 떨며 젓가락질도 제대로 못한다. 그러나 동탁은 태연히 마시고 먹으면서 웃었다.

또 이런 일도 있었다. 어느 날 동탁이 궁내宮內에서 잔치를 벌이니 모든 문무 백관은 좌우 두 줄로 늘어앉았다. 술이 몇 순배 돌았을 때였다.

여포가 성큼성큼 들어와서 동탁의 귀에다 무언지 소곤댄다.

동탁은 껄껄 웃으며

"원래 그랬어야 할 거야."

하고 여포에게 명했다.

"저 사공司空(태위太尉, 사도司徒와 함께 삼공의 하나) 벼슬을 하는 장온張溫을 이 잔치 자리에서 끌어내라!"

모든 문무 백관은 끌려 나가는 장온을 보자 무서워서 얼굴빛이 변했다. 잠시 후에 시종 한 사람이 붉은 소반에 장온의 머리를 얹어 들고 와서 동탁에게 바친다. 모든 문무 백관은 겁을 먹고 벌벌 떤다.

동탁은 다시 껄껄 웃는다.

"모두들 놀라지 말라. 장온이 원술과 짜고서 나를 없애려 했는데, 원술이 사람을 시켜 장온에게 보낸 비밀 편지가 내 아들 여포에게로 잘못 전해졌기 때문에, 그래서 알고 참한 것이다. 여러분은 이 사건과 아무 관련이 없으니, 그렇게 놀라며 무서워할 것 없다."

모든 문무 백관은

"예, 예, 예."

하고 연방 굽실거리기만 하다가 뿔뿔이 돌아갔다.

사도 왕윤王允은 자기 부중府中으로 돌아온 후에도, 오늘 잔치 자리에서 일어났던 그 끔찍한 일을 생각하니 불안해서 견딜 수가 없었다.

밤이 깊자 달이 밝았다. 왕윤은 지팡이를 짚으며 후원으로 들어가 도미酴醾 덩굴이 뻗어 오른 시렁 밑에 서서 하늘을 우러러보며 남몰래 눈물을 흘렸다.

그때 모란꽃을 심은 정자 옆에서 긴 한숨, 짧은 탄식 소리가 들렸다. 왕윤은 가만히 가서 엿보았다. 바로 부중에 가기歌妓로 있는 초선貂蟬이었다.

초선은 어려서부터 왕윤의 부중에 뽑혀 들어와 노래와 춤을 배운 여자로서 나이 16세였다. 그녀는 미모와 재주를 겸비했기 때문에 왕윤이 친딸처럼 아끼는 처지였다.

왕윤은 초선 앞으로 나서면서 꾸짖는다.

"역시 천한 것은 할 수 없구나. 사내 생각이 나서 그러느냐?"

초선은 깜짝 놀라며 무릎을 꿇고 대답한다.

"천첩이 어찌 감히 딴생각을 하리이까."

"네가 딴생각이 없다면, 어째서 이런 한밤중에 탄식하고 있느냐?"
"첩의 진정을 들어주소서."
"나에게 숨기지 말라. 뭐든지 사실대로 고하여라."

초선은 조용히 고한다.

"첩은 대감의 은혜를 입사와 노래와 춤을 배웠으며, 분수에 넘치는 대우를 받았습니다. 이 몸이 천만 번 고쳐 죽는대도 그 은혜는 만분의 일도 못 갚을 것입니다. 그런데 요즘 대감을 뵈오니 두 눈썹 사이에 늘 수심이 있어, 필시 나라에 큰일이 있는 줄로 짐작은 하나 감히 묻지 못하던 중, 오늘 밤엔 더욱 불안해하시는 걸 뵈온지라, 그래서 길이 탄식했을 뿐, 설마 대감께서 엿보고 계신 줄은 몰랐습니다. 대감의 근심이 무엇인지 일러주십시오. 대감께 도움만 될 수 있다면 첩은 만 번 죽어도 아깝지 않습니다."

왕윤은 지팡이로 땅을 치며 대답한다.

"한나라 천하가 네 손에 달렸을 줄이야 뉘 알았으리요! 저 별당으로 나를 따라오너라."

초선은 왕윤을 따라 별당으로 갔다. 왕윤은 첩들과 시비侍婢들을 꾸짖어 내보낸 다음에 초선에게 자리를 주고 앉혔다. 그런 후에 왕윤은 초선에게 너부시 절하고 머리를 조아린다.

초선은 깜짝 놀라, 그 자리에 엎드려 묻는다.

"대감께서는 어찌하사 이러십니까?"
"너는 한나라 천하 백성들을 불쌍히 생각하라."

왕윤은 울기만 한다. 초선이 다시 아뢴다.

"조금 전에 말씀드린 바와 같이, 대감께서 뭐건 분부만 내리시면 첩은 만 번 죽는대도 사양하지 않겠나이다."

왕윤은 무릎을 꿇고 고한다.

초선에게 연환계를 일러주는 왕윤

"오늘날, 만백성은 거꾸로 매달린 듯한 위기에 있고 임금과 신하는 누란累卵의 위기에 처해 있다. 역적 동탁은 장차 천자의 자리를 빼앗으려 하는데, 조정의 신하들은 아무런 계책도 없는 실정이다. 동탁에게 여포라는 수양아들이 있는데, 그는 용맹이 비상하지만 내가 보기에는 동탁이나 여포나 둘 다 여색女色을 특히 좋아하는 무리들이다. 내 장차 연환계連環計를 쓸 작정인데, 먼저 너를 여포에게 시집보내기로 허락하고, 그런 뒤에 너를 동탁에게 바칠 작정이다. 너는 동탁과 여포의 중간에 서서 그들 아비와 자식 사이를 이간시켜다오. 여포로 하여금 동탁을 죽이게 하여 역적을 없애고 다시 이 나라 종묘 사직을 붙들어 세우고, 이 나라 강산을 바로잡는다면 이는 다 너의 공로이다. 이 일이 나의 부탁이다마는, 너의 뜻에 어떠하냐?"

"첩은 만 번 죽어도 아깝지 않다고 대감께 이미 허락한 몸입니다. 바라건대 곧 이 몸을 그에게 첩으로 바치소서. 그러면 뒷일은 첩이 알아서 하겠나이다."

왕윤은 당부한다.

"이 일이 새 나가면 우리 일문一門은 다 죽는다."

"대감은 걱정 마소서. 첩이 큰 의리에 보답하지 못한다면 차라리 수많은 칼에 맞아 죽으리이다."

왕윤은 다시 일어나 초선에게 절하며 감사했다.

이튿날, 왕윤은 집 안에 깊이 넣어둔 값진 구슬 몇 알을 꺼내어 솜씨 있는 장인匠人에게 주며,

"이 구슬을 보기 좋게 박아 훌륭한 금관 하나를 만들어라."

하고 분부했다.

며칠 후, 왕윤은 심복 부하를 시켜 훌륭한 금관 하나를 비밀리에 여포에게로 보냈다.

여포는 크게 기뻐하고 감사하러 친히 왕윤의 부중으로 간다.

왕윤은 부중에서 미리 좋은 안주를 준비하고 여포를 기다렸다. 여포가 당도하자, 왕윤은 문 바깥까지 나와서 영접하여 후당後堂으로 들어가 윗자리에 앉히었다.

여포는 겸사한다.

"나는 한낱 승상부丞相府의 장수며, 왕대감은 조정 대신이신데, 어찌 이렇듯 과도한 대접을 하시오?"

왕윤은 대답한다.

"오늘날 천하에 영웅이 있다면 오직 장군이 있을 뿐이라. 나는 장군의 직책을 존경하는 것이 아니라 장군의 재주를 존경하오."

이 말을 듣자 여포는 매우 기뻤다. 왕윤은 은근히 술을 권하며 계속

동태사童太師(동탁)와 여포의 큰 덕을 칭송했다. 여포는 큰소리로 웃으며 신이 나서 술을 마신다. 왕윤은 좌우에 있는 사람들을 꾸짖어 내보낸 다음에 다만 시첩侍妾 몇 명만 두고 여포에게 술을 권하게 했다. 어느덧 여포는 얼근히 취했다.

왕윤은 분부한다.

"그 애를 나오라고 해라."

조금 지나자 푸른 옷을 입은 두 시녀가 휘황찬란하게 치장한 초선을 데리고 들어온다. 여포의 눈이 휘둥그래진다.

"이 어이한 여자이오니까!"

"실은 내 딸인데 초선이라 하오. 나는 늘 장군의 특별난 애호를 받았으니, 우리는 지극히 가까운 일가 친척이나 다름없는지라. 그래서 내 딸을 불러 장군을 뵙게 하는 거요."

왕윤은 초선에게 분부한다.

"장군께 잔을 올려라."

초선은 술을 따르며 눈에 정을 담뿍 담아 방긋이 웃음을 던진다. 이때부터 왕윤은 취한 체하면서 혀 꼬부라진 소리를 한다.

"여식은 장군께서 통쾌히 마시도록 계속 권하지 못하는가. 우리 집은 다 장군님 덕분에 사는 것이다."

여포는 초선에게 자리에 앉도록 권한다. 그러나 초선은 일부러 안으로 들어가려 한다. 왕윤은 책망한다.

"장군은 나와 가장 가까운 친구이시다. 그렇게 말씀하시는데 못 앉을 것이 뭐냐?"

초선은 분부를 거역할 수 없다는 듯이 왕윤 곁에 살며시 앉는다. 여포는 눈동자 한 번 까딱 않고, 초선을 바라보며 연거푸 몇 잔을 마신다.

왕윤은 초선을 가리키며 묻는다.

"내 장차 이 애를 장군의 첩으로 보낼까 하노니, 기꺼이 받아들이겠소?"

여포는 자리를 비켜 앉으며 감사한다.

"그렇게만 해주신다면 여포는 견마犬馬의 지성으로써 보답하리이다."

"그럼 내 조만간에 좋은 날을 골라 초선을 장군 부중으로 보내드리겠소."

여포는 한없이 기뻐서 초선을 자꾸만 쳐다본다. 초선도 역시 눈짓으로 정을 보낸다.

술자리가 끝나자 여포가 돌아가려는데 왕윤이 말한다.

"기왕 온 김에 주무셨으면 좋겠으나, 혹 동태사가 어떻게 생각하실까 두려워서 말리지 못하오."

여포는 그저 감사하다며 절만 수없이 하고 돌아갔다.

그 뒤 며칠이 지났다. 조당朝堂(조정)에 마침 여포는 없었다. 동탁이 혼자 앉아 있는 것을 보고, 왕윤은 동탁 앞에 가서 꿇어 엎디어 청한다.

"태사께서 누추한 저의 집에 왕림하시는 영광을 주십시오. 보잘것없으나 잔치를 차려 모시고자 하오니, 뜻에 어떠하신지요?"

동탁은 대답한다.

"다른 사람이면 모르거니와, 사도 대감이 초청하는데, 내 어찌 아니 갈 수 있으리요."

왕윤은 집으로 돌아와서 산해진미를 준비시키고, 정면 가운데 자리에 수놓은 비단 보료를 깔고, 안팎으로 돌아가며 방장房帳을 둘러 장식했다.

이튿날, 점심때쯤 해서 약속대로 동탁은 왕윤의 집에 이르렀다. 왕윤은 조복朝服(관복) 차림으로 영접 나가서 땅바닥에 엎드려 두 번 절한다. 그제야 동탁은 수레에서 내려와 창과 칼을 든 무장한 무사 백여 명의 호위를 받으며, 당堂 안으로 들어왔다.

동탁이 정면 가운데 자리에 앉자, 무사들은 좌우 두 줄로 나뉘어 서는

데, 왕윤은 당 아래에서 다시 두 번 절한다.

동탁은 무사들에게 명한다.

"사도 대감을 부축해 올리고 내 곁으로 모셔라."

왕윤은 동탁을 칭송한다.

"태사의 큰 덕은 높으사, 옛 이伊·주周도 능히 따르지 못하리다." 이伊는 이윤伊尹이니 은殷나라 시조始祖 탕왕湯王의 재상이었고, 주周는 주 무왕武王의 동생 주공周公이니 그들은 다 유명한 재상이었다.

동탁은 이 말을 듣고 매우 기뻐했다.

왕윤은 술을 올리고 음악을 아뢰게 하며, 동탁을 극진히 공경한다. 해는 저물고 술이 엔간히 취하자 왕윤이 청한다.

"후당으로 듭시어 새로이 즐기사이다."

"너희들은 썩 물러가거라!"

동탁은 무사들을 꾸짖어 내보낸 다음에 왕윤을 따라 후당으로 들어갔다.

왕윤은 새로이 술잔을 바치며 말한다.

"나는 어려서부터 천문을 익혔소이다. 요즘 밤에 천문을 본즉, 한나라 운수는 이미 끝나고 태사의 공덕이 천하에 떨칠 징조였습니다. 옛날에 순舜임금은 요堯임금의 자리를 이어받았으며, 우禹임금은 순임금의 자리를 계승했듯이, 태사께서 한나라 뒤를 이어받는 것이 바로 하늘의 뜻과 사람의 뜻에 합당할 줄로 압니다."

동탁은 기쁨을 참지 못하면서도 겸양한다.

"내 어찌 그러기를 바라리요."

왕윤은 엄숙히 말한다.

"자고로 도덕이 있는 사람이 도덕 없는 자를 무찌르며, 도덕 없는 자가 도덕 있는 사람에게 자리를 양도하는 것은 마땅한 일이 아니겠습니까?"

동탁은 웃으며 대답한다.

"천명天命이 내게로 돌아오면, 나는 사도를 원훈공신元勳功臣으로 삼으리라."

왕윤은 절하여 감사하더니, 그림을 그린 촛대에 불을 밝히고 여자들만 남아서 술과 음식을 바치게 하며 다시 고한다.

"교방敎坊(당唐나라 때 궁중에 둔 가무와 음악)의 음악은 들려드릴 길이 없으나, 마침 집안 기녀가 있으니, 감히 보여드리리다."

"그것이 도리어 묘하리라."

왕윤이 주렴珠簾을 드리우게 하자, 생황笙篁 소리가 은은히 울려 퍼지면서 여러 여자들의 부축을 받으며 초선이 나온다. 이윽고 초선은 주렴 바깥에서 사풋사풋 춤을 춘다.

옛사람이 초선의 춤을 찬탄한 노래가 있다.

원래는 소양궁昭陽宮 안의 사람으로서
놀란 기러기처럼 이리 펄펄 저리 펄펄 매인 몸이더니
금세 날아서 동정호洞庭湖의 봄을 지나는 것 같구나.
「양주梁州」(곡명曲名) 한 곡조를 춤추니 연꽃 같은 발걸음도 사풋이
좋구나, 꽃바람에 나부끼는 한 가닥 가지도 새로워라.
채색한 집에 향내는 따뜻하여 봄 뜻을 견디지 못하겠네.
原是昭陽宮裏人
驚鴻宛轉掌中身
只疑飛過洞庭春
按徹梁州蓮步穩
好花風裊一枝新

畵堂春暖不勝春

이런 시도 있다.

　　홍아紅牙의 박자 소리가 급하니 제비는 바삐 나는데
　　지나던 한 조각 구름이 채색한 집에 내리더라.
　　그린 눈썹을 살풋 찌푸리니 나그네는 한이 맺히는데
　　그 모습 완연하니 정든 사람은 애간장이 끊어지더라.
　　돈으로 살 수 없구나, 천금보다 더 귀한 저 웃음이요
　　버들가지로 허리를 질끈 매었으니, 백 가지 보배가 쑥스럽더라.
　　춤을 끝내자 주렴 안을 엿보니
　　누가 초楚 양왕襄王인지 모르겠더라.

　　紅牙[1] 催拍燕飛忙
　　一片行雲[2] 到畵堂
　　眉黛促成遊子恨
　　瞼容初斷故人腸
　　楡錢[3] 不買千金笑
　　柳帶何須百寶粧
　　舞罷隔簾偸目送
　　不知是誰楚襄王[4]

1　홍아紅牙는 박자를 치는 상아 판板을 뜻한다.
2　행운行雲은 무산선녀 같은 여자라는 뜻이다. 무산선녀巫山仙女가 초 양왕에게 대답하기를 '첩은 아침에는 구름이 되며 저녁에는 비가 된다'고 한 고사에서 나온 말이다.
3　유楡는 그 열매가 옛 돈처럼 구멍이 뚫렸으므로 돈을 유전楡錢이라 한다.
4　초 양왕이 꿈에 무산선녀를 만나 잠자리를 함께 했다는 고사. 초 양왕은 사랑의 남주인공, 무산선녀는 사랑의 여주인공으로 불린다.

초선의 춤이 끝나자, 동탁은 분부한다.

"이리로 가까이 오너라."

초선은 주렴 안으로 들어와서 깊이 몸을 숙여 동탁에게 두 번 절한다. 동탁은 그 자색이 매우 아름다움을 보며 묻는다.

"이 여자는 누군가?"

왕윤은 대답한다.

"노래 잘하는 초선이라 합니다."

"나를 위해 한 곡조 불러줄 수 있을까?"

왕윤은 초선에게 노래를 부르라 분부한다. 초선은 단판檀板을 치며 조용히 한 곡조 부르니,

한 점 앵도 같은 입술을 여니
두 줄의 옥같이 흰 이가 「양춘곡陽春曲」을 내뿜더라.
정향丁香 내 나는 혀는 한 자루 칼을 뱉어
간사한 역적을 참하려 한다.
　一點櫻桃啓絳唇
　兩行碎玉噴陽春
　丁香舌吐5鋼劍
　要斬姦邪亂國臣

노래가 끝나자 동탁은 칭찬하여 마지않는다. 왕윤은 초선이더러 술을 따라드리도록 분부한다.

동탁은 술잔을 받고 묻는다.

"나이가 몇 살이냐?"

"천첩은 금년 16세로소이다."

동탁은 웃고 감탄한다.

"참으로 선녀로다."

왕윤은 자리에서 일어나 고한다.

"장차 이 아이를 태사께 바치려는데 받아주시겠나이까?"

"이렇듯 은혜를 입으면 내 장차 무엇으로 보답할까."

왕윤은 대답한다.

"이 아이가 태사를 모시면 복이 한량없으리이다."

동탁은 왕윤에게 거듭거듭 감사한다.

왕윤은 즉시 전거氈車를 대령하도록 분부하고, 초선을 태워 먼저 승상부로 보냈다. 동탁도 또한 일어나 돌아가니, 왕윤은 친히 승상부까지 따라가서 전송하였다.

왕윤이 말을 타고 돌아오는데, 저편에서 두 줄의 홍사등紅紗燈이 길을 비추며 다가온다. 자세히 보니 여포가 말을 타고 창을 들고 온다. 서로 마주치자, 여포는 말을 세우더니 왕윤의 멱살을 움켜잡으며 큰소리로 묻는다.

"사도는 나에게 초선을 주겠다 허락해놓고 이제 동태사에게 보냈으니, 어찌 나를 이렇듯 농락하느냐!"

왕윤은 손을 들어 제지한다.

"여기는 말할 곳이 못 되니, 청컨대 내 집으로 갑시다. 아마 장군이 나를 오해한 모양이오."

여포는 왕윤을 따라 그 집에 이르자, 말에서 내려 후당으로 들어가 새삼스레 서로 인사를 나눴다.

왕윤이 먼저 묻는다.

"장군은 어째서 나를 의심하시오?"

여포가 따진다.

"어떤 사람이 내게 와서 알리기를, 왕윤 대감이 초선을 전차에 태워 승상부로 보냈다 합디다. 그게 사실이라면 그 까닭부터 좀 들어봅시다."

"장군은 이 일을 도무지 모르시는구려. 어제 조당에서 동태사가 이 늙은 사람에게 말씀하시기를 '내가 의논할 일이 있으니, 내일 그대 집에 좀 가야겠다' 하시기로 오늘 약간의 잔치를 차려 모셨던 것이오. 태사께서 술을 드시다가, '그대에게 초선이라는 딸이 있어, 내 아들 여포에게 주기로 승낙했다는 말을 들었는데, 그것이 사실인지 어쩐지 알 수가 없어서, 내 특별히 왔으니, 한 번 보여주기 바란다'고 하시는지라, 늙은 몸이 분부를 거역할 수가 없어 초선을 불러내어 태사께 절을 시켰소. 그랬더니 태사께서 말씀하시기를, '오늘 일진이 좋으니, 내가 초선을 데려가서 여포와 짝을 지어주겠다'고 하셨소. 장군도 생각해보시오. 태사가 친히 그리 말씀하시는데, 이 늙은 사람이 어찌 막을 수 있겠소?"

여포는 사과한다.

"대감은 나를 용서하시라. 잘못 알고 버릇없이 굴었소이다. 내일 가시덩굴을 지고 와서 다시 사죄하겠소이다."

왕윤은 좋은 말로 대답한다.

"초선이 시집갈 때 가져갈 물건도 그대로 있소. 초선이 장군 집으로 들어가면, 곧 사람을 시켜 물건을 보내드리다."

여포는 거듭 사과하더니 거듭 감격하여 돌아갔다.

이튿날 여포는 승상부에 가서 동정을 엿보았으나 전혀 소식이 없었다. 바로 내당內堂으로 들어가서 동탁의 시첩들에게 물어봤다.

시첩들은 대답한다.

"어젯밤에 태사께서 새사람을 데려오사, 지금까지 함께 주무시느라 일어나지도 않았소."

크게 화가 난 여포는 동탁의 침실로 가까이 가서 엿봤다.

이때 초선이 일어나 창가에서 머리를 빗질하다가 문득 바깥을 보니, 연못에 사람 그림자가 비쳐 있다. 그 그림자는 키가 크고 몸집이 큰 데다 머리를 묶어 관冠을 썼다.

초선이 몰래 숨어서 보니 바로 여포였다. 초선은 일부러 두 눈썹을 찌푸리며 근심과 수심에 잠긴 표정을 짓는다. 향내 나는 비단 수건으로 흐르는 눈물을 닦으며 흐느껴 우는 체한다.

여포는 침실 안에서 초선이 우는 모양을 엿보다가 한참 만에 나간다. 조금 지나서 여포는 다시 들어왔다. 이때는 동탁이 이미 중당에 나와 앉아 있었다. 동탁은 들어온 여포를 보자 묻는다.

"바깥엔 별일 없느냐?"

"별일 없소."

여포는 동탁 곁에 모시듯 선다. 동탁은 들여온 식사를 하느라, 곁을 돌아보지도 않는다.

여포는 계속해서 눈알을 굴려 무엇을 찾듯 사방을 두리번거린다.

저편 수놓은 주렴 안에서 한 여자가 거닐다가, 얼굴을 반쯤 보이면서 눈짓으로 연방 애정을 보낸다. 여포는 그 여자가 초선임을 알자, 그만 넋이 녹아 내리는 것만 같았다.

어느새 식사를 마친 동탁은 여포의 하는 꼴을 보자 의심이 났다.

"여기도 아무 일 없으니, 너는 그만 물러가거라."

여포는 하는 수 없이 우울한 표정으로 나왔다.

동탁은 초선을 들어앉힌 뒤로 홀딱 반해서, 한 달이 넘도록 아무 일도 살피지 않고 침실에만 들어박혀 있었다. 그러자니 동탁은 자연 병이 나서 좀 앓게 됐다. 초선의 정성은 놀라웠다. 그녀는 옷을 벗을 여가도 없이 극진히 간호했고, 동탁은 너무나 기뻐서 행복하기만 했다.

어느 날 여포는 동탁을 문병하러 내실로 들어갔다. 이때 마침 동탁은 피곤해서 낮잠을 잔다. 초선은 침상 뒤에서 몸을 반쯤 내밀고 여포를 보며 손가락으로 자기 가슴을 가리키더니, 또 손가락으로 잠든 동탁을 가리키며 연방 눈물을 닦는다. 이 모양을 보노라니 여포는 순간 간장이 찢어지는 듯했다.

어느새 동탁은 게슴츠레 실눈을 뜨고, 앞에 서 있는 여포가 침상 뒤를 보는 꼴을 보고서 몸을 돌려 뒤돌아보았다. 초선이 바로 침상 뒤에 서 있지 않은가!

동탁은 일어나 여포를 크게 꾸짖는다.

"네가 감히 나의 총애하는 여자를 희롱하느냐!"

동탁은 좌우 무사에게 분부한다.

"여포를 끌어내라. 다시는 내당에 못 들어오게 하여라."

쫓겨난 여포는 분노하고 돌아오다가, 도중에서 이유를 만나 자기 심정을 털어놓았다. 이유는 급히 승상부로 가서 동탁에게 아뢴다.

"태사는 천하를 잡을 생각이면서 어쩌자고 여포의 조그만 허물을 과도히 책망하였습니까. 여포가 변심하면 큰일을 망칩니다."

동탁이 묻는다.

"그럼 어찌하면 좋을까?"

이유는 대답한다.

"내일 사람을 시켜 여포를 불러들이십시오. 그리고 황금과 비단을 주고, 좋은 말로 그를 위로하면 자연 별일이 없으리다."

동탁은 말없이 머리를 끄덕였다.

이튿날, 동탁은 사람을 시켜 여포를 내당으로 불러들이고,

"내 어제는 병중에 정신이 없어 지나친 책망으로 네 마음을 상하게 했으니, 그까짓 일로 너무 꽁하지 말아라."

위로한 후에 황금 열 근과 비단 스무 필을 줬다. 여포는 감사하고 돌

아갔다. 이리하여 여포는 다시 동탁을 좌우에서 모시게 됐으나 늘 초선만 생각했다.

그 뒤 동탁은 병이 완쾌되어 궁에 들어와 나랏일을 의논하였다. 여포는 창을 짚고 따르다가, 동탁이 황제와 서로 이야기하는 그 동안에, 궁중 내문內門을 나와 말을 달려 승상부로 갔다. 여포는 승상부에 이르자 말을 문 앞에 매놓고 창을 들고 바로 후당으로 뛰어들어가서 초선을 찾았다.

초선이 속삭인다.

"그대는 후원後園 봉의정鳳儀亭에 가서, 나를 기다리시오."

여포는 즉시 후원으로 가서, 봉의정 밑 굽은 난간 곁에서 기다렸다.

한참 만에 초선이 꽃가지를 헤치며 버드나무 사이로 오는데, 과연 월궁月宮 선녀 같았다. 초선은 울면서 여포에게,

"내 비록 왕윤 대감의 친딸은 아니지만, 친딸이나 다름없는 귀염을 받았습니다. 더구나 장군을 평생 모시기로 언약까지 했기에 소원을 이루는가 했더니, 음탕한 동태사가 불량한 마음을 일으켜, 첩의 몸을 더럽혀놓을 줄이야 뉘 알았으리까. 첩은 한이 맺혀 곧 죽으려 했으나, 장군을 한 번이라도 뵈옵고 이별의 말씀이라도 드린 다음에 죽으려고 오늘날까지 갖은 치욕을 참으며 구차히 살아왔습니다. 이제 다행히 장군을 뵈었으니 첩의 마지막 소원도 끝났나이다. 더럽혀진 이 몸으로 다시 영웅을 섬길 수는 없으니, 바라건대 장군 앞에서 죽어 첩의 뜻을 밝히겠습니다."

하고 굽은 난간을 잡더니 연못으로 뛰어들려 한다.

여포는 황망히 초선을 끌어안고 운다.

"내가 네 마음을 안 지 오래나, 서로 말할 기회가 없어 한이었다."

초선은 여포에게 매달린다.

봉의정에서 여포를 유혹하는 초선. 오른쪽은 동탁

"첩이 금생엔 당신 아내 노릇을 못하게 됐으니, 바라건대 내생에는 서로 부부가 되어지이다."

"내 금생에 너를 아내로 삼지 못하면 결코 영웅이 아니니라."

"첩은 하루가 1년 같습니다. 불쌍한 나를 건져주십시오."

"내 틈을 보아 왔으니, 늙은 도둑이 나를 의심할지 모른다. 오늘은 속히 돌아가야 한다."

초선은 여포의 소매를 이끈다.

"그대가 이렇듯 늙은 도둑을 무서워하시면, 첩은 다시 하늘의 해를 볼 날이 없겠습니다."

여포는 발이 움직이지를 않아서,

"내가 천천히 좋은 계책을 마련할 테니, 그대는 안심하라."

하고 창을 들고 나가려는데, 초선이 앞을 막아서며,

"첩은 깊은 내실에 있으면서 일찍부터 장군의 높은 이름을 우렛소리처럼 들었기에, 당대의 제일 인물인 줄로 알았더니, 이렇듯 남의 압제를 받으시는 줄이야 뉘 알았으리까."
하고 눈물이 비 오듯한다.

여포는 부끄러워서 얼굴을 붉히더니, 창을 난간에 기대놓고, 몸을 돌려 초선을 얼싸안은 채로 좋은 말로 위로한다. 두 사람은 차마 떨어지지 못하여 언제까지나 그렇게 있었다.

한편, 궁전에서 동탁이 문득 둘러보니, 여포가 보이지 않았다. 동탁은 순간 의심이 나서 황망히 헌제에게 하직하고 수레를 달려 승상부로 돌아왔다. 승상부 문 앞에 여포의 말이 매여 있다. 동탁은 문지기에게 묻는다.

"여포가 어디 있느냐?"

"후당으로 들어갔습니다."

동탁은 좌우 사람을 물러가도록 꾸짖고 바로 후당으로 갔으나 여포는 없었다.

"초선은 어디 있느냐?"

동탁은 초선을 찾았으나, 보이지 않는다는 대답이었다.

한 시첩이 고한다.

"초선은 후원에서 꽃을 보고 있을 것입니다."

동탁은 후원으로 들어갔다. 봉의정 아래에 여포와 초선이 서로 이야기하는 것이 보였다. 그 곁 난간에는 창이 기대어 있었다. 동탁은 노하여 크게 소리를 질렀다.

여포는 동탁을 보자 질겁을 하더니 몸을 돌려 달아난다. 동탁은 난간에 기대어놓은 창을 들고 여포를 뒤쫓아간다. 그러나 여포는 날쌔게 내뺀다. 뚱뚱한 동탁은 숨이 가빠서 창을 번쩍 들어 여포를 향해 던졌다.

여포는 몸을 피하며 주먹으로 창대를 쳐서 땅에 떨어뜨렸다. 동탁이 쫓아가서 다시 창을 주워 잡았을 때 여포는 이미 멀리 달아나고 있었다. 그래도 동탁은 뒤쫓아 후원 문을 나가는데, 어떤 자가 급히 들어오다가 서로 맞부닥쳤다. 순간 동탁이 뒤로 벌렁 나자빠지니,

분노는 하늘을 찌를 듯 천 길이나 치솟는데
땅바닥에 나자빠진 살진 몸은 한 무더기의 물질이더라.
沖天怒氣高千丈
惻地肥軀做一堆

동탁과 충돌한 사람은 누구일까?

제9회

여포는 흉악한 자를 없애려 왕윤을 돕고
이각은 장안을 침범하려 가후의 말을 듣다

서로 맞부닥쳐 동탁을 나자빠지게 한 사람은 바로 모사 이유였다. 이유는 동탁을 일으켜 부축해서 서실書室로 모셨다.

동탁은 묻는다.

"그대는 뭣 하러 여기에 왔느냐?"

"마침 승상부에 왔다가, 태사께서 분노하시어 후원으로 가셨다는 말을 듣고 뛰어오다가 달아나는 여포를 만났습니다. 여포의 말이 '태사가 나를 죽이려 한다'기에, 당황하여 화해시키려 후원으로 뛰어들어오다가 그만 잘못해서 맞부닥쳤으니, 나의 잘못을 용서하십시오."

동탁은 저주한다.

"그 역적 놈이 내 사랑하는 여자를 희롱했으니 참을 수 없다. 반드시 그놈을 죽이리라."

이유는 타이른다.

"그건 태사의 잘못된 생각이십니다. 옛날에 초나라 장왕莊王은 모든 신하에게 관 끈을 끊게 한 절영회絶纓會(춘추 시대에 초 장왕이 밤에 잔치를 하는데 바람이 불어 촛불이 다 꺼져버렸다. 그러자 어둠을 틈타 어떤 대신 하나가 왕비를 희롱하였다. 왕비는 그 대신의 관 끈을 끊어가지고 왕에게 호소했다. 그러나 왕은 불을 켜지 말라 하고 모든 대신에게 관 끈을 끊게 했다. 이리하여 왕비를 희롱한 대신은 형벌을 면했다는 고사가 있다)에서 왕비를 희롱한 장웅蔣雄(『삼국지』 작자가 붙인 이름으로 실제 이름은 아니다)을 들춰내지 않았기 때문에, 그 뒤 초 장왕이 진秦나라 군사와 싸우다가 위기에 빠졌을 때, 장웅은 죽음을 무릅쓰고 왕을 구출하여 지난날의 은덕에 보답했습니다. 이런 옛일을 감안해서라도 태사는 깊이 생각하십시오. 초선은 한낱 여자에 불과하며, 여포는 바로 태사의 심복 부하인 무서운 장수입니다. 이런 기회에 초선을 썩 내주시면, 여포는 감격하여 언젠가는 반드시 목숨을 바쳐서라도 은혜에 보답할 것입니다. 이 점을 거듭 생각하십시오.”

동탁은 한참 동안 말이 없더니,

“그대 말도 일리가 있으니, 내 다시 생각해보리라.”

하고 대답했다. 이유는 감사하고 물러갔다.

동탁은 후당으로 들어와서 초선을 불러 묻는다.

“너는 여포와 비밀히 정을 통하였느냐?”

초선은 흐느껴 운다.

“첩이 후원에서 꽃을 보는데, 여포가 갑자기 뛰어들어왔습니다. 첩이 깜짝 놀라 피하려 하니 여포가 말하기를, ‘나는 태사의 아들이니 피할 필요 없다’면서 창을 들고 봉의정까지 첩을 쫓아왔습니다. 첩은 흉악한 기세를 눈치채고, 욕을 당할 것만 같아서 연못에 몸을 던져 죽으려 하는데, 여포가 꽉 끌어안는 바람에 죽느냐 사느냐 실랑이치는 중이었습니다. 그때 태사께서 오셔서 첩의 목숨을 구해주신 것입니다.”

동탁은 묻는다.

"너를 여포에게 내줄 생각이다. 네 생각은 어떠하냐?"

초선은 크게 놀라 통곡하며,

"이 몸이 귀인을 섬기는 터인데, 갑자기 집안 종놈 같은 자에게 내주다니 너무하십니다. 첩은 차라리 죽을지언정 그럴 수는 없습니다."

하고 벽에 걸린 칼을 와락 내리더니 스스로 자기 목을 찌르려 한다. 동탁은 황망히 칼을 빼앗아 던지고, 초선을 끌어안는다.

"농담으로 한 말이다. 진정으로 듣지 말아라."

초선은 동탁의 품에 얼굴을 묻고 대성 통곡한다.

"이건 반드시 이유가 꾸민 계책일 것입니다. 이유와 여포는 평소 친하다는 소문을 들었습니다. 이유가 태사의 체면과 첩의 목숨을 짓밟으려 하다니! 내 반드시 그놈의 생살을 씹으리라."

동탁은 계속 달랜다.

"내가 어찌 너를 버릴 리 있으리요."

초선은 넋두리한다.

"첩은 비록 태사의 사랑을 받으나, 무서워서 이곳에 더 오래 있지 못하겠나이다. 첩은 언젠가 여포의 손에 죽고 말 것입니다."

"내 내일 너를 미오從塢 별장으로 데려가서 함께 쾌락을 누리겠다. 그러니 조금도 걱정하지 말라."

초선은 그제야 눈물을 씻더니 동탁에게 절하고 감사했다.

이튿날 이유는 승상부에 와서 동탁에게 고한다.

"오늘 일진이 좋으니 초선을 여포에게로 보내주십시오."

동탁은 대답한다.

"나와 여포는 아비와 자식 사이다. 아비가 사랑하는 여자를 어찌 자식에게 내줄 수 있느냐. 여포의 잘잘못을 따지지 않기로 했으니, 그대는 나의 뜻을 전하되 좋은 말로 위로해주어라."

이유는 한숨을 쉰다.

"태사는 여자에게 너무 혹하지 마십시오."

동탁의 표정이 변한다.

"너는 너의 아내를 여포에게 기꺼이 내줄 수 있느냐. 초선에 관해선 다시 잔말 말라. 더 이상 여러 말 하면 너를 참하리라."

이유는 승상부를 나오자, 하늘을 우러러 길이 탄식한다.

"우리가 여자 손에 다 죽겠구나!"

후세 사람이 이 일을 탄식한 시가 있다.

왕윤은, 붉은 치마 두른 여자에게 묘한 계책을 맡기고
창 하나 칼 하나 군사 하나 쓰지 않았도다.
모든 제후들은 호뢰관의 세 번 싸움에서 힘만 소비했으나
왕윤은 마지막 승리를 봉의정에서 거두었도다.

司徒妙算託紅裙
不用干戈不用兵
三戰虎牢徒費力
凱歌却奏鳳儀亭

그 날로 동탁은 분부한다.

"미오 별장으로 행차하겠다."

언제나 그렇듯이 문무 백관들은 장안성 바깥까지 나가서 동탁을 전송한다. 초선은 수레 위에 앉아 둘러본다. 저편 많은 사람들 속에 여포가 끼어 서서 자기만 바라보고 있지 않은가. 초선은 곧 소매로 얼굴을 가리고 우는 시늉을 하는데 수레는 떠나간다.

여포는 말고삐를 늦추어 언덕으로 올라가서 저 멀리 사라지는 수레

뒤의 누런 먼지를 바라보며 탄식하다가, 동탁을 원망한다. 이때 여포의 등뒤에서 누군가 말을 건다.

"장군은 어째서 태사를 따라가지 않고 이런 데서 멀리 바라보며 탄식만 하시오?"

여포가 돌아보니 바로 사도 왕윤이다. 서로 인사를 마치자, 왕윤이 묻는다.

"이 늙은 몸이 요즘 약간 병이 나서 방안에 들어박혀 있었기 때문에 한동안 장군을 뵙지 못했소. 오늘 태사께서 미오 별장으로 가신다기에 겨우 나와 전송했는데, 마침 장군을 만나서 기쁘오. 그런데 장군은 왜 이런 데서 탄식을 하시오?"

여포는 대답한다.

"다 대감 따님 때문이외다."

왕윤은 놀라는 체를 한다.

"그 동안에 장군은 내 딸을 받지 않았단 말이오?"

"그 늙은 도둑이 독차지하고 재미를 본 지 오래라오."

왕윤은 더 크게 놀라는 체하며 탄식한다.

"그럴 수가 있나. 참으로 믿기 어려운 일이오."

여포는 왕윤 앞에 다가가서 그 동안의 일을 일일이 고했다. 왕윤은 하늘을 우러러 발을 구르며, 분해서 한동안 말도 못하더니,

"태사가 짐승 같은 짓을 할 줄은 몰랐소."

하고 여포의 손을 이끈다.

"우선 내 집으로 가서 상의합시다."

여포는 왕윤을 따라갔다. 왕윤은 집으로 돌아와서 여포를 밀실로 안내하고 술을 대접한다. 이에 여포는 봉의정에서 초선과 만났던 일을 좀 더 자세히 설명한다.

왕윤은 탄식한다.

"태사가 내 딸을 더럽히고 장군 아내를 빼앗은 격이니, 참으로 천하의 웃음거리가 됐소. 세상은 태사를 비웃는 대신, 이 왕윤과 장군을 비웃을 것이오. 나는 늙어빠진 무능한 무리라, 족히 말할 것도 못 되지만, 원통한 것은 장군이 당대 영웅으로서 이런 망신을 당하다니 참 기막히오."

여포는 노기가 충천해서 주먹으로 술상을 냅다 치고 원통해서 소리를 버럭 지른다. 왕윤이 급히 말한다.

"이 늙은 것이 말을 잘못했나 보오. 장군은 노여워하지 마시오."

"맹세코 그 늙은 도둑을 죽이고 나의 수치를 씻으리라!"

왕윤은 황급히 소매로 여포의 입을 막는다.

"장군은 그런 말 마오. 까딱 잘못하면 나까지 죽소."

여포는 더욱 분개한다.

"대장부가 천지간에 나서 어찌 우울히 남의 지배를 받으리요."

"그야 장군이 동태사의 지배를 받을 인품은 아니오."

"내 벌써 그 늙은 도둑을 죽이고 싶었으나, 아비와 자식의 정을 어쩔 수 없었소. 후세 사람들의 비난을 듣기가 싫었던 거요."

왕윤은 빙그레 웃는다.

"장군의 본래 성은 여씨며 동탁의 본래 성은 동이니, 그가 장군에게 죽으라고 창을 던졌을 때 어찌 아비로서 자식을 생각하는 정이 있었겠소."

여포는 분개한다.

"그렇소! 대감이 말씀해주지 않았다면, 여포는 하마터면 앞날을 그르칠 뻔했소."

왕윤은 여포가 결심한 것을 알자 충동질한다.

"장군이 만일 한나라 황실을 도우면 바로 충신이니, 이름이 청사靑史(역사)에 길이 빛나 백세百世의 향기로 남을 것이요, 장군이 만일 동탁

동탁 주살을 도모하는 왕윤과 여포. 왼쪽부터 왕윤, 여포

을 돕는다면 바로 반역한 신하가 되니, 이름이 역사에 실려 천만 년 뒤까지도 누명을 벗지 못할 것이오."

여포는 자리에서 일어나 왕윤에게 절한다.

"나는 이제 결심했으니, 대감은 의심하지 마오."

왕윤도 무릎을 꿇고 여포에게 감사한다.

"혹 일을 성공하지 못하여 큰 불행을 끌어들이지나 않을까 두렵소."

여포는 칼을 뽑자 자기 팔을 찔러 피를 흘리며 맹세했다.

왕윤은 무릎을 꿇은 채 감사한다.

"우리 한나라를 보존할 수 있다면, 이는 다 장군의 공로니, 결코 사전에 이 일을 누설하지 마오. 기회가 와서 계책이 서면 서로 알리기로 합시다."

여포는 개연히 승낙하고 돌아갔다.

왕윤은 복야사僕射士(상서복사尙書僕士니 상서령尙書令의 소속이다) 손서孫瑞와 사례교위(도둑을 잡는 무관) 황완黃琬을 집으로 초청하여 상의했다.

손서는 말한다.

"요즘 천자께서 병으로 누워 계시다가 완쾌하셨으니, 말 잘하는 사람 하나를 미오 별장으로 보내어 천자께서 '나랏일을 상의하려 태사를 듭시랍니다' 하고 불러들이기로 하는 동시에, 천자의 비밀 조서를 여포에게 주고, 조정 궁문에 군사를 매복시켰다가 궁으로 들어오는 동탁을 죽이는 것이 상책이오."

황완은 묻는다.

"그럼 누굴 보내야 할까요?"

손서는 대답한다.

"여포와 한 고향 출신인 기도위騎都尉 이숙이 있지요. 그는 자기 벼슬을 올려주지 않는다고 동탁을 매우 미워하오. 이숙을 미오 별장으로 보내면, 동탁은 의심하지 않을 거요."

왕윤은 찬동한다.

"그러는 것이 좋겠소."

왕윤은 사람을 보내어 여포를 초청하고 함께 상의한다.

여포는 말한다.

"지난날에 나를 꾀어 정건양丁建陽(정원의 자)을 죽이게 하고, 나를 동탁에게로 오게 한 장본인이 바로 이숙이었소. 그가 만일 이번에 미오 별장으로 안 가겠다면, 내가 먼저 그를 죽여버리겠소."

왕윤은 곧 사람을 비밀리에 보내어 이숙을 데려왔다.

여포는 이숙에게 묻는다.

"지난날에 그대가 나로 하여금 정건양을 죽이게 하고 동탁에게로 오게 했으나, 이제 동탁이 위로는 천자를 속이며 아래로는 백성을 학대하여 그 죄악이 가득 차서, 사람과 신이 다 함께 격분하게 됐소. 그대는 미오 별장에 가서 천자의 어명을 전하여 동탁을 궁으로 들게 하고 그놈을 죽이고 함께 한 황실을 바로잡아 충신이 될 생각은 없소? 자, 어서 대답하시오."

"나도 그 도둑을 죽이고 싶은 지가 오래였으나, 동지가 없어서 한이었소. 이제 장군이 그런 뜻이라면, 이는 하늘이 우리를 돕는 것이오. 내 어찌 두 가지 맘을 품으리요."

이숙은 화살을 꺾어 맹세했다.

"그대가 이 일을 추진시켜준다면, 높은 벼슬에 오르는 것쯤이야 무슨 어려울 것 있으리요."

왕윤은 이숙을 위로했다.

이튿날, 이숙은 말 탄 사람 수십 명을 거느리고 미오 별장으로 갔다. 시종하는 사람이 안으로 들어가서 동탁에게 고한다.

"천자의 분부로 태사를 뵈러 사람이 왔습니다."

"이리로 들라 하여라."

이에 이숙이 들어와서 동탁에게 절한다. 동탁이 묻는다.

"천자가 보내셨다니, 무슨 분부냐?"

이숙은 고한다.

"천자께서 병이 나으사 문무 백관을 미앙전未央殿에 모으고, 태사께 선위禪位(살아서 천자 자리를 양도하는 것)할 일을 의논할 작정입니다. 그래서 조명을 받아왔습니다."

동탁은 묻는다.

"사도 왕윤의 뜻은 어떻던가?"

이숙은 서슴지 않고 대답한다.

"왕사도王司徒는 사람들에게 수선대受禪臺(천자의 위를 전하고 받는 의식을 위한 대)를 쌓도록 분부했습니다. 다만 태사께서 입성하시기만 고대합니다."

동탁은 매우 기뻐하면서,

"어젯밤 꿈에 용 한 마리가 내 몸을 감더니, 오늘 과연 기쁜 소식이 왔다. 이제야 때가 왔구나. 기회를 잃지 말지로다."

하고 심복 부하 이각李杆·곽사郭解·장제張濟·번주樊稠 네 장수에게 명한다.

"그대들은 웅비군熊飛軍 3천 명을 거느리고 미오를 지켜라."

동탁은 그날로 장안으로 갈 준비를 하다가, 이숙을 돌아보며 말한다.

"내가 황제가 되면 너에게 집금오執金吾(궁 바깥을 경계하는 직책)를 시켜주리라."

이숙은 동탁에게 너부시 절하며,

"신臣은 황공무지로소이다."

감사하고, 특히 신이란 말을 많이 썼다.

동탁은 내당으로 들어가서 그 어머니에게 다녀오겠다는 말을 했다. 이때 동탁의 어머니는 나이 90여 세였다.

"다녀오다니? 어딜 가느냐?"

동탁은 대답한다.

"저는 한나라 천자의 위를 물려받으러 갑니다. 모친은 곧 황태후皇太后가 되십니다."

모친이 말한다.

"내 요즘에 간혹 살이 저절로 떨리고 가슴이 두근거리니 좋은 징조가 아닐까 겁이 난다."

동탁은 웃으며,

"장차 나라의 어머니가 되실 텐데, 어찌 놀라운 징조가 미리 없겠습니까."

하고 어머니에게 대답했다.

동탁은 떠나면서 초선에게 말한다.

"내가 천자가 되면 너를 귀비貴妃(황후 다음가는 여자의 벼슬)로 삼으리라."

초선은 이제야 때가 왔나 보다 짐작하고, 기뻐서 어쩔 줄 모르는 시늉을 하면서 절하여 감사했다.

동탁은 수레를 타고 미오를 떠나 앞뒤로 호위를 받으며 장안을 향해 간다.

30리를 못 갔을 때였다. 동탁이 탄 수레바퀴 하나가 갑자기 부러졌다. 동탁은 수레에서 내려 말을 탔다. 다시 10리도 못 갔을 때였다. 말이 갑자기 코를 불고 소리치며 날뛰더니 고삐 줄을 끊어버린다. 동탁은 이숙에게 묻는다.

"수레바퀴가 부러지고 말이 줄을 끊었으니, 이 무슨 징조인가?"

이숙은 대답한다.

"태사께서는 마땅히 한나라 천자 자리를 받으사 앞으로 옛 것을 버리고 새로운 것으로 바꾸실 것입니다. 이는 옥련玉輦을 타시거나 황금으로 만든 안장에 오르실 징조입니다."

동탁은 기뻐서 이숙의 대답을 곧이곧대로 믿었다.

한참을 가다 보니, 이번에는 문득 광풍이 몰아치며 노을빛 안개가 하늘을 덮는다.

동탁은 이숙에게 묻는다.

"이는 무슨 상서祥瑞냐?"

이숙은 거침없이 대답한다.

"주공께서 용위龍位(천자의 자리)에 오르시면 반드시 붉은 광명과 자줏빛 안개가 일어나고, 하늘의 씩씩한 위엄을 보이는 법입니다."

동탁은 또 기뻐서 추호도 의심하지 않았다. 동탁이 장안성에 당도하자, 문무 백관들은 다 나와서 영접했다. 모사 이유만이 병으로 집에 누워 있었기 때문에 나오지 않았다.

동탁이 승상부에 들어서자, 여포가 와서 하례賀禮한다. 동탁은 여포에게 말한다.

"내가 천자의 위에 오르면, 너로 하여금 천하 병마를 통솔하게 하리라."

여포는 절하여 감사하고, 잠을 자러 장전帳前으로 물러갔다. 그날 밤에 교외郊外에서는 수십 명의 아이들이 노래를 부른다. 그 노랫소리는 바람결에 실려 장내帳內에까지 들려온다.

천 리 풀이 어찌 푸르리요
열흘 너머 못 산다네.
千里草何靑靑
十日上不得生

'천리초千里草'는 동董 자를 분해한 말이요, '십일상十日上'은 탁卓 자를 분해한 것이고, '부득생不得生'은 죽는다는 뜻이니 이 노래를 풀이하면 동탁이 죽는다는 뜻이다. 노랫소리는 매우 슬퍼서 애절했다.

동탁은 이숙에게 묻는다.

"저 동요는 좋은 징조인가, 아니면 흉한 징조인가?"

이숙은 대답한다.

"유劉씨(한나라 황제의 성)는 망하며 동씨가 일어난다는 뜻입니다."

이튿날, 동탁이 의장儀仗을 앞뒤로 늘어세우고 궁으로 가는 도중이었다.

한 도사道士가 푸른 도포에 흰 두건 차림으로 손에 긴 장대를 들었는데, 그 끝에는 1장丈 가량의 베[布]가 묶여 있었다. 그 베에는 양쪽으로 각각 입 구口 자 한 자씩이 적혀 있었다. 즉 베 양쪽으로 입 구 자 한 자씩을 썼으니, 그것을 풀이하면 여포呂布가 된다.

동탁은 그렇게 서 있는 도사를 보자, 이숙에게 묻는다.

"도사가 저렇게 서 있으니 무슨 뜻이냐?"

이숙은 두 번 거들떠보지도 않으며,

"미친놈입니다."

하고 군사를 불러 분부한다.

"저자를 잡아내어라."

군사들은 그 도사를 몰아냈다.

동탁이 궁으로 나아가는데, 모든 신하가 다 관복을 갖추고 길에 나와서 영접한다.

이숙은 손에 칼을 들고 수레를 따라 북액문北掖門에 이르자, 군사들에게 문 바깥에서 기다리도록 한 다음에 수레를 모시는 군사 20여 명만 데리고 들어간다.

동탁이 바라보니 왕윤 등이 각기 칼을 짚고 궁전 문 앞에 서 있다. 동탁은 깜짝 놀라며 이숙에게 묻는다.

"모두가 무기를 들었으니 웬일이냐?"

이숙은 대답도 않고 수레를 감싸서 안으로 곧장 들어간다. 왕윤은 수레를 향하여 큰소리로 외친다.

"역적이 여기 왔거늘, 무사들은 어디 있느냐?"

말이 떨어지기가 무섭게 숨어 있던 무사 백여 명이 뛰어나와, 동탁을 창으로 찌르며 칼로 마구 친다. 동탁은 옷 안에 갑옷을 입어서 요행 다치지는 않았으나, 팔이 찔리는 바람에 수레에서 굴러 떨어지며 큰소리로 부른다.

"내 아들 여포야! 어디 있느냐?"

수레 뒤에서 여포가 썩 나서며,

"역적을 죽이라는 어명이시다!"

소리를 지르고, 창으로 단번에 동탁의 목을 찌르자, 이숙은 선뜻 머리를 베어 들었다. 이때가 한 헌제 초평初平 3년 임신壬申 4월 20일이었으니 동탁의 나이 54세였다.

여포는 창을 왼손에 옮겨 들더니, 오른손으로 품속에서 조서를 내어 보이며 크게 말한다.

"어명을 받들어 역적 동탁을 죽였다. 그 밖의 사람에게는 잘못을 묻지 않기로 한다."

모든 장수와 신하들은 일제히 만세를 높이 불렀다.

후세 사람이 동탁을 탄식한 시가 있다.

    패업覇業을 이루면 제왕이 되고
    이루지 못할지라도 부정 축재는 하였으련만
    뉘 알았으리요. 하늘은 공평무사해서
    미오 별장이 이루어지자 동탁을 없애버렸도다.
    伯業成時爲帝王
    不成且作富家郞
    誰知天意無私曲
    從塢方成己滅亡

여포는 큰소리로 외친다.

"잔인한 동탁을 도운 자는 모사 이유이다. 누가 그놈을 사로잡을 테냐?"

이숙은 썩 나서며 자원하였다. 이때 조문朝門 밖에서 함성이 일어나더니, 군사 하나가 뛰어들어와 고한다.

"이유의 집 종놈들이, 이유를 결박지어 끌어왔습니다."

왕윤은 명령한다.

"이유를 거리로 끌어내어 참하여라. 동탁의 시체와 머리도 큰길에 내다가 백성들에게 보여라."

큰길에 던져진 동탁의 시체는 살이 쪄서 뚱뚱했다. 시체를 지키는 군사들은 동탁의 배꼽에 등燈 심지를 꽂고 불을 켜대니, 지방脂肪이 흘러내려 땅바닥에 가득하였다. 지나가는 백성들은 누구나 동탁의 머리를 때리고 시체를 밟았다.

왕윤의 명령을 받은 여포는 황보숭荒甫嵩, 이숙과 함께 군사 5만 명을 거느리고 동탁의 재산을 몰수한 다음 그 식구들을 잡으러 미오 별장으로 떠나갔다.

한편, 동탁의 심복인 이각·곽사·장제·번주 등 네 장수는 동탁이 죽었다는 놀라운 소식을 들었다. 그들은 또 여포가 온다는 보고를 받자, 드디어 웅비군을 거느리고 미오 별장을 떠나 밤낮없이 양주凉州 땅으로 달아났다.

미오 별장에 당도한 여포는 동탁의 동생 동민董旻과 그 조카 동황董璜의 목을 참하였다. 별장에 쌓인 물건을 몰수하니, 황금이 수십만 근이요, 백금白金이 수백만 근이요, 비단·구슬·보배·그릇·양식 등은 이루 헤아릴 수 없을 정도로 많았다.

여포는 장안으로 돌아와서 왕윤에게 다녀온 경과를 보고했다. 이에 왕윤은 군사를 크게 호궤犒饋하고 도당都堂에 잔치를 벌인 다음에 모든 문무 백관과 함께 술을 마시며 이번 일을 경축한다.

잔치가 한참 진행 중인데, 사람이 들어와서 고한다.

"어떤 사람이 거리에 버려진 동탁의 시체 위에 엎드려 대성 통곡을 합니다."

왕윤은 버럭 화를 낸다.

"천하 선비와 백성이 다 동탁의 죽음을 기뻐하는데, 어떤 놈이 운다더냐? 무사들은 곧 가서 그놈을 잡아오너라."

무사들은 나간 지 잠시 뒤에 한 사람을 잡아왔다. 문무 백관들은 잡혀온 사람을 보자 모두 놀란다.

그 사람은 딴 사람이 아니라, 바로 시중侍中 벼슬에 있는 천하 문장 채옹이었다.

왕윤이 꾸짖는다.

"역적 동탁의 죽음은 오늘날 국가의 다행이거늘, 너는 한나라 신하로서 나라를 위해 기뻐하지 않고 도리어 역적을 위해 울었다니 웬일이냐?"

채옹은 엎드려 사죄한다.

"내 비록 재주는 없으나 또한 대의명분을 알거니, 어찌 나라를 배반하고 동탁을 두둔하리요마는, 지난날 한때 나를 알아준 은혜를 입었기 때문에 그래서 나도 모르는 결에 한 번 울었소이다. 원컨대 대감은 이 마음을 살피시오. 내 얼굴을 먹으로 뜨고(검수黔首. 얼굴에 상처를 내고 먹칠을 해서 평생 지우지 못하게 하는 형벌) 발목을 끊는 정도로 나의 죄를 형벌하여준다면, 한사漢史를 계속 써서 완성하는 걸로 속죄하겠으니, 이는 또한 나의 다행이리다."

문무 백관들은 당대 문장 채옹의 재주를 아껴 힘써 구해주려 했다. 태부 마일제馬日禪도 왕윤에게 속삭인다.

"채옹은 세상에 보기 드문 뛰어난 천재니, 그에게 한사를 계속 쓰게 하는 것은 참으로 성대한 일이오. 뿐만 아니라, 그는 효자로 널리 알려진 사람이오. 그를 갑자기 죽였다가는 천하 인심을 잃을까 두렵소."

왕윤은 대답한다.

"옛날에 효무황제孝武皇帝(한 무제)는 사마천司馬遷을 죽이지 않고 『사기史記』를 쓰도록 했기 때문에 결국 시국을 비난하는 글을 후세에 남기게 했던 것이오. 더구나 지금은 나라 운이 쇠약해서 조정 정사가 어지러운 때인데 저런 망령된 신하로 하여금 어린 황제의 좌우에서 붓대를 잡게 한다면, 반드시 우리를 비난하는 글을 후세에 남길 것이오."

마일제는 대답을 않고 물러나와서 모든 대신들에게 말한다.

"왕윤은 후손을 두지 못할 것이다. 착한 사람은 바로 국가의 기강紀綱이요 역사를 기록하고 예악禮樂을 짓는 일은 국가의 법[典]인데, 이제 그가 기강과 법을 없애려 하니, 어찌 능히 오래가겠는가"

왕윤은 마일제의 충고를 듣지 않고, 그날로 채옹을 옥에 가둔 다음에 목을 졸라 죽였다. 이 소문이 퍼지자 뜻 있는 선비와 대신들은 눈물을 흘리며 탄식하였다.

후세 사람이 채옹을 논평한 글이 있다.

채옹이 동탁의 죽음을 통곡한 일은 물론 옳지 못하나, 왕윤이 채옹을 죽인 일도 또한 못할 짓을 한 것이다.

이 일을 탄식한 시도 있다.

동탁은 살아서 권세를 잡고 나쁜 짓을 했는데
채옹은 어찌하여 제 신세를 스스로 망쳤는가.
그러므로 알지라. 당시에 제갈양諸葛亮은 융중산에 누워서 경솔히 난신 적자亂臣賊子들과 사귀지 않았느니라.

董卓專權肆不仁
侍中何竟亡身
當時諸葛隆中臥
安肯輕身事亂臣

한편, 지난날 동탁의 심복 부하인 이각·곽사·장제·번주 네 장수는 섬서陝西 땅에 도망가 있으면서, 사람을 장안으로 보내어 천자께 표문을 바치고, 지난날의 죄를 용서해줍소사 애걸했다.

왕윤은 말한다.

"동탁의 죄악은 다 그놈들이 도운 바라. 이번에 비록 대사령大赦令이 내렸지만, 그 네 놈만은 결코 용서할 수 없다."

사자는 섬서 땅으로 돌아가서 이각에게 왕윤의 말을 전했다.

이각은 탄식한다.

"빌어도 용서받기는 틀렸구나. 우리는 달아나 각기 살길을 찾아야겠다."

모사 가후賈詡는 말한다.

"여러분이 군사를 버리고 각기 떠나는 날이면, 한낱 정장亭長(오늘날 동장)이라도 여러분을 쉽사리 잡아 결박지을 것이오. 그러니 이곳 섬서 땅 백성을 설득하여 우리 군사와 합쳐서 장안으로 쳐들어갑시다. 동탁의 원수를 갚게 되거든, 천자를 받들어 천하를 바로잡읍시다. 혹 실패하면 그때에 도망쳐도 늦지 않소."

이각 등은 가후의 말을 옳게 여기고, 마침내 서량주西涼州 일대에 다음과 같은 유언비어를 퍼뜨렸다. 즉 '왕윤이 이 지방 사람을 몰살하러 온다'는 것이었다. 백성들이 크게 놀라니, 그들은 거듭 강조한다.

"개죽음을 당하느니보다는 우리와 함께 반항하는 게 어떻겠느냐?"

백성들은 장군을 따르겠다며 나섰다. 이리하여 그들은 군사 10만여 명을 모아 네 길로 나뉘어 장안을 향하여 쳐들어가다가, 도중에서 동탁의 사위인 중랑장中郞將 우보牛輔가 거느리고 오는 군사 5천 명을 만났다. 우보는 장인의 원수를 갚으러 오는 길이었다. 이각은 군사를 합치고 우보를 앞장세워 계속 출발했다.

한편, 왕윤은 서량군西凉軍이 쳐들어온다는 보고를 받자, 즉시 여포와 함께 상의한다. 여포는 말한다.

"대감은 안심하십시오. 그까짓 쥐새끼 같은 것들이야 족히 근심할 것 없습니다."

이에 여포는 이숙과 함께 군사를 거느리고 적군을 맞이해서 싸우러 장안을 떠나갔다.

선봉인 이숙이 맨 먼저 적군을 보게 됐다. 이숙은 바로 우보와 만나 즉각 싸움이 벌어졌다. 이숙이 크게 무찌르니, 우보는 대적 못하여 달아났다.

그러나 누가 알았으리요. 그날 밤 2경 때 우보는 이숙이 안심한 사이에 다시 쳐들어와서 영채를 무찌른다.

자다가 변을 당한 이숙의 군사는 어지러이 흩어져 30여 리 바깥으로 달아났다. 이숙은 군사의 태반을 잃자 여포에게로 돌아왔다.

여포는 크게 노하여,

"네가 우리 군사의 사기를 꺾었구나!"

하고 칼을 뽑아 그 자리에서 이숙을 참했다. 여포의 분부로 이숙의 머리는 군문軍門 높이 매달렸다.

이튿날, 여포는 군사를 거느리고 나아가 싸우니 우보가 어찌 대적할 수 있으리요. 우보는 여지없이 패하여 달아났다.

장안을 습격하는 이각과 곽사

그날 밤이었다. 우보는 심복 부하인 호적아胡赤兒를 불러 의논한다.

"여포가 워낙 용맹해서 대적할 도리가 없다. 그러니 이각 등 네 사람을 버리고 조용히 황금과 구슬을 훔쳐, 믿을 만한 자 서너 명만 거느리고 달아나자."

호적아는 응낙하고 그날 밤으로 황금과 구슬을 긁어 모았다. 호적아는 영채를 떠나 우보와 함께 달아났다. 그들을 따르는 자가 서너 명이었다.

그들이 강물을 건너는 참이었다. 호적아는 황금과 구슬이 욕심나서 마침내 우보를 죽이고, 그 머리를 베어 여포에게 가서 바쳤다. 여포는 호적아를 따라온 자들에게 이곳까지 온 경과를 자세히 물었다. 따라온 자들이 일일이 고해바친다.

"실은 달아나던 도중에 호적아는 우보를 죽이고 황금과 보배를 탈취했습니다."

이 말을 듣자 여포는 분노하여 그 당장에서 호적아를 죽였다. 여포는 군사를 거느리고 나아가 이번에는 이각의 군사와 대결했다. 여포는 적군이 진을 벌이기도 전에 창을 들고 말을 달려 들어가, 군사를 지휘하여 무찌르니, 이각의 군사는 대적하지 못하여 50여 리 바깥으로 달아나 산을 의지하고 영채를 세웠다.

이각은 곽사, 장제, 번주를 초청하여 상의한다.

"여포가 비록 용맹하나 실은 어리석은 자이니 족히 근심할 것 없다. 내가 군사를 거느리고 산골짜기의 입구를 지키면서 날마다 여포의 군사를 유인해서 죽일 터이니, 곽사 장군은 놈들의 뒤를 쳐서 옛날에 팽월彭越이 초나라 군사를 괴롭히던 수법(팽월은 전한前漢 때 장군으로, 한 고조 유방이 초나라 항우와 싸울 때마다 적의 뒤를 쳐서 도왔다)을 쓰되, 우리가 징을 치거든 공격하고 북을 치거든 물러서시오. 그리고 장제 장군과 번주 장군은 각기 군사를 거느리고 두 길로 나뉘어 직접 장안을 향하여 쳐들어가시오. 그러면 여포는 양쪽을 다 막을 수가 없어서 반드시 크게 패할 것이오."

이각이 말하니, 모두가 그 계책에 찬동했다.

한편, 여포는 군사를 거느리고 이각의 군사가 도망가 있는 산밑까지 왔다. 이각은 군사를 거느리고 산골짜기 입구로 나가서 여포의 군사에게 싸움을 걸었다. 여포가 분노하여 쳐들어오자, 이각은 산 위로 올라가서 돌과 화살을 빗발치듯 쏘아 내린다. 여포의 군사는 더 쳐들어가지를 못하는데, 뒤에서는 곽사가 군사를 거느리고 쳐들어온다는 보고가 들어온다. 여포는 급히 군사를 돌려 곽사를 맞이하여 싸우는데, 갑자기 북소리가 크게 일어난다. 그러자 곽사의 군사는 어디로인지 물러가버렸다.

여포가 군사를 수습하려는데, 이번에는 태징 소리가 크게 일어나더니 이각이 군사를 거느리고 내달아온다. 여포가 이각과 싸우기도 전에, 아까 어디로인지 사라졌던 곽사가 군사를 거느리고 다시 나타나 뒤를 친다는 기별이었다.

이에 여포가 이각을 버리고 뒤로 돌아갔을 때였다. 또 한 번 북소리가 크게 일어나더니, 곽사의 군사는 어디로인지 물러가버린다.

안팎곱사등이가 된 여포는 답답하도록 화가 나서, 며칠 동안을 싸우려 하나 싸우지도 못하고, 그냥 있으려 해도 그냥 있을 수도 없어서 괴로워하던 참이었다.

파발꾼이 나는 듯이 말을 달려와서 여포에게 보고한다.

"장제와 번주 두 적장이 군사를 두 길로 나누어 거느리고 마침내 장안을 공격 중입니다. 장안이 위급합니다."

여포는 급히 군사를 돌려 장안을 향하여 떠나가는데, 뒤에서 이각과 곽사가 군사를 거느리고 일제히 뒤쫓아오며 무찌른다. 그러나 여포는 싸울 경황이 없어서, 달아나듯 장안으로 달리는 동안에 많은 군사와 말을 잃었다.

여포가 장안성 안에 돌아왔을 때는 이미 적군이 구름처럼 빗발처럼 모여들어 성城과 호濠를 에워싸는 중이었다.

여포의 군사들은 싸워봤자 이롭지 못할 것을 알았다. 그들은 또 여포의 성미가 몹시 사납고 모질다는 것도 잘 알았다. 그래서 군사들은 몰래 빠져 나가 적군에게 속속 투항했다. 여포의 근심은 이만저만이 아니었다.

며칠이 지났다.

장안성 안에 있는 지난날 동탁의 여당餘黨인 이몽李蒙과 왕방王方이 성밖의 적군과 내통하고 성문을 몰래 열어줬다. 이에 사방의 적군이 일제히 성안으로 몰려들어온다. 여포는 들어오는 적군에게로 달려들어가서 좌충우돌하나 물밀듯 들어오는 형세를 막을 도리가 없었다.

여포는 하는 수 없이 기병 수백 명을 거느리고 청쇄문青璅門 바깥에 가서, 왕윤을 불러냈다.

"사세가 급하오. 대감은 속히 말을 타고, 나와 함께 관關 밖으로 떠나가서, 다시 좋은 계획을 생각해봅시다."

왕윤은 대답한다.

"사직社稷(토지의 신)의 영험을 입어 국가가 편안한 것이 나의 소원이오. 그렇지 못할 경우엔 몸을 나라에 바쳐 죽을 따름이라. 이런 위기를 만나 구차히 살고 싶지는 않소. 그대는 나를 대신하여 관동關東 제후들에게 사죄하되 나라를 위해 노력해주기를 부탁 드리노라고 전해주시오."

여포가 재삼 권하나 왕윤은 떠나려 하지 않았다.

이때 모든 성문에서 불이 일어나 하늘로 치솟았다. 여포는 아내와 자식들도 버려둔 채 기병 백여 명만 거느리고 관 바깥으로 달아나, 원술에게로 향했다.

이각과 곽사는 군사들이 마구 노략질하는 대로 버려뒀다.

이에 태상경太常卿(의례와 제사를 맡아보는 장) 충불撑拂과 태복太僕(마정馬政을 맡은 관원) 노규魯楑와 대홍려大鴻臚(제후와 이민족의 사자를 영송迎送하는 벼슬) 주환周奐과 성문교위城門校尉 최열崔烈과 월기교위越騎校尉 왕기王琦 등도 다 싸우다가 죽었다.

마침내 적군들은 궁중 내정內庭을 에워싼다. 시신侍臣들은 천자께 아뢴다.

"청컨대 선평문宣平門에 오르사 난亂을 중지하라는 성지를 내리소서."

이각 등은 천자가 탄 황개련黃蓋輦이 나오는 것을 바라보자, 군사들을 정돈하고 일제히 만세를 외친다.

헌제는 문루門樓에 올라가서 굽어보며 묻는다.

"경들이 미리 아뢰지 않고 장안으로 쳐들어왔으니, 장차 어쩔 셈이오?"

이각과 곽사는 천자를 우러러보며 아뢴다.

"동태사는 폐하의 사직지신社稷之臣인데, 무단히 왕윤의 꼬임수에 걸려 억울하게 죽었습니다. 신들은 원수를 갚으러 왔을 뿐, 추호도 반역하러 온 것은 아닙니다. 왕윤만 내주시면 신들은 곧 군사를 물러가도록 하겠습니다."

왕윤은 천자 곁에서 이 말을 듣자 아뢴다.

"신은 본시 나라를 위해 계책을 쓴 것이었는데, 사태가 이 지경에 이르렀으니, 폐하는 신을 아끼다가 국가를 그르치는 일이 없도록 하소서. 청컨대 신은 곧 내려가서 두 역적 놈과 직접 만나겠습니다."

황제는 주저할 뿐 차마 허락을 못한다. 왕윤이 마침내 선평문 문루에서 뛰어내리며 크게 외친다.

"왕윤이 여기 있노라!"

이각과 곽사는 칼을 뽑으며 꾸짖는다.

"동태사가 무슨 죄가 있다고 죽였느냐?"

왕윤은 대답한다.

"역적의 죄는 하늘에까지 가득하여 이루 다 말할 수 없기 때문에 동탁이 죽었을 때 장안의 모든 선비와 백성들은 서로 축하하였거늘, 그래 네 놈들만 듣지 못했느냐."

이각과 곽사는 따진다.

"그래 태사는 죄가 있다 치자. 우리에겐 무슨 죄가 있기에, 지난날 사람을 보냈는데도 너는 우리를 꼭 죽이겠다고 했느냐?"

왕윤은 크게 욕한다.

"역적 놈들이 어찌 이리 말이 많은가. 나는 오늘 죽을 따름이다!"
이각과 곽사는 칼을 번쩍 들어 선평문 문루 아래서 왕윤을 죽였다. 사관史官이 왕윤을 찬탄한 시가 있다.

> 왕윤은 적절한 기회에 계책을 써서
> 간신 동탁을 죽이고
> 오로지 나라를 생각하는 마음에 한이 맺혀서
> 얼굴은 종묘 사직을 위한 근심으로 가득했도다.
> 그의 영특한 기상은 은하수까지 뻗었으며
> 그의 충성은 북두성北斗星을 꿰뚫었으니
> 오늘날에 이르도록 그 넋은
> 오히려 봉황루를 감도는도다.
> 王允運機籌
> 奸臣董卓休
> 心懷安國恨
> 眉鎖廟堂憂
> 英氣連霄漢
> 忠心貫斗牛
> 至今魂與魄
> 猶潘鳳凰樓

모든 역적은 왕윤을 죽이고 한편 사람을 보내어 왕윤의 집안은 말할 것도 없고, 그 친척의 노인과 어린 것까지 몰살하니, 백성들 중에 울지 않는 자가 없었다. 사태가 이 지경에 이르자, 이각과 곽사는
"이때에 천자를 죽이고 큰일을 도모하지 않으면, 장차 어느 때를 기

다리리요."

하고 마침내 칼을 들고, 궁으로 쳐들어갈 결심을 하니,

괴수 놈이 벌을 받아 꺼꾸러지자, 끝났는가 했더니
그 부하 놈들이 날뛰어서, 다시 위기는 닥쳐왔다.
巨魁伏罪災方息
從賊縱橫禍又來

헌제의 목숨은 과연 어찌 될지.

제10회

마등은 왕실을 위하여 의병을 일으키고
조조는 부친의 원수를 갚으려 군사를 일으키다

이각과 곽사 두 역적은 헌제를 죽일 작정인데 장제와 번주가 말린다.

"이런 경우에 황제를 죽이면 많은 사람들이 우리에게 복종하지 않을 것이오. 황제는 그대로 두고 우선 각 지방의 모든 제후들을 관 안으로 유인하여 처치합시다. 그렇게 한 후에 황제를 죽여야만 천하를 도모할 수 있소."

이각과 곽사는 장제와 번주의 말을 듣고야 슬며시 칼을 내려놓았다.

황제는 문루 위에서 묻는다.

"왕윤은 이미 죽었는데 어째서 군사들은 물러가지 않느냐?"

이각과 곽사가 대답한다.

"신들은 왕실에 공을 세웠건만, 아직 벼슬을 받지 못했기 때문에 군사를 물러가라 할 수 없습니다."

"경들은 무슨 벼슬을 원하는가?"

이각, 곽사, 장제, 번주 네 역적은 각기 원하는 벼슬을 글로 써서 바친다.

"꼭 이대로 관직을 내려주소서."

황제는 하는 수 없이 이각을 거기장군 지양후池陽侯로 봉하고 겸하여 사례교위로 임명하고, 절節(대나무로 만들고 소 꼬리를 달아맨 것이니 천자의 신표信標)과 월鉞(무기의 일종이니 천자가 대장군에게 군권을 맡기는 신표)을 주었다. 곽사를 후장군 미양후美陽侯로 봉하고 또한 절·월을 주고 함께 조정 정사를 맡아보게 했다. 번주를 우장군右將軍 만년후萬年侯로, 장제를 표기장군 평양후平陽侯로 봉하고, 함께 군사를 거느리고 홍농군弘農郡에 가서 주둔하도록 했다. 이번에 역적과 내통하고 성문을 열어준 이몽과 왕방 등에게도 각각 교위를 시켰다.

이에 그들은 황제께 절한 다음에 군사를 거느리고 장안성을 나갔다. 그들은 동탁의 시체와 목을 찾도록 영을 내려 약간의 살과 뼈 조각을 모으자, 향나무로 그의 형체를 새겨 모시고 크게 제사를 지내고 왕이 입는 옷차림에 관을 씌워 큰 널에 넣은 후, 택일하여 미오 땅에 묻으려 운구해갔다.

미오 땅에 이르러 장사를 지내려는데, 갑자기 하늘에서 크게 천둥 소리가 일어난다. 비가 억수로 쏟아져 삽시간에 평지도 물이 몇 척이나 고였다. 급기야는 뇌성벽력에 널까지 쪼개져서 시체가 바깥으로 드러나 보인다.

이각은 날씨가 개기를 기다렸다가 다시 장사를 지내는데 그날 밤도 역시 그러하였다. 결국 세 번이나 장사를 지내려다가 지내지 못하니, 동탁의 살과 뼈 조각은 그나마도 뇌성벽력에 모조리 타버려서 재도 찾아볼 수가 없었다. 하늘이 동탁을 미워하심이 이렇듯 심했다.

그 후로 이각과 곽사는 모든 권력을 잡고 백성들을 학대하며, 심복 부하들을 시켜 황제를 모시게 하고 동정을 살폈다.

사태가 이 지경이니 황제는 가시 방석에 앉아 있는 거나 다름없었다. 두 역적은 조정 벼슬을 마음대로 떼고 붙이며, 민심을 얻어야 한다면서 인망 있는 주준을 조정으로 불러들여 태복 벼슬을 시키고, 함께 나라 정사를 보았다.

어느 날이었다. 지방 관리 한 사람이 급히 말을 달려와서 보고한다.

"서량 태수 마등과 병주幷州 자사 한수韓遂가 군사 10만여 명을 거느리고 장안을 치러 오는 중입니다."

원래 마등과 한수 두 장군은 장안을 치러 떠나기 전에 모든 계책이 서 있었다. 즉, 두 장군은 먼저 사람을 장안으로 보내어 시중 마우馬宇, 간의대부 충소種邵, 좌중랑 유범劉範과 내통하고, 함께 역적의 무리를 쳐죽이기로 연락이 되어 있었던 것이다.

그래서 두 장군과 내통한 세 사람은 비밀리에 이 일을 아뢰었고, 황제는 마등을 정서장군征西將軍으로, 한수를 진서장군鎭西將軍으로 봉한다는 조서를 비밀리에 두 장군에게로 보냈으며, 안팎에서 힘을 합쳐 역적을 치도록 분부했던 것이다.

이에 이각, 곽사, 장제, 번주 등은 마등과 한수가 군사 10만여 명을 거느리고 장안을 치러 온다는 보고를 받자 방어할 계책을 상의한다.

모사 가후는 말한다.

"적군이 먼 곳에서 오니, 우리는 호를 깊이 파고 성벽을 높이 쌓아 굳게 지키고 막으면, 백 일이 지나기 전에 그들은 먹을 양식이 없어서 자연 물러가지 않을 수 없을 것이오. 그때에 우리가 군사를 거느리고 물러가는 그들을 추격하면, 마등과 한수를 사로잡을 수 있습니다."

이몽과 왕방은 반대한다.

"그건 좋은 계책이 아니오. 바라건대 날쌘 군사 만 명만 우리에게 주면, 즉시 마등과 한수의 목을 참하여 휘하麾下에 바치겠소."

가후는 머리를 흔든다.

"그들과 직접 싸우면 반드시 패하오."

이몽과 왕방은 일제히 우긴다.

"만일 우리 두 사람이 지거든 군법에 의해서 목을 참하오. 그러나 이기거든 그때는 당신의 목을 주시오."

가후는 이각과 곽사에게 말한다.

"이곳 장안에서 서쪽으로 2백 리 밖에 있는 주질산吾顚山은 길이 매우 험준합니다. 장제와 번주 두 장군은 그곳에 군사를 주둔하고 산을 방패 삼아 굳게 지키시오. 연후에 이몽과 왕방이 나가서 적군을 맞이하여 싸우는 것이 좋을 것이오."

이에 이각과 곽사는 가후의 말대로 이몽과 왕방에게 군사 만 5천 명을 줬다. 이몽과 왕방은 군사를 거느려 장안을 흔연히 떠나 280리 밖에 가서 영채를 세웠다.

서량 군사가 당도하자, 이몽과 왕방은 군사를 거느리고 싸우러 나간다. 서량 군사는 길을 막다시피 늘어서서 진영을 벌였다. 마등과 한수가 말 머리를 나란히 하여 나오면서, 이몽과 왕방을 손가락질하며 묻는다.

"누가 나가서 저 나라를 배반한 역적들을 사로잡겠느냐!"

말이 끝나기도 전이었다. 얼굴은 관옥冠玉 같고, 눈은 흐르는 별 같고, 체구는 범 같고, 팔은 원숭이 같고, 배는 표범 같고, 허리는 늑대같이 생긴 한 소년 장군이 손에 긴 창을 들더니 날쌘 말에 올라타고 진영 속에서 나는 듯이 달려 나온다. 그는 마등의 아들 마초馬超니, 자는 맹기孟起요 금년 나이는 17세였으나 영특하여 용맹하기 짝이 없었다.

왕방은 상대가 어린 것을 업신여기고 말을 껑충껑충 달려나가 싸운 지 불과 수합에 마초의 창에 찔려 말 아래로 떨어져 죽는다. 마초는 말고삐를 돌려 진으로 돌아가는데, 왕방의 죽는 꼴을 본 이몽이 혼자서 마초의 등뒤를 치러 달려나간다. 그러나 마초는 등뒤에서 이몽이 달려오는 줄을 전혀 모르는 것 같다.

이때, 마등이 진문陣門 아래서 아들 마초를 향하여 크게 외친다.

"네 등뒤에 적장이 달려온다. 조심하여라!"

마등의 외치는 소리가 끝나기도 전이었다. 이 웬일인가. 어느새 마초는 이몽을 사로잡아 자기 말 위로 끌어올리고 있었다. 원래 마초는 뒤쫓아오는 이몽을 역력히 알면서도 일부러 모르는 체하다가, 이몽이 바로 등뒤까지 쫓아와서 창을 들어 찌르는 순간에 가볍게 몸을 비켰던 것이다. 이몽의 창이 허공을 찌르고 빗나가는 순간, 마초와 이몽의 말이 나란히 뛰게 되자, 마초는 원숭이 같은 긴 팔을 뻗어 이몽을 감아올렸던 것이다. 참으로 눈 깜짝할 사이의 놀라운 광경이었다.

적군은 단 하나 남은 장수마저 사로잡히는 꼴을 보자 혼비백산하여 달아난다. 마등과 한수는 기회를 놓치지 않고 추격하여 마구 무찔러 죽인다. 그들은 크게 승리한 김에 바로 협곡峽谷 어귀까지 나아가서 영채를 세우고, 이몽의 목을 참하여 기세 등등하였다.

한편, 장안의 이각과 곽사는 이몽과 왕방이 마초에게 죽음을 당했다는 보고를 받고 깜짝 놀랐다. 그제야 그들은 가후에게 앞날을 내다보는 지견이 있음을 알고, 그의 계책을 존중한 나머지, 마등과 한수 두 장군이 아무리 싸움을 걸어와도 나가지 않고 철벽같이 지키기만 했다.

과연 가후의 예언은 들어맞았다. 서량군은 불과 두 달이 못 되어 군량과 마초가 부족해서 돌아갈 상의를 해야만 했다.

하필이면 이때 장안성 안에서는 마우의 집 종놈이 군부에 가서,

"소인의 주인 마우는 유범, 충소와 함께 서량군의 장수 마등, 한수와 내통하여 음모를 꾸미고 있습니다."

하고 고발했다.

이각과 곽사는 크게 분노하여 그들 세 사람 집안의 노인, 젊은이, 심

지어 종놈 종년까지 시정으로 끌어내어 모조리 참하고 마우, 유범, 충소의 머리를 성문 위에 높이 매달았다.

성 바깥의 마등과 한수는 군량도 없는데다가 성안 동지들의 비밀이 탄로났음을 알자, 곧 영채를 뽑고 군사를 거느리고 물러간다.

이에 이각과 곽사는,

"장제는 마등을 추격하라. 번주는 한수를 추격하라."

하고 명령했다.

그래서 서량군은 쫓기어 달아나며 크게 패하였으나, 소년 장군 마초가 죽을 각오로 싸워 장제를 격퇴했다.

번주는 쫓아가 진창陳倉 땅 가까이에서 한수를 추격한다. 달아나던 한수는 말을 돌려 세우더니, 번주를 향하여 외친다.

"나와 그대는 한 고향 사람이거늘, 오늘날에 이르러 어찌 이리도 무정하냐!"

달려오던 번주도 말을 멈추며 대답한다.

"상관의 명령이니 하는 수 없다."

한수는 거듭 묻는다.

"내가 여기에 온 뜻은 나라를 위해서이다. 그러하거늘, 그대는 어째서 나와 사생결단을 내자는 거냐?"

이 말을 듣자 번주는 아무 말 없이 말 머리를 돌리고 군사를 거두어 돌아가면서, 한수를 달아나게 했다.

그런데, 이각의 조카 이별李別은 번주가 한수를 놓아 보내는 장면을 보고서 돌아오는 즉시로 아저씨인 이각에게 이 사실을 고해바쳤다.

모사 가후는 말한다.

"지금 인심이 안정되지 않았는데, 군사를 자주 일으키는 일은 피해야 합니다. 차라리 잔치를 차려 장제와 번주를 초청하고, 그들의 공로를 축

번주를 죽이려 하는 이각과 곽사

하하는 체하다가, 그 자리에서 번주를 잡아죽이면 그만입니다."

이각은 매우 반기며 곧 잔치를 차리고 장제와 번주를 초청했다. 두 장수가 기꺼이 잔치 자리에 와서 술이 얼근히 취했을 때였다. 이각의 표정이 갑자기 변한다.

"번주는 어째서 적장 한수와 내통하고 반역하려 하느냐!"

번주는 깜짝 놀라, 미처 대답도 하기 전에 도부수刀斧手들이 일제히 뛰어나와 에워싸더니 그 자리에서 목을 참했다. 돌변한 광경에 넋을 잃은 장제는 영문도 모르면서 마룻바닥에 꿇어 엎드렸다.

이각은 장제를 부축하여 일으키며,

"번주는 반역했기 때문에 죽였지만, 그대는 나의 심복이라. 놀랄 것이 무엇이리요."

하고 번주가 거느리던 군사까지 내줬다. 이에 장제는 모든 군사를 아울러 거느리고 홍농군弘農郡으로 돌아갔다.

이각과 곽사가 서량군을 무찔러 이긴 뒤로는 천하 제후들 중에서 감히 군사를 일으키는 자가 없었다.

모사 가후는 이각과 곽사에게 누누이 권하여 백성을 위하게 하고 어진 사람과 호걸을 등용시켰으므로, 이때부터 조정에는 약간의 생기가 돌았다.

그러나 누가 알았으리요. 청주靑州 땅에서 황건적이 또 일어나 수십만 명을 모았으나, 별 뚜렷한 두목은 없고, 선량한 백성들을 노략질하는 짓이 일쑤였다.

어느 날, 조정에서 태복 주준이 말한다.

"한 사람을 천거하겠습니다. 그 사람이라야만 황건적을 무찌를 수 있습니다."

이각과 곽사는 묻는다.

"그 사람이란 누구요?"

주준이 천거한다.

"산동 지방의 뭇 도둑을 격파하려던 조맹덕曹孟德(조조의 자)이 아니면 못합니다."

이각은 묻는다.

"맹덕은 지금 어디에 있소?"

"지금 동군東郡 태수로 있으면서 많은 군사를 두었으니, 그 사람에게 황건적을 치도록 명령하면 머지않아 뭇 도둑을 소탕해버릴 것이오."

이각은 크게 기뻐하고 그날 밤으로 조서를 써서 사람을 동군 땅 조조에게로 보냈다.

그 조서 내용은 제북濟北의 상相인 포신과 합세하여 함께 도둑들을 치라는 칙명이었다. 조조는 천자의 성지聖旨를 받들어 포신과 회합하고 일제히 군사를 일으켜 수양壽陽 땅으로 쳐들어갔다.

그러나 포신은 너무 황건적 깊숙이 쳐들어가다가 그만 도둑들에게 죽음을 당했다. 그 대신 조조는 달아나는 황건적을 추격하여 바로 제북 땅까지 이르자, 황건적은 그만 기진맥진해서 무기를 버리고 투항해온 자가 수만 명이었다.

조조는 항복해온 도둑 군사들을 맨 앞 선봉으로 내세워 황건적을 소탕하니, 그 군사가 가는 곳마다 항복하지 않는 자가 없어서, 불과 백여 일 만에 30여만 명이 항복해왔다. 조조는 점령 지구의 남자와 여자까지 합친 백만여 명 중에서 날쌘 자만 뽑아 청주군靑州軍이란 명칭을 붙이고, 그 나머지는 각기 고향으로 돌려보내어 농사를 짓게 했다. 이때부터 조조의 이름은 나날이 크게 떨치었으니 때는 초평 3년(192) 겨울 12월이었다.

승리를 아뢰는 첩서捷書가 장안에 이르자, 조정에서는 조조에게 진동장군鎭東將軍이란 벼슬을 더 봉하였다.

조조는 연주徐州 땅에서 널리 어진 인물들을 모으고 있었다. 하루는 숙질叔姪간인 두 사람이 조조를 찾아왔다. 하나는 영주군穎州郡 영주현穎州縣 사람이니 성명은 순욱荀彧이요, 자는 문약文若이었다. 그는 순곤荀緄의 아들로서 지난날은 원소를 섬기다가 이번에 조조에게로 온 사람이다.

조조는 순욱과 세상사를 논하더니,

"순욱은 나의 장자방張子房(한 고조에게 천하 통일을 성취시킨 장양)이로다."

하고 크게 기뻐하며, 마침내 행군사마行軍司馬로 삼았다.

또 한 사람은 순유荀攸였다. 순유의 자는 공달公達이니 세상에 널리 알려진 유명한 선비였다. 일찍이 황문시랑黃門侍郎으로 있었으나 벼슬을 버리고 고향에 돌아갔다가 이번에 그 숙부 순욱과 함께 조조에게 온 사람이다. 조조는 순유를 행군교수行軍敎授로 삼았다.

순욱은 조조에게 말한다.

"이곳 연주 땅에 어진 선비가 있다는 말을 들은 적이 있는데, 지금은 그 사람이 어디 있는지 모르겠소."

조조는 묻는다.

"어진 선비라니 누군가요?"

순욱은 대답한다.

"바로 동군東郡 동아東阿 땅 사람으로서 성명은 정욱程昱이요 자는 중덕仲德이오."

조조는 머리를 끄덕인다.

"나도 그 이름을 오래 전부터 들은 일이 있소."

조조는 사람을 시켜 찾게 하였더니, 정욱이 산속에서 독서하며 생활한다는 보고가 들어왔다. 조조는 성의를 다하여 초청했다. 정욱이 오자, 조조는 크게 기뻐한다.

정욱은 순욱에게 말한다.

"나는 보고 들은 것이 고루해서 족히 형의 추천을 받을 만한 사람이 못 되오마는, 형의 고향에 성명은 곽가郭嘉요 자는 봉효奉孝란 사람이 있어 당대의 어진 선비인데, 왜 데려오지 않소?"

"하마터면 그를 잊을 뻔했소!"

순욱은 즉시 조조에게 품하고 사람을 보내어 곽가를 예의로써 초청했다.

곽가는 연주 땅에 와서 함께 천하 일을 논하고 광무황제光武皇帝의 적손적손嫡孫인 회남淮南(구강군九江郡) 성덕成德 땅 사람 유엽劉曄을 천거했다. 유엽의 자는 자양子陽이다. 조조는 그날로 사람을 보내어 유엽을 성의

껏 초빙했다.

유엽은 와서 조조에게 두 사람을 천거했다. 한 사람은 산양군山陽郡 창읍현昌邑縣 출신으로 성명은 만총滿寵이요 자는 백녕伯寧이며, 또 한 사람은 무성武城 땅 출신으로 성명은 여건呂虔이요 자는 자격子格이었다.

조조도 일찍이 그 두 사람의 명성을 들어서 알았기 때문에 사람을 보내어 초빙하고 군부종사軍部從事로 삼았다.

만총과 여건이 함께 한 사람을 천거하니, 그는 진류군陳留郡 평구平丘 땅 사람으로 성명은 모개毛驚요 자는 효선孝先이었다. 조조는 또한 초빙하여 모개에게 군부 일을 맡겼다.

한 장수가 군사 수백 명을 거느리고 조조를 찾아왔다. 그는 태산군泰山郡 거평현鉅平縣 사람으로 성명은 우금于禁이요 자는 문칙文則이었다. 조조는 우금의 활 솜씨와 말을 다루는 솜씨뿐만 아니라 무예가 절륜함을 보고서, 점군사마點軍司馬로 삼았다.

어느 날이었다. 하후돈이 거인 한 사람을 데리고 들어왔다.

조조는 묻는다.

"어인 사람이냐?"

하후돈은 소개한다.

"이 사람은 진류군 출신으로 성명은 전위典韋니 용기와 힘이 출중합니다. 지난날은 장막張邈한테 있었으나, 그곳 군부 사람들과 비위가 맞지 않아서 맨주먹으로 수십 명을 때려죽이고 산속으로 달아났다고 합니다. 제가 사냥을 갔다가 마침 이 사람이 범을 쫓아 계곡을 지나가기에 데려왔는데, 오늘 특별히 주공께 천거합니다."

"내 이 사람을 보니 용모가 비범하다. 반드시 큰 용기와 힘이 있을 것이다."

하후돈은 계속 소개한다.

"전위는 지난날 친구의 원수를 갚자 그 죽은 머리를 들고 바로 시장으로 나갔으나 수백 명 사람들이 감히 접근하지 못했다 합니다. 지금도 무게가 80근이나 되는 쌍창을 두 손에 들고 말에 오르면 바람개비처럼 휘두릅니다."

조조는 분부한다.

"나에게 그 창 쓰는 법을 보여달라."

전위는 쌍창을 끼고 말을 달려 나는 듯이 오가는데, 문득 맹렬한 바람이 일어나더니 장하帳下의 큰 기가 금새 쓰러지려 기울어진다. 모든 군사들이 달려들었으나 깃대는 바람에 날려 더욱 요동한다. 이를 본 전위는 말에서 내려와 군사들을 물리치고는 한 손으로 깃대를 잡고 폭풍 속에 버티어 서니, 깃대는 높이 솟아 꼼짝을 않는다.

"전위는 그 옛날의 악래惡來(은殷나라 때 주왕紂王의 신하로 천하 장사였다)로다."

조조는 감탄하여 그 당장에서 본영本營의 도위都尉로 삼고, 친히 입은 비단옷을 벗어주고, 날쌘 말과 정교한 조각까지 새겨진 좋은 말 안장을 하사했다.

이리하여 조조의 부하에 학자 출신으로는 모신謀臣들이 있으며, 무사 출신들로는 용맹한 장수들이 있어서 산동 일대를 진압했다.

이에 조조는 태산泰山 태수 응소應劭를 낭야군瑯短郡으로 보내어 부친 조숭曹嵩을 모셔오게 했다.

조조의 아버지 조숭은 지난번에도 말한 바와 같이 진류 땅에서 낭야 땅으로 피난 가서 숨어 있었는데, 서신을 받아보자 바로 조조의 동생인 조덕曹德과 함께 집안 식구 남녀노소 40여 명과 따르는 자 백여 명과 차량 백여 대를 거느리고 연주로 향하였다. 그들 일행은 가는 도중에 서주 땅을 지나게 됐다.

서주 태수 도겸陶謙의 자는 공조恭祖니, 원래 인품이 온후하고 성실했다. 도겸은 평소 조조와 사귀고 싶었으나 기회가 없던 참에 조조의 부친이 자기 고을을 지나갈 것이라는 보고를 받자, 경계까지 나가서 조숭을 영접하고 두 번 절한 후 모시고 돌아와 이틀 동안 크게 잔치를 베풀어 극진히 대접했다. 뿐만 아니라 조숭이 떠나는 날, 도겸은 친히 성문 바깥까지 따라 나와서 전송하며, 특히 도위都尉 장개張闓에게 군사 5백 명을 주고 호위하도록 했다.

조숭이 식구를 거느리고 화현華縣 땅과 비현費縣 땅 경계에 이르니, 이때가 마침 여름이 끝나고 첫 가을로 접어든 계절이었다. 큰 소나기를 만나 어느 옛 절로 들어가서 하루를 묵게 됐다.

그 절 스님들의 접대를 받은 조숭은 우선 식구들을 쉬게 하고 장개를 불러 분부한다.

"장군은 양쪽 회랑廻廊에서 군사들과 말을 쉬게 하라."

모든 군사들은 옷이 비에 흠뻑 젖어서 투덜거린다. 이에 장개는 부하 두목 하나를 조용한 곳으로 불러 상의한다.

"우리는 피차 황건당黃巾黨의 살아 남은 무리로서 할 수 없이 도겸에게 귀순했지만, 한 가지라도 좋은 일이 있어야 말이지. 저 조씨 일가의 백여 대 차량 속엔 값진 것이 엄청나게 들어 있다. 우리가 부자가 될 수 있는 기회는 이번뿐이란 말이야. 오늘 밤 3경에 문을 부수고 들어가 조가 놈들을 모조리 죽여버리고, 재물을 빼앗아 함께 산속으로 들어가서 산도둑이 되는 것이 어떻겠느냐!"

결국은 모두가 좋다며 찬동했다.

그날 밤도 비바람은 그치지 않았다. 조숭은 자지 않고 앉아 있었다. 갑자기 사방 벽 너머에서 함성이 크게 일어난다.

조조의 동생 조덕은 칼을 들고 바깥으로 나가자마자 칼에 맞아,

"으악!"

외마디소리를 지르면서 죽어 자빠졌다.

아들의 비명 소리를 듣자, 조숭은 황망히 첩 하나를 데리고 방장실方丈室 뒤로 빠져 나가 담을 넘으려 한다. 그러나 그 첩은 워낙 뚱뚱해서 담을 넘지 못한다. 조숭은 더 지체할 수가 없어서 첩을 이끌고 급한 김에 뒷간으로 숨었다. 그러나 결국 군사들에게 발각되어 그들은 죽음을 당했다. 이 북새통에서 응소는 간신히 벗어나, 원소한테로 가서 몸을 의탁했다.

장개는 조숭 일가를 다 죽이자, 그 재물을 차지하고 절에 불을 질렀다. 장개는 부하 5백 명과 함께 회남淮南 땅으로 달아났다.

후세 사람이 이 일을 읊은 시가 있다.

> 조조를 간웅이라며 세상은 자랑하지만
> 그도 일찍이 여씨(여백사) 집안사람을 몰살한 일이 있도다.
> 오늘날 그의 집안사람이 다 죽음을 당했으니
> 하늘의 이치는 돌고 돌아 갚음을 하는도다.
> 曹操奸雄世所誇
> 曾將呂氏殺全家
> 如今闔戶逢人殺
> 天理循環報不差

응소의 부하 중에서 무사히 도망친 군사 한 명이 돌아가서, 조조에게 이 사실을 보고했다. 조조는 집안이 몰살당했다는 소식을 듣자 엎드려 통곡한다. 모든 사람이 부축해 일으키자 조조는 이를 갈며,

"도겸이 군사를 딸려 보내어 나의 부친을 죽였으니 하늘 아래 함께

부친의 원수를 갚기 위해 서주로 향하는 조조

살 수 없는 나의 원수이다. 내 이제 군사를 모조리 일으켜 서주를 쳐서 쑥대밭을 만들고 이 한을 풀리라."
하고 순욱과 정욱에게 군사 3만 명을 주어 견성甄城, 범현范縣, 동아東阿 세 고을을 지키도록 했다. 조조는 그 나머지 군사를 모조리 일으켜 서주 땅으로 쳐들어간다.

조조는 하후돈, 우금, 전위를 선봉으로 삼고 분부한다.

"성지城池를 점령하거든, 그 성안의 백성들을 모조리 죽여 내 부친의 원수를 갚으라!"

잔인하고도 무서운 명령이었다.

이때, 구강九江 태수 변양邊讓은 서주 태수 도겸과 평소 친한 사이였다. 변양은 장차 서주가 위급할 것이라는 소문을 듣자, 친히 군사 5천 명을 거느리고 구원하러 떠나갔다.

　이 소식을 듣자 조조는 노기 등등하여,

　"하후돈은 변양을 도중에서 막고 무찔러 죽여라."

하고 급히 보냈다.

　이때 진궁陳宮은 동군東郡에서 종사從事로 있었기 때문에 서주 태수 도겸과 친한 터였다. 진궁은 조조가 군사를 일으켜 부친의 원수를 갚고자 백성들을 다 죽일 작정이라는 소문을 듣자마자, 밤낮없이 조조에게로 말을 달려갔다.

　조조는 진궁이 온 것은 도겸을 위해서 자기를 설득하려는 짓인 줄로 알고 만나지 않으려 했으나, 지난날의 은혜를 생각해서 장중帳中으로 불러들였다. 조조는 지난날 동탁을 죽이려다가 실패하고 달아나다 붙들렸을 때, 밤에 진궁이 자기를 풀어주어 함께 도망쳤던 일을 잊을 수 없었던 것이다(제4회 참조).

　진궁은 간곡히 조조에게 타이른다.

　"내 들으니 영감이 대군을 일으켜 서주 땅을 치고 부친 원수를 갚고자, 이르는 곳마다 백성을 모조리 죽일 작정이라 하기에, 특별히 와서 말씀드리는 거요. 도겸은 원래 인자한 사람이며 어진 군자요. 이익을 위해서 의리를 저버리는(진궁의 이 한마디는 지난날 조조가 여백사와 그 집안사람을 몰살한 일을 풍자한 것이다) 그런 사람은 아니오. 사실을 말씀 드리자면 영감 춘부장께서 피살된 것은 장개가 저지른 죄악이지 결코 도겸의 죄는 아니오. 더구나 서주 땅 일대의 백성들은 영감과 아무 원한도 없는데 그들을 죽인다면 이는 상서롭지 못한 일이니 거듭 깊이 생각하시오."

　조조는 격분한 음성으로 대답한다.

　"그대가 지난날, 나를 버리고 가더니, 이제 무슨 면목으로 다시 찾아

왔소? 도겸이 우리 집안을 몰살했으니 내 맹세코 도겸의 담을 도려내고 염통을 찍어내어 원한을 갚겠소. 그대가 도겸을 위해서 설득하려 하나, 나는 듣지 않을 테니 어쩔 테요?"

진궁은 조조와 작별하고 나와서,

"내 아무런 성과도 얻지 못했으니 도겸을 대할 면목이 없구나!"

길이 탄식하고 마침내 몸을 의탁하러 진류 태수 장막에게로 떠나갔다. 이리하여 조조의 군사는 이르는 곳마다 백성들을 죽이며 무덤들을 파헤쳤다.

한편 서주 태수 도겸은 조조가 군사를 일으켜 원수를 갚는다고 백성들을 닥치는 대로 죽이며 쳐들어온다는 보고를 듣자, 하늘을 우러러 통곡한다.

"내가 하늘에 무슨 죄를 지었기에, 서주 땅 일대의 백성들이 이런 참혹한 변을 당하는가!"

도겸은 수하 관리들과 함께 상의한다. 조표曹豹가 말한다.

"조조의 군사가 쳐들어오는데, 어찌 팔짱을 끼고 앉아서 죽기만 기다리겠습니까. 제가 주공을 도와 적을 격파하겠습니다."

도겸은 하는 수 없이 군사를 거느리고 나갔다. 멀리 바라보니 조조의 군사는 서리를 편 듯 눈보라가 일듯 무기를 번쩍이는데, 중군中軍에 세운 흰 기에는 '보수설한報讐雪恨'(원수를 갚아 원한을 씻는다)이란 넉 자가 큼직하게 씌어 있었다.

기병들이 열을 지어 진영을 벌인 가운데 조조가 말을 달려 나오는데, 흰 상복 차림으로 채찍을 들어 크게 꾸짖는다. 도겸도 또한 문기門旗 아래로 나서서 몸을 숙여 인사하고 대답한다.

"나는 원래 영감과 친히 사귀고 싶었고, 그래서 장개를 시켜 영감 춘부장 어른을 호위하도록 보냈소. 그놈이 도둑의 버릇을 고치지 못하여 도중에서 그런 일을 저지른 것이지, 참으로 이 도겸이 시킨 짓은 아닙니다. 그러니 영감은 깊이 통촉하시오."

조조는 저주한다.

"보잘것없는 늙은 것이 우리 부친을 죽이고도 오히려 함부로 입을 놀리느냐! 누가 나가서 저 늙은 도둑을 사로잡을 테냐?"

말이 끝나기도 전에 하후돈이 말을 달려 나간다.

이에 서주 편에서는 조표가 창을 들고 말을 달려 나와 서로 어우러져 싸우는데 갑자기 폭풍이 분다. 바람은 점점 세게 불어 모래가 하늘로 말려 올라간다. 돌들이 데굴데굴 구른다. 양쪽 군사가 바람을 피하느라 혼란스럽자, 조조와 도겸은 각기 군사를 거두었다.

도겸은 성안으로 돌아와서, 모든 수하 관리들과 상의하는 자리에서 말한다.

"조조의 군사가 많으니 대적하기 어렵구나. 스스로 내 몸을 결박하여 조조의 진영으로 나아가서 그들의 분풀이를 시키고, 서주군 일대의 백성을 살리리라."

도겸의 말이 끝나기도 전에 한 사람이 앞으로 나와 고한다.

"주공께서 오랫동안 서주를 다스렸기 때문에 백성들은 은혜에 감사하고 있습니다. 조조의 군사가 많지만 능히 우리 서주성을 격파하지는 못하리니, 주공은 백성과 함께 성을 굳게 지키고 나가지 마십시오. 제가 비록 재주는 없으나 조그만 계책을 써서, 조조가 죽어도 묻힐 땅이 없게 하리다."

모든 사람이 놀라,

"그 계책을 들려주오."

하고 물으니,

친히 사귀려 했던 일이 도리어 원수가 됐으나
하늘이 무너져도 솟아날 구멍은 있다.

本爲納交反成怨

那知絶處又逢生

그 사람은 과연 누구일까.

제11회

유현덕은 북해에서 공융을 구출하고
여포는 복양에서 조조를 격파하다

계책이 있노라고 말한 사람은 바로 동해군東海郡 구현朐縣 땅 출신으로 성명은 미축麋竺이요 자는 자중子仲이니, 대대로 내려오는 큰 부자였다.

지난날 그는 낙양에 가서 물건을 매매하고 수레를 타고 돌아오던 도중, 한 아름다운 부인을 만났다. 그 부인은 청한다.

"다리가 아프니 수레에 좀 태워주오."

미축은 수레에서 내려 걷고, 그 부인을 태웠다. 부인은 다시 청한다.

"미안하니 함께 타시지요."

그래서 미축은 수레 끝에 자리를 잡고 단정히 앉아 가는데, 부인에게 곁눈질 한 번 하지 않았다. 몇 리를 갔을 때 부인은 수레에서 내려달라더니 작별하며 말한다.

"나는 남방南方 화덕성군火德星君이오. 이번에 옥황상제의 분부를 받아 그대 집에 불을 지르러 가는 길인데, 그대가 정중한 예의로써 나를 대하였기 때문에 알려드리는 거요. 그대는 속히 돌아가서 집안 재물을 다른 데로 옮기시오. 나는 오늘 밤에 갈 것이오."

말이 끝나자마자 부인은 없어졌다. 미축은 크게 놀라, 집으로 달려가서 황급히 물건을 옮겼다.

그날 밤이었다. 과연 난데없는 불이 부엌 안에서 치솟더니, 집을 몽땅 태워버렸다. 미축은 크게 느낀 바 있어 재산을 나누어 가난으로 고생하는 사람들을 널리 구제했다.

그 뒤 미축은 도겸의 초빙을 받아 서주에 와서 별가종사別駕從事(주의 자사를 보좌하는 소임)로 있었던 것이다.

미축은 계책을 말한다.

"저는 몸소 북해군北海郡에 가서 공융에게 구원을 청하고, 또 한 사람은 청주로 가서 전해田楷에게 구원을 청하여, 만일 두 곳 군사가 일제히 오기만 하면, 조조는 물러가지 않을 수가 없습니다."

도겸은 머리를 끄덕이고 마침내 서신 두 통을 쓰고 묻는다.

"누가 청주에 가서 구원을 청하겠느냐?"

한 사람이 썩 나선다.

"제가 가리다."

모든 사람이 보니, 그는 바로 광릉廣陵 땅 출신으로 성명은 진등陳登이요 자는 원룡元龍이었다.

도겸은 먼저 진등을 청주로 떠나 보내고, 미축에게 서신을 주어 북해로 보내고, 자기는 서주성을 굳게 지키며 조조의 공격을 막았다.

한편, 북해 태수 공융은 자가 문거文擧니 노魯나라 곡부曲阜 땅 출신으로, 공자의 20대 후손이요, 태산도위泰山都尉 공주孔宙의 아들이었다. 그는 어려서부터 총명했다.

공융은 열 살 때 하남부윤河南府尹인 이응李膺을 뵈러 갔었다. 문지기가 어린 공융을 들여보내지 않자, 공융은

"우리 집은 이李대감 집과 대대로 친한 사이요."

제11회──249

해서 들어가게 됐다.
이응은 어린 공융이 들어와서 절하자 묻는다.
"너의 조상과 나의 조상이 대대로 친했다니 도무지 모를 소리구나."
공융은 대답한다.
"옛날에 공자께서 노자(노자의 성이 이씨다)께 '예禮란 무엇입니까'하고 물으셨으니, 어찌 때대로 내려오는 양가兩家의 의誼가 아니겠습니까."
이응은 크게 기특히 생각하는데, 때마침 태중대부太中大夫 진위陳墦가 들어왔다.
이응은 공융을 가리키며,
"참으로 기이한 아이다."
하고 들은 바를 말했다.
"어렸을 때 총명한 아이가 커서도 총명한 건 아니더군요."
진위가 말하자 공융은 대뜸,
"그 말을 들으니 그대는 어렸을 때 참 총명했던 모양이군요."
하고 응수했다.
좌중 사람들은 크게 웃으며 말했다.
"이 아이가 장성하면 반드시 당대 큰 인물이 되리라."
이때부터 공융은 신동神童으로 알려졌으며, 뒤에 중랑장中郎將이 되어 여러 번 벼슬을 옮기다가 북해 태수가 되었다. 공융이 무엇보다도 좋아하는 것은 손님들을 대접하는 일이었다. 그래서 그는 항상 말하기를,
"자리엔 손님들이 가득히 앉아 있으며, 술독엔 늘 술이 비지 않는 것이 나의 소원일세."
라고 하였다. 그는 북해에 있는 6년 동안에 크게 민심을 얻어 존경을 받았다.
그날도 많은 손님들과 앉아 있는데, 아랫사람이 들어와서 고한다.

"서주에서 미축이 왔나이다."

공융은 미축을 안내하도록 하고 온 뜻을 물었다. 미축은 도겸의 서신을 전하고 사정한다.

"조조의 공격이 심하니, 영감은 우리를 구원해주십시오."

공융은 대답한다.

"내 원래 도겸 영감과는 교분이 두텁소. 또 자중(미축의 자)이 친히 여기까지 왔으니 어찌 가지 않으리오마는 그러나 조조와 나는 평소에 아무런 혐의가 없소. 그러니 내 먼저 조조에게 서신을 보내어 화해하도록 권하겠소. 그래도 듣지 않으면 그때에 군사를 일으키겠소."

미축은 조른다.

"조조는 힘만 믿고 있으니 결코 화해하지 않습니다."

이에, 공융은 군사를 소집하는 한편, 사자에게 서신을 주어 조조에게로 보내고 상의하는 참이었다. 홀연 파발꾼이 말을 달려와서 고한다.

"황건적의 남은 무리 관해管亥가 도둑 수만 명을 거느리고 쳐들어옵니다."

공융은 깜짝 놀라, 본부 군사를 급히 일으켜 성문을 나가 황건적과 대적했다.

적군 속에서 관해가 말을 달려 나와 외친다.

"북해 땅에 곡식이 많다는 걸 알고 왔으니, 우리에게 양곡 만 석만 꾸어주면 곧 물러갈 것이오. 그러나 못하겠다면 즉시 북해성을 격파하고, 남녀노소 할 것 없이 씨를 말리리라."

공융은 꾸짖는다.

"나는 한나라 신하로서 대한大漢의 땅을 지키거니, 도둑놈에게 어찌 양식을 내주리요!"

이 말을 듣자 관해는 잔뜩 화를 내며 말에 박차를 가하고 칼을 춤추

듯이 휘두르며 바로 공융에게로 달려온다.

공융의 장수 종보宗寶는 창을 들고 말을 달려 나가 싸운 지 수합에 그만 관해의 칼에 맞아 말 아래로 떨어져 죽으니, 공융의 군사는 크게 혼란하여 성으로 도망쳐 들어왔다. 관해는 즉시 군사를 거느리고 북해성을 사방으로 에워쌌다.

포위를 당한 성 안에서 공융은 우울하였다. 구원을 청하러 왔다가 이 지경을 당한 미축은 한숨만 쉴 뿐 말이 없었다.

이튿날, 공융이 성 위에 올라가서 바라보니, 도둑의 군사는 참으로 많았다. 근심은 배나 더했다. 바로 이때, 성 바깥에서 한 사람이 창을 들고 말을 달려 적군 속으로 쳐들어가더니, 마치 무인지경을 드나들듯 좌충우돌하면서 바로 성 아래에 이르러 큰소리로 외친다.

"성문을 열어라!"

공융이 그 사람을 알 수가 없어서 선뜻 성문을 열어주지 못하는 동안, 도둑 떼가 그 사람을 잡으러 몰려온다.

그 사람이 몸을 돌려 도둑 10여 명을 잇달아 창으로 찔러 죽이자, 그제야 도둑들은 달아난다.

공융은 급히 성문을 열고 그 사람을 영접해 들이도록 했다. 성안으로 들어온 그 사람은 말에서 뛰어내리자 창을 버리더니, 바로 성 위로 올라와서 공융에게 절한다.

공융은 묻는다.

"그대는 누구요?"

"저는 동래군東萊郡 황현黃縣 땅 사람으로 성명은 태사자太史慈(성이 태사)며 자는 자의子義입니다. 저의 늙으신 어머님은 평소에 태수님의 은혜를 많이 받았습니다. 제가 어제 요동遼東에서 어머님을 뵈러 왔다가, 도둑들이 성을 공격하는 걸 알았습니다. 어머니께서 말씀하시기를,

내 평소 성주님께 여러 가지로 신세를 졌으니 네가 가서 도와드리라고 하시기에, 필마단기匹馬單騎로 왔습니다."

이 말을 듣자 공융은 크게 기뻐했다. 원래 공융은 태사자를 본 일은 없으나, 소문만 듣고도 그가 비범한 인물이란 것을 알았던 것이다. 그래서 공융은 태사자가 먼 지방에 가 있는 동안, 성에서 20리 밖에 산다는 그의 어머니에게 곡식과 비단을 늘 보내줬다. 이번에 그 어머니가 은혜에 보답하고자 아들을 보낸 것이었다.

공융은 태사자를 정중히 대하며 새로운 갑옷과 말 안장을 주었다.

태사자는 청한다.

"날쌘 군사 천 명만 주시면 성 바깥에 나가서 도둑들을 무찌르겠습니다."

"그대는 비록 용맹하나, 적이 너무 많으니 경솔히 나가지 말라."

태사자는 거듭 청한다.

"모친께서 태수님의 은혜에 감사하고 저를 보내셨으니 만일 도둑을 물리치지 못하면, 이 태사자도 또한 어머님을 뵈올 면목이 없습니다. 바라건대 죽을 각오로 한번 싸우겠소이다."

"내가 듣기로 유현덕은 당대 영웅이라 하니 만일 그가 와서 도와준다면 포위가 풀리겠으나 갈 만한 사람이 없구려."

태사자는 자원한다.

"태수께서 서신만 써주시면 제가 곧 떠나리다."

공융은 흔연히 서신을 써서 줬다. 태사자는 음식을 배불리 먹고, 갑옷을 입고 말을 타고 허리에 활과 화살통을 차고 손에 철창을 들고, 성문이 열리자 나는 듯이 달려나간다.

성 밑의 호濠 근처에 있던 도둑의 장수가 많은 졸개를 거느리고 일제히 달려든다. 태사자는 쏜살같이 달리며 잇달아 도둑들을 찔러 죽이고 포위를 벗어난다.

관해는 성에서 나온 자가 반드시 타처로 구원을 청하러 가는 줄 알았다. 그래서 기병 수백 명을 거느리고 태사자를 뒤쫓아가, 사면팔방으로 에워싸기 시작한다.

태사자는 창을 땅에 꽂고 활에 화살을 먹여 사면팔방으로 쏘니, 활시위 소리를 따라 말에서 굴러 떨어지는 도둑이 부지기수였다. 그제야 도둑들은 겁을 먹고 감히 태사자를 추격하지 못했다.

태사자는 밤낮없이 평원현平原縣으로 달려가서, 유현덕에게 예를 베풀고 북해 태수 공융이 포위당한 일을 말한 다음에 그의 서신을 바쳤다.

유현덕은 서신을 읽고 나서 묻는다.

"그대는 뉘신가요?"

"나의 성명은 태사자며 동해東海의 보잘것없는 사람입니다. 공융 태수와는 친척간도 아니며 한 고향 태생도 아니지만, 특히 뜻이 서로 맞아 근심과 곤란을 함께하기로 했습니다. 이번에 관해가 폭동을 일으켜 북해성을 포위하여, 공융 태수는 곤경에 빠져 시각을 다투는 위기에 처해 있습니다. 공융 태수는 대인大人(유현덕)께서 평소에 어질고 의를 존중하사 위급한 사람을 돕는다는 명성을 익히 들었기 때문에, 특히 저에게 창·칼을 무릅쓰고 도둑의 포위를 뚫고 가라 하셨기에 이처럼 와서 구원을 청하는 것입니다."

현덕은 옷깃을 여미며,

"세상에서 공융이 나를 알아주는가."

하고, 그날로 관운장, 장비와 함께 날쌘 군사 3천 명을 거느리고 북해군을 향하여 떠나갔다.

며칠 뒤 관해는 북해성을 구원하러 오는 군사를 보자, 친히 도둑들을 거느리고 싸우러 나왔다. 그는 유현덕이 거느리고 온 군사의 수가 의외로 적은 것을 보고 의아한 생각이 들 지경이었다.

북해에서 관해를 베는 관우. 왼쪽 위는 왼쪽부터 장비, 태사자, 유비

　유현덕이 관운장, 장비, 태사자와 함께 말을 달려 진영 앞에 늘어서자, 관해는 잔뜩 분노하여 달려온다. 태사자가 싸우러 달려나가는데 어느새 관운장이 앞서 나가서 바로 관해의 말과 접근하고 어우러져 싸우자, 모든 군사는 일제히 함성을 지른다. 그러나 관해가 어찌 관운장을 대적할 수 있으리요. 싸운 지 수십 합에 관운장의 청룡도가 한 번 번쩍하자, 관해는 두 조각이 나서 말 아래로 떨어진다.
　이때 북해성 위에서 공융이 바라보니 태사자와 장비가 도둑들을 치는데 마치 범이 염소 떼 속에 뛰어들어 종횡 무진으로 날뛰는 듯했다. 그제야 공융은 성문을 열고 군사를 거느리고 나아가 적을 협공했다.
　드디어 도둑 군사들은 크게 패하여 항복하는 자가 무수했다. 그 나머지는 사방으로 흩어져 달아났다.

공융은 유현덕을 영접하여 성안으로 들어와서 예를 베풀고 크게 잔치를 벌여 축하한다. 공융은 유현덕에게 미축을 소개하고 설명한다.

"실은 장개가 조조의 부친 조숭을 죽였는데, 조조는 이를 오해하고 대거 쳐들어가 서주성을 포위했기 때문에 도겸이 구원을 청해왔소."

유현덕은 말한다.

"도겸은 원래가 어진 군자인데 뜻밖에 억울한 오해를 샀군요."

"지금 조조가 백성을 학살하며 힘만 믿고 약한 자를 속이는 판국이오. 더구나 귀공은 한나라 종친으로서 왜 나와 함께 가서 서주를 돕고자 하지 않소?"

유현덕은 대답한다.

"감히 사양하는 것은 아니오. 보시다시피 거느린 군사는 미약하고 장수도 몇 명 안 되니, 경솔히 움직일 수가 없소."

공융은 거듭 묻는다.

"내가 도겸을 도우려는 뜻은 비록 지난날의 우정이라 할지 모르겠으나 또한 의리를 위해서 결심한 바요. 귀공도 의리를 위해서 일어설 생각은 없소?"

"기왕 이렇게 됐으니 영감은 먼저 가시오. 나는 공손찬에게 가서 군사 4, 5천 명만 빌려 뒤따라가겠소."

"귀공은 결코 신용을 잃지 마시오."

"영감은 나를 어떤 사람으로 생각하시오? 성인이 말씀하시기를 '예로부터 누구나 다 죽게 마련이다. 사람이 신용이 없으면 이 세상에 설 수 없다'고 하셨소. 유비는 군사를 빌리거나 못 빌리거나 간에 한번 승낙한 이상은 반드시 갈 것이니 안심하시오."

공융은 머리를 끄덕이고 미축을 먼저 서주로 돌려보내고 군사를 수습하려는 참이었다. 태사자는 공융에게 하직하는 절을 한다.

"저는 어머님 분부를 받자와 태수님을 돕고 이제 걱정이 없어졌으니 다행입니다. 양주楊州 자사 유요劉繇는 한 고향 출신으로서 또 서신을 보내와 저를 양주로 부르니, 아니 갈 수 없습니다. 그러나 태수님을 다시 뵈올 날이 있으리라 믿습니다."

공융은 이번 수고를 치하하며 황금과 비단을 줬으나, 태사자는 받지 않고 떠나갔다.

태사자가 집에 돌아가니, 늙은 어머니는

"네가 태수님께 은혜를 보답했으니, 나는 기쁘기 한량없다. 어서 양주로 가거라."

하고 아들을 떠나 보냈다.

공융이 군사를 일으킨 것은 더 말할 것도 없다. 한편 유현덕은 북해군을 떠나 공손찬에게 가서,

"서주를 도와야겠으니 군사를 빌려주오."

하고 설명했다. 공손찬은 묻는다.

"그대는 조조와 원수진 일이 없거늘, 뭣 때문에 남을 위해 고생을 사서 하려 하시오?"

유현덕이 대답한다.

"이 유비는 그러기로 약속을 했으니 신용을 잃을 수는 없습니다."

공손찬은 입맛을 쩍쩍 다신다.

"그럼 그대에게 기병과 보병을 합쳐서 2천 명만 빌려주겠소."

현덕은 또 청한다.

"바라건대 장수 조자룡을 함께 가게 해주오."

공손찬은 두말 않고 허락했다.

유현덕은 관운장과 장비에게 본부 군사 3천 명을 주어 앞장서게 했다. 조자룡에게는 빌린 군사 2천 명을 주어 뒤따르게 했다. 이리하여 그

들은 서주 땅으로 행군한다.

한편, 북해군을 떠난 미축은 서주성에 먼저 돌아와서 도겸에게 보고했다.

"북해 태수 공융은 또한 유현덕에게 청해서 함께 구원 오기로 하였습니다."

청주에 갔던 진원룡陳元龍(진동)도 돌아와서,

"청주 태수 전해는 흔연히 군사를 거느리고 구원 오는 중입니다."
하고 보고했다.

도겸은 비로소 안심했다. 이리하여 북해에서는 공융이 오고 청주에서는 전해가 왔으나, 그들 군사는 조조의 형세가 엄청난 데 겁을 먹고 아득한 산밑에 영채를 세운 채 감히 나오지 않았다.

조조는 북해 군사와 청주 군사가 온 것을 보자 또한 군사를 두 패로 나누고, 서주성에 대한 공격은 일단 중지했다.

이때에 유현덕이 군사를 거느리고 오다가 공융을 만났다. 공융은 설명한다.

"조조의 군사가 저렇듯 많소. 또 조조는 군사를 잘 쓰기로 이름난 사람이니, 우리는 경솔히 싸울 것이 아니라, 저들의 동정을 보면서 나아가야 하오."

유현덕은 대답한다.

"지금 서주성 안은 아마 양식이 달려서 오래 버티지 못할 것이오. 관운장과 조자룡에게 군사 4천 명을 주어 귀공을 돕게 하리다. 나는 장비와 함께 조조의 영채를 무찔러 바로 서주성 안으로 들어가서 도겸을 만나보고 앞으로 할 일을 상의하겠소."

그제야 공융은 크게 기뻐하고 전해와 함께 기각지세枋角之勢(기각이란 사슴을 사로잡을 때 쓰는 수법으로 군사를 좌우로 벌이고 서로 도우면서 공격하는 전술이다)를 이루면 관운장과 조자룡이 군사를 거느리고 돕기로 했다.

이날, 유현덕과 장비는 기병 천 명을 거느리고 조조의 영채를 무찌르러 가는데, 영채 안에서 북소리가 나더니 기병과 졸개들이 조수潮水처럼 내달아 나와, 성난 파도같이 달려든다. 보니 맨 앞에 선 장수는 우금이었다. 우금은 말을 우뚝 세우며 크게 외친다.

"어떤 미친 놈들이 어디로 가려 드느냐!"

장비는 우금을 보자 말도 않고 바로 덤벼들어 서로 말을 비벼대며 싸운 지 수합에 유현덕이 쌍검을 휘두르며 군사를 몰아 진격하니, 우금은 패하여 달아난다.

장비는 달아나는 우금을 뒤쫓으며 닥치는 대로 적을 죽이고, 바로 서주성 아래까지 이르렀다.

도겸이 성 위에서 바라보니, 붉은 바탕에 흰 글씨로 '평원 유현덕平原劉玄德'이라 크게 쓴 기가 펄펄 나부낀다. 도겸은 급히 성문을 열게 하고, 유현덕을 영접하여 관아官衙로 안내한 다음에 인사가 끝나자 잔치를 베풀어 일변 군사들을 위로했다.

도겸은 유현덕의 풍신이 정중하며 기상이 늠름하고 그 하는 말이 활달함을 보니, 웬일인지 크나큰 기쁨을 느꼈다. 도겸은 미축에게,

"서주 고을의 관인官印을 내오너라."

분부하더니

"귀공은 이것을 받아주오."

하고 유현덕에게 그 관인을 양도한다. 유현덕은 깜짝 놀라며 묻는다.

"영감께서 무슨 뜻으로 이러시는지요?"

도겸은 대답한다.

"오늘날 천하가 요란하여 국가의 기강이 말이 아니오. 더구나 귀공은

한 황실의 종친이니 무너져가는 이 나라의 종묘 사직을 붙들어 일으켜야 할 분이오. 이 늙은 몸은 나이도 많아 이젠 무능할새, 귀공에게 서주 고을을 맡기려는 뜻이니 사양하지 마오. 내 마땅히 이 뜻을 써서 조정으로 보내겠소."

유현덕은 앉았던 자리를 피하더니 두 번 절하고 말한다.

"유비는 비록 한 황실과 친척간이나, 뚜렷한 공이 없는데다가 더구나 덕이 없어서 평원 땅을 지키는 일만으로도 송구하오. 이제 대의명분을 위해서 도우러 왔거늘, 영감께서 이런 말씀을 하니 아마도 이 유비가 서주 땅을 탐내어 온 줄로 의심하시는 건 아닙니까. 그런 흉측한 마음을 품었다면 하늘이 결코 이 유비를 돕지 않으리이다."

"이는 늙은 사람의 솔직한 심정이오."

도겸은 거듭거듭 서주를 맡아달라며 청한다. 그러나 유현덕이 어찌 관인을 받을 리 있으리요.

곁에서 미축이 말한다.

"지금 적군이 성 아래에 와 있으니 물리칠 일을 상의하는 것이 시급합니다. 우선 사태를 수습한 연후에 양도하는 것이 좋습니다."

유현덕은 말한다.

"우선 조조에게 서신을 보내어 화해토록 권하되, 그래도 듣지 않거든 그때에 싸워도 늦지 않으리다."

유현덕은 삼군에게 움직이지 말도록 분부하고 우선 서신을 조조에게로 보냈다. 조조가 서신을 받아보니 바로 유현덕의 글이었다.

유비는 지난날 관외關外에서 귀공을 뵈온 후로 각기 하늘 한 쪽에 떨어져 있어, 다시 찾아가 뵙지 못한지라. 전번에 귀공의 부친께서 세상을 떠나신 것은 실로 흉악한 장개의 소행이요, 도겸 태수의 죄는 아니외다. 지금도 황건적의 남은 무리들이 외부에서 난을 일으키고, 또한 동탁의 남은 무리들이 내부에서 준동하니 바라건대 귀공은 조정의 위급부터 먼저 근심하고 개인의 원수는 뒤에 갚기로 하십시오. 그러니 서주에서 군사를 거두어 나라를 도우러 가시오. 그러면 이는 서주의 다행만이 아니라 천하의 다행이리라.

서신을 읽자 조조는 심히 저주한다.
"유비란 도대체 어떤 자이기에 감히 나를 서신으로써 권고하는가. 더구나 비난하는 뜻까지 씌어 있구나! 심부름 온 자를 즉시 참하라. 모두 힘을 다하여 서주성을 공격하라."
곽가는 간한다.
"유비는 먼 곳에서 구원 와서 먼저 예의를 다한 연후에 군사를 쓰려 하니, 주공은 마땅히 좋은 말로 회답하십시오. 상대를 안심시킨 뒤에 성을 총공격하면, 가히 함락할 수 있을 것입니다."
조조는 곽가의 말을 좇아 심부름 온 자를 대접하는 동시에 답장을 써서 돌려보내기로 하고 앞으로 할 일을 상의한다.
이때, 파발꾼이 정신없이 말을 달려 들이닥친다. 조조는 묻는다.
"웬일이냐!"
파발꾼은 땀을 씻으며 고한다.
"여포가 이미 연주 땅을 격파하고 나아가 복양濮陽 땅을 점령했습니다."
참으로 놀라운 소식이었다.
원래 여포가 이각과 곽사의 난에서 도망쳐 무관武關을 빠져 나와 원술에게로 몸을 의탁하러 갔다는 것은 전에 말한 바 있다.
원술은 여포가 이리 붙었다 저리 붙었다 하는 믿지 못할 자로 점찍고 받아들이지 않았다. 거절을 당한 여포는 하는 수 없이 원소에게로 갔다.

제11회—261

원소는 여포를 용납하여 함께 상산군常山郡에서 장연張燕을 격파했다.

그때부터 여포는 자기 공로만 믿고 원소의 수하 장수들과 군사들에게 오만스레 굴었다. 원소는 여포의 건방진 꼴에 화가 나서 죽이려 했지만, 이 낌새를 눈치챈 여포는 다시 도망쳐 장양張楊에게로 갔다. 장양은 두말 않고 여포를 용납하여 자기 수하에 뒀다.

이 무렵, 장안성 안에 있던 방서龐舒는 자기 집에 그간 숨겨두었던 여포의 아내와 자식들을 여포에게로 몰래 보냈다. 뒤늦게야 이 사실을 알게 된 이각과 곽사는 마침내 방서를 잡아죽이고 장양에게 서신을 보내어 여포를 죽이도록 지시했다.

이 낌새를 눈치챈 여포는 장양한테도 몸을 오래 의탁할 수 없어서 다시 도망쳐 장막에게로 갔다. 이때 마침 장초張超가 진궁을 데리고 형님인 장막을 뵈러 왔다.

진궁은 장막을 충동한다.

"오늘날 천하가 크게 어지러워 각처에서 영웅들이 들고일어나는 판국인데, 영감은 천리 영토와 백성을 거느리면서 남의 압제를 받으니 아니꼽지 않습니까. 조조는 군사를 거느리고 동쪽으로 가서 서주를 치고 있어, 지금 연주 땅은 텅 비었습니다. 더구나 여포는 당대 영웅이라. 만일 여포와 함께 연주 땅을 쳐서 손아귀에 넣기만 하면 천하를 가히 도모할 수 있습니다."

이 말을 듣자 장막은 흥에 겨워 즉시 여포를 보내어 연주 땅을 격파하고, 그 뒤를 따라 출발하여 복양 땅까지 점령했던 것이다. 이리하여 조조에게 남은 땅이라고는 견성甄城·동아東阿·범현范縣 세 곳뿐이었으니, 그나마 순욱과 정욱이 계책을 써서 죽을 각오로 잘 지켰기 때문에 빼앗기지 않았을 뿐, 그 나머지는 모조리 잃었다.

그 동안 조인曹仁은 누차 싸웠으나 이기지 못하여, 결국 이 급한 소식을 서주로 알렸던 것이다. 조조는 이 소식을 듣자 크게 놀란다.

"연주 땅을 잃다니 나는 돌아갈 곳도 없구나. 속히 서둘러야겠다!"

곽가는 말한다.

"주공은 이런 때에 유비에게 선심을 쓰고 군사를 거느리고 연주로 돌아가는 것이 좋습니다."

조조는 거듭 머리를 끄덕이며, 즉시 유현덕에게 좋은 말로 답장을 써서 보내고 영채를 뽑자 물러간다.

심부름 갔던 사람이 서주성으로 돌아와서 조조의 서신을 바친다.

"조조의 군사는 이미 물러갔습니다."

도겸은 크게 기뻐하며 사람을 보내어 공융, 전해, 관운장, 조자룡 등을 성안으로 초청하고 크게 잔치를 베풀어 감사했다.

잔치가 끝났을 때였다. 도겸은 유현덕을 윗자리로 앉혔다. 도겸은 두 손을 모으고 서서 여러 사람에게 말한다.

"나는 이미 늙어 나이가 너무 많소. 내게 아들 둘이 있으나 다 변변치 못해서 국가의 중임을 감당하기 어렵소. 그 대신 여기 있는 유공劉公(유현덕)으로 말하면 황실과 친척간이며 덕이 넓고 재주가 뛰어난 분이오. 오늘부터 나는 유공에게 서주 땅을 넘겨주고 한가히 병이나 조섭하는 것이 소원이오."

유현덕은 황망히 대답한다.

"공융 영감의 권고로 이 몸이 서주를 구원하러 온 것은 대의명분을 위해서였습니다. 그런데 이제 이 몸이 아무 까닭 없이 서주를 차지한다면 천하의 모든 사람은 나를 의리 없는 사람이라 하리다."

미축은 말한다.

"오늘날 한 황실이 쇠약하여 천하가 극도로 혼란하니 공훈을 세우고 대업을 이룰 때는 지금인가 합니다. 이곳 서주는 물산이 풍부하고 호구

戶口가 백만이니, 사양하지 마시고 귀공이 다스리십시오."

유현덕은 대답한다.

"이 일만은 결코 맡을 수 없소이다."

진등이 권한다.

"도겸 태수께서는 늘 병환으로 일을 보지 못하시니 귀공은 사양 마십시오."

현덕은 대답한다.

"원술은 4대를 내려오며 삼공 벼슬을 지낸 집안이라, 천하의 존경을 받은 처지요. 요즘 수춘壽春 땅에 있거늘 왜 그분에게 서주를 양도하지 않으시오?"

공융은 권한다.

"원술은 무덤 속의 마른 해골이나 다름없으니 족히 말할 것이 못 되오. 오늘날 이 일은 하늘이 주시는 바이니 받지 않으면 후회하리다."

그러나 현덕은 굳이 고집하며 받지 않는다. 도겸은 눈물을 흘린다.

"귀공이 이 땅을 버리고 떠나겠다 하니, 나는 죽어도 눈을 감지 못하겠소."

관운장은 보다못해서 권한다.

"도겸 태수께서 이처럼 말씀하시니, 형님은 일시 방편으로라도 서주를 다스리십시오."

장비도 한마디 불쑥 한다.

"우리가 강제로 빼앗는 것도 아니며, 상대방이 호의로 내주겠다는 걸 형님이 괜시리 사양할 건 뭐요?"

유현덕은 꾸짖는다.

"너희들이 나를 옳지 못한 데로 끌어넣을 생각이냐?"

도겸이 다시 거듭 청하건만 유현덕은 끝내 받지 않았다. 도겸은 한참 만에 힘없이 말한다.

"귀공이 굳이 싫다면 이 늙은 사람의 마지막 청이나 들어주오. 이 서주성 가까운 곳에 소패小沛라는 조그만 읍내가 있으니, 그곳이면 가히 군사를 주둔할 수 있소. 청컨대 귀공은 잠시 그곳에 군사를 주둔하고 서주 땅을 보살펴주오."

모든 사람이 그거야 못할 것 있느냐며 권하는지라 유현덕은 겨우 승낙했다. 도겸이 모든 군사를 후하게 대접하여 위로하고 나자, 조자룡은 작별을 고한다. 유현덕은 떠나는 조자룡의 손을 잡고 눈물을 흘리며 슬퍼했다. 공융과 전해도 작별하자 각기 군사를 거느리고 돌아갔다.

유현덕은 관운장, 장비와 함께 본부 군사를 거느리고 소패 읍내에 가서 성벽과 담을 보수한 다음에 백성을 잘 다스리면서 살았다.

한편, 조조는 군사를 거느리고 돌아가자 조인이 나와서 영접한다.

"여포의 형세가 큰데다가 진궁이 돕고 있어 연주 일대는 이미 잃었습니다. 견성, 동아, 번현 세 곳만 순욱과 정욱이 죽을 각오로 성을 지키고 있습니다."

"여포는 원래 용맹은 있으나 꾀가 없는 놈이니 족히 염려할 것 없다. 우선 군영軍營을 안돈하고 영채를 세워라. 다시 상의하자."

조조는 대답했다.

한편 여포는 조조가 군사를 거느리고 돌아와 이미 등현啴縣 땅을 지나갔다는 보고를 듣자, 부장副將 설난薛蘭과 이봉李封을 불러들여 분부한다.

"내 너희 두 사람을 쓰고자 한 지가 오래이다. 너희들은 군사 만 명을 거느리고 연주성을 굳게 지켜라. 나는 친히 군사를 거느리고 가서 조조를 격파하리라."

두 사람이 응낙하는데, 진궁이 급히 들어와서 묻는다.

"장군은 이곳 연주를 버리고 어디로 가는 거요?"

여포는 대답한다.

"나는 복양에 가서 군사를 주둔하고 솥발[鼎足] 같은 형세를 이룰 작정이오."

진궁은 말린다.

"생각을 잘못하셨소. 우리가 떠나가버리면 설난은 연주성을 지켜내지 못하리다. 여기서 남쪽으로 180리를 가면, 태산泰山의 험한 길이 있으니 그곳에 군사 만 명만 매복시키시오. 조조는 연주를 잃었기 때문에 급히 올 것이니 그들이 태산 험한 길을 반쯤 지나도록 내버려뒀다가, 일제히 내달아 치시오. 그러면 조조를 가히 사로잡을 수 있소."

여포는 거센 소리로 대답한다.

"내가 복양 땅에 가서 주둔하려는 것은 좋은 계책이 있기 때문이다. 그대가 어찌 나의 뜻을 알겠느냐."

여포는 마침내 진궁의 말을 듣지 않고 설난에게 연주 땅을 맡긴 다음에 떠나갔다.

한편, 조조의 군사가 태산 험한 길에 이르렀을 때였다. 곽가가 충고한다.

"무작정 나아갈 것이 아니오. 이런 곳엔 적의 복병伏兵이 있을지 모릅니다."

조조는 껄껄 웃으며,

"여포는 좀 모자라는 놈이다. 설난에게 연주 땅을 맡기고 복양 땅으로 가버린 자가 어찌 이런 곳에 군사를 매복할 줄이나 알리요. 조인은 군사를 거느리고 가서 연주성을 포위하라. 나는 바로 복양 땅으로 가서 여포를 급히 치겠다."

하고 자신 있게 대답했다.

한편, 복양 땅에 온 진궁은 조조의 군사가 온다는 보고를 받자 여포에게 계책을 말한다.

"이제 조조의 군사가 먼 데서 왔기 때문에 매우 피곤할 것이니, 속히 싸워야만 우리에게 유리하오. 그들에게 기운을 차릴 여가를 줘서는 안 되오."

여포는 거센 목소리로 대답했다.

"내 홀로 천하에 말을 달렸거늘, 그까짓 조조를 겁낼 것 있으리요. 그놈이 와서 영채를 세울 때까지 기다렸다가 단번에 사로잡으리라."

한편, 조조의 군사는 복양 가까이 이르러 영채를 세웠다.

이튿날, 조조는 벌판에 군사를 늘어세우고 말을 달려 나가 문기門旗 아래에 서서 저편에 여포의 군사가 둥그렇게 벌이는 진영을 바라본다.

이윽고 그 둥근 진영 속에서, 여포가 말을 달려 나오는데, 그 좌우로 여덟 장수가 날개를 펴듯이 달려 나온다.

그 여덟 장수의 이름을 일일이 소개하면 첫째는 안문군安門郡 마읍馬邑 땅 사람으로 성명은 장요張遼요 자는 문원文遠이다. 둘째는 태산군泰山郡 화음華陰 땅 사람으로 성명은 장패臧覇요 자는 선고宣高다. 이들 두 장수가 여섯 장수를 거느렸으니, 하나는 성명이 학맹疥萌이요, 둘째는 조성曹性이요, 셋째는 성염成廉이요, 넷째는 위속魏續이요, 다섯째는 송헌宋憲이요, 여섯째는 후성侯成이었다. 그들 여포의 군사는 5만 명이니, 북소리가 크게 진동한다.

조조가 가까이 오는 여포를 손가락질하며 외친다.

"내, 너와 원수진 일이 없거늘, 어째서 나의 고을을 빼앗았느냐!"

여포는 비웃으며,

"여러 사람이 한나라 모든 성을 나눠서 다스리는데, 어찌 너만이 맘대로 차지한단 말이냐!"

대답하고 장패에게 나가서 싸우도록 명령한다.

장패가 달려나가자, 조조의 군사 속에서 악진樂進이 달려 나와 서로 말을 비벼대며 싸운 지 30여 합에도 승부가 나지 않는다. 조조 편에서 보다못해 하후돈이 달려 나와 싸움을 돕자, 여포의 진영에서는 장요가 달려나가 서로 싸움이 벌어졌다.

마침내 여포는 갑갑증이 나서 창을 들고 말을 달려 나가 좌충우돌하니 하후돈과 악진은 감당을 못하여 다 달아난다. 여포가 이긴 김에 뒤쫓으며 내리 무찌르는 바람에, 조조의 군사는 크게 패하여 40리 바깥으로 물러갔다. 그제야 여포도 뒤쫓던 것을 중지하고 군사를 거두었다.

조조는 첫번 싸움에 지고 영채로 돌아가서 모든 장수와 상의한다.

우금이 먼저 말한다.

"오늘 제가 산에 올라가서 바라본즉, 복양 서쪽에 여포의 영채가 하나 있는데, 별로 군사가 많은 것 같지 않았습니다. 오늘 밤에 그들은 우리가 패하여 달아난 것만 믿고 필시 아무 준비도 하지 않을 것입니다. 그런 때에 군사를 거느리고 가서 허술한 영채를 격파하면 여포의 군사는 다 겁을 먹을 것입니다."

조조는 우금의 계책대로 조홍曹洪, 이전李典, 모개毛驚, 여건呂虔, 우금, 전위典韋 여섯 장수와 함께 군사 2만 명을 거느리고 몰래 작은 길로 출발했다.

한편, 여포는 영채에서 군사들을 모아 위로하는데 진궁이 답답해서 묻는다.

"서쪽 영채는 요긴한 곳이오. 만일 조조가 습격하면 어쩌려오?"

여포는 대답한다.

"오늘 첫번 싸움에 진 것들이 무슨 경황에 쳐들어오리요."

진궁은 거듭 충고한다.

"조조는 군사를 잘 쓸 줄 아는 사람이오. 그들이 공격하지 못하도록 우리는 모든 준비를 해야 하오."

이에 여포는 고순高順, 위속, 후성에게 군사를 주어 서쪽 영채로 보냈다.

한편, 조조의 군사는 어두워질 무렵에 서쪽 적군 영채에 이르러 사방에서 쳐들어가니, 영채 안의 군사들은 막지를 못하여 사방으로 흩어져 달아난다.

조조는 별로 힘들이지 않고 서쪽 영채를 차지했다. 4경 무렵이었다. 그제야 여포가 보낸 고순이 군사를 거느리고 와서 서쪽 영채를 빼앗긴 것을 보고 쳐들어간다.

조조는 친히 군사를 거느리고 나와 바로 고순과 정면으로 만난다. 이에 양군이 일대 혼전을 벌여 먼동이 틀 때까지 싸운다.

문득 서쪽에서 북소리가 크게 진동한다. 파발꾼이 나는 듯이 말을 달려와서 조조에게 보고한다.

"여포가 군사를 거느리고 옵니다."

이 말을 듣자 조조는 빼앗은 서쪽 영채를 버리고 달아나기에 바쁘다. 고순, 위속, 후성 세 장수는 달아나는 조조를 뒤쫓는다.

조조가 뒤쫓기며 달아나다가 보니, 앞에서 여포가 친히 군사를 거느리고 오지 않는가.

우금과 악진이 조조를 대신해서 달려나가 여포에게 달려들었으나 막아내지 못한다. 이에 조조는 말고삐를 급히 돌려 북쪽으로 달아나는데, 바로 산 뒤에서 한 떼의 적군이 나오니 왼쪽은 장요요, 오른쪽은 장패였다.

조조는 여건과 조홍을 시켜 싸우게 했으나, 형세가 이롭지 못하자 말고삐를 급히 돌려 서쪽을 바라보고 달아나는데, 문득 정면에서 함성이 크게 일어나며 한 떼의 적군이 오니, 바로 학맹 · 조성 · 성염 · 송헌 네

복양에서 조조를 격파하는 여포

장수가 앞을 가로막는다.

조조의 장수들은 죽을 각오로 싸운다. 조조가 앞을 무찌르며 나아가는데, 갑자기 방자桎子(죽통竹筒으로 만든 목탁) 소리가 일어나면서 화살이 빗발치듯 날아오는지라, 더 이상 나아갈 수가 없었다. 전후 좌우를 둘러봐야 벗어날 길이 없었다. 죽을 지경에 이른 조조는 목청껏 외친다.

"나를 도와다오!"

말 탄 군사들 중에서 한 장수가 달려오니 바로 전위였다. 전위는 손에 철창 한 쌍을 들고 외친다.

"주공은 근심 마소서."

전위는 말에서 뛰어내리자 옆구리에 철창을 끼고 짧은 창(단극短戟, 단도 같은 것) 10여 개를 들고 뒤따르는 군사에게 분부한다.

"적이 내 뒤 열 걸음 밖에까지 다가오거든, 나를 불러라."

말을 마치자 전위는 날아오는 화살을 무릅쓰고 크게 발을 떼어 앞으로 성큼성큼 나아간다. 여포의 기병 수십 명이 전위의 뒤를 쫓아온다. 뒤따르는 군사가 외친다.

"적이 열 걸음 밖에까지 왔습니다."

전위는 소리친다.

"다섯 걸음 밖에까지 다가오거든 나를 불러라."

그 말이 끝나기도 전에 뒤따른 군사가 외친다.

"다섯 걸음 밖에까지 왔습니다!"

그 순간, 전위는 몸을 돌려 짧은 창 하나를 던졌다. 눈앞에서 적은 짧은 창을 맞고 말 아래로 떨어져 죽는다. 전위의 손에서 짧은 창이 연달아 날아간다. 단 하나도 빗나가는 것이 없었다. 전위가 선 자리에서 눈앞까지 육박해온 적군 수십 명을 죽이자 그 나머지 적군은 다 달아난다.

그제야 전위는 몸을 날려 말에 올라타고 한 쌍 철창을 휘둘러 전면의 적군을 마구 시살하니, 여포의 장수 학맹·조성·성염·송헌 네 장수는 감당을 못하여 제각기 달아난다.

이리하여 전위는 조조를 구출하니, 그제야 모든 장수가 와서 호위하여 길을 찾아 영채로 돌아가는데, 해는 저물어 사방이 어두웠다.

그때 갑자기 뒤에서 함성이 크게 일어난다. 여포가 창을 높이 들고 말을 달려 뒤쫓아온다.

"도둑놈, 조조야! 달아나지 말고 게 섰거라!"

여포의 추상 같은 호령이었다.

조조의 군사들과 말들은 지칠 대로 지친지라, 모두가 얼굴빛이 변하여 서로 쳐다본다. 제각기 살길을 찾아 달아나려 하니,

누가 겹겹이 에워싼 포위를 빠져 나왔다 하는가.

강한 적이 뒤쫓아오니 이제는 대적할 자도 없다.

誰能暫把重圍脫

只酷難當勁敵追

조조의 생명은 어찌 될 것인가.

【2권에서 계속】

해 설
1

원래 모습을 가장 잘 보여주는 정통 『삼국지연의』

◉ — 해설 1

원래 모습을 가장 잘 보여주는 정통 『삼국지연의』
김구용의 『삼국지연의』 출간에 부쳐

서 경 호
서울대 중문과 교수

　솔출판사에서 김구용 선생의 『삼국지연의三國志演義』를 다시 출간한다는 소식을 듣고 약간의 감회에 젖어 이 글을 쓴다. 필자는 어렸을 때 월탄 박종화의 『삼국지연의』로 처음 『삼국지』를 접한 후, 대학원 시절에 다시 김구용의 『삼국지연의』를 읽었고, 90년대에 들어와 이문열의 평역 『삼국지三國志』를 읽었다. 이 중에서 김구용의 『삼국지연의』가 필자에게 남겨준 인상이 가장 강렬했기 때문에 이 책의 출간 소식을 접하면서 어떤 새로운 느낌이 드는 게 사실이다. 이제 필자는 이번 출간의 의미, 특히 대학에서 중국 고전 소설을 강의하는 입장에서 이 책의 출간을 어떻게 바라보는가를 간단히 적어보려 한다.

　필자가 조사한 바에 따르면 우리 나라에서 해방 이후에 출판된 소설 『삼국지』는 모두 14종에 이르는데 아마 그것이 전부는 아닐 것이다. 어쨌든 그 중의 일부는 일본어 판의 중역본일지도 모른다는 의혹을 받기도 했고, 월탄의 『삼국지』나 이문열의 평역 『삼국지』처럼 대단한 대중적 인기를 누린 것도 있었다. 그런데 우리 나라에서 '삼국지'라는 말은 단순히 서명書名으로만 쓰이는 것은 아니다. 이 글을 쓰면서 필자는 국립중앙도서관에 인터넷으로 접속하여 검색어에 '삼국지'라는 단어를 넣어보았는데, 무려 2079항목이 나오는 것을 보고 깜짝 놀랐다. 물론 국내에서 상당히 많은 사람들이 『삼국지』의 번역에 손을 대었다는 사실은 이미 알고 있었지만 그만한 검색 결과를 보고는 놀라지 않을 수 없었던 것이다. 그런데 검색된 결과를 보니, 그 중에는 『삼국지』와는 직접 관계가 없는 것도 상당수 눈에 띄었다. 몇 가지 예를 들자면 『21세기 삼국지』(히야마 요시아키, 작가정신), 『영어공부 삼국지』(배진용, 도솔), 『경영전략과 삼국지』(전략경영연구소 편, 21세기북스) 같은 것은 필자가 이야기하고자 하는 『삼국지』와는 거리가 먼 것이 분명하다.

다시 말해 '삼국지'라는 단어는 단순히 책의 이름이라기보다는 어떤 전략이나 방법을 나타내는 상징어로 쓰이고 있는 것이다. 이것은 그만큼 『삼국지』라는 책이 우리들의 의식 속에 깊이 새겨져 있으며, 특히 그 속의 파란만장한 사연이 깊이 각인되어 있음을 보여주는 좋은 예라고 할 수 있을 것이다. 나아가서 『삼국지』라는 책이 우리 독자들에게 대단한 흡인력을 가지고 있으며, 그래서 그렇게 많은 사람들이 계속해서 이 책을 번역해온 것이라고 이해할 수도 있는 것이다.

『삼국지』가 아닌 『삼국지연의』로 불려야

여기서 『삼국지』가 어떤 책인가에 대해 학술적인 설명을 덧붙일 생각은 없다. 다만 독자의 편의를 위해서 몇 가지 설명을 하자면 우선 이 책의 제목이 우리가 알고 있는 것과는 다르다는 점을 언급해야 하겠다. 중국에서 '삼국지'라고 하면 역사 기록이지 결코 소설 작품을 지칭하는 것이 아니다.『삼국지』는 진수陳壽가 지은 정사正史 기록을 가리키는데, 이 기록은 한나라가 멸망할 때부터 천하의 패권을 놓고 싸움을 벌인 위, 촉, 오의 역사를 각 나라별로 기록한 것이다. 비록 그것이 역사 기록이기는 하지만 그 사연이 하도 파란만장했기 때문에 그 역사를 소재로 하는 많은 이야기와 연극이 창작되었으며, 마침내 명나라에 들어와서는『삼국지연의』가 나오게 되었는데, 이『삼국지연의』가 우리 나라에서는 '삼국지'라는 제목으로 번역되어 소개되었고, 그래서 우리 독자들은 대부분 이 책을『삼국지』로 잘못 기억하게 된 것이다.『삼국지연의』는 역사서인『삼국지』를 소설화한 것이며, 이것이 우리 나라에서는 다시『삼국지』라는 소설 제목으로 굳어진 셈이다.

『삼국지연의』는 일반적으로 나관중羅貫中이 지은 것으로 알려져 있는데 이것은 사실이 아닐 수도 있다. 실제로 나관중이 이 책을 지었다는 확정적인 증거도 없다. 만약 그가 개입되었다면 여러 이야기를 모아서 최종적으로 이 책을 만들어내는 단계에서 어느 정도의 역할을 한 것이 아닌가 싶다. 그렇지만 나관중이 이 책을 썼건 안 썼건 독자들에게는 그리 중요한 일이 아닐 것이다. 가장 중요한 것은 어떻게『삼국지연의』가 지난 5백 년 동안 중국, 일본, 우리 나라, 그리고 심지어는 서구에서까지 그렇게 많은 독자를 매료시킬 수 있었는가 하는 문제일 것이다.

역사 기록과 문학적 호소력을 두루 갖춘 정통『삼국지연의』

『삼국지연의』는 기본적으로 역사적 사실을 소설로 변환시킨 것이다. 따라서 이 책의 작자에게는 전체적인 이야기의 구도가 미리 설정되어 있었다. 중국의 소설가, 특히 역사적 소재를 다루는 작가에게 그 역사적 사실 자체는 어떤 경우에도 변형시키거나 왜곡시킬 수 없는 것이었다. 다시 말해서 역사적 소재를 가지고 소설을 쓰는 작가에게 이야기의 줄거리는 이미 뻔한 것이며, 역사를 잘 아는 독자들은 이야기의 진행 과정이나 결말을 미리 알고 있는 셈이다. 따라서 역사 소설 작가에게는 움직일 수 없는 사실을 어떻게 소설적으로 각색하는가 하는 것이 가장 큰 과제였을 것이다.

역사 기록은 굵직굵직한 사건만을 나열하기 때문에 마치 큼지막한 돌덩어리가 여기저기 놓여 있는 징검다리의 모습이나 다름없다. 역사 기록은 그런 모습을 하고 있어도 아무 문제가 없다. 그렇지만 소설은 다르다. 소설의 생명은 이야기가 흐르는 물줄기같이 끊어지지 않고 이어져야 하기 때문에 징검다리의 모습으로는 호소력을 발휘할 수 없는 것이다. 소설에서는 징검다리가 어떤 방식으로든 건너는 사람이 조심할 필요 없이 편안한 마음으로 걸어다닐 수 있는 다리로 바뀌어 있지 않으면 안 되는 것이다. 이를 위해서 소설가는 징검다리의 큼지막한 돌덩어리 사이사이를 채워 나가지 않으면 안 되었을 것이며 우리가 읽는 『삼국지연의』는 바로 그 징검다리가 편안하게 걸어다닐 수 있는 다리로 바뀐 결과라고 할 수 있다.

이를 위해서 소설가는 여러 가지 방법을 사용하였는데 그 중 중요한 것으로 등장 인물의 성격, 대화, 그리고 전투 장면 등의 세부적인 묘사 등을 들 수 있다. 역사 기록에 등장하는 인물(들)은 단순히 어떤 사람이 있었고 그가 어떤 일을 했다는 식으로만 기록될 뿐 그의 성격이 어떠했는지, 그가 어떻게 그런 일을 해내었는지는 설명되지 않는다. 그러나 소설가는 이 모든 것을 해야 했다. 그래서 장비는 우직한 사람이 되고, 조자룡은 천군만마 속을 헤쳐 나가는 용맹함을 지니게 된 것이다. 제갈양과 유비는 아무 준비 없이 적벽 대전을 하루아침에 승리로 이끌었던 것이 아니라 그만큼 치밀한 전략을 세웠던 것이며, 반면에 조조는 허술하게 대비했기 때문에 패배를 당한 것이다. 이런 모든 것은 역사 기록에서는 별로 중요하지 않지만 소설 작품에서는 결코 소홀히 할 수 없는 부분이다.

그렇지만 단순히 불안한 징검다리를 편안히 건널 수 있는 다리로 바꾸어놓는 것만으로『삼국지연의』가 그렇게 많은 독자를 매료시킨 것은 결코 아니다. 물론 독자들은 이 작품의 세부적인 묘사를 통해 소설의 맛을 보고 거기에 매료되었을 것이다. 그러나 그것은 이 작품을 읽어 나갈 때의 즉각적인 반응에 불과할 것이며, 소설 작품이 그런 반응에 기대어 호소력을 발휘한다고는 생각할 수 없다. 독자가 이 작품을 읽어 나가면서 무엇인가 말로는 쉽게 설명할 수 없는 느낌을 받을 때 그것이 바로 호소력을 만들어내는 원천임이 분명하다.

『삼국지연의』에서 이 호소력의 원천은 바로 유비를 중심으로 하는 정통론이라고 할 수 있다. 사실 역사적으로 유비는 패배자에 불과하며, 실제로 역사 기록인 진수의『삼국지』에도 유비는 한때 세력을 떨쳤으나 성공하지 못한 사람으로 묘사되어 있을 뿐, 승리자이자 정통성을 인정받은 사람은 조조와 조비로 되어 있다.『삼국지연의』에서도 유비는 패배자이며 제갈공명은 실패자라는 것은 움직일 수 없는 사실이다. 이것은 건조한 역사적 결과이다. 그렇지만『삼국지연의』에서는 그들이 비록 패배자이면서도 가장 정통적인 위치에 있던 사람임을 되풀이하여 강조하고 있는데, 이것이 바로『삼국지연의』에 나타난 정통론인 것이다.

이것은 역사 기록이 아닌 『삼국지연의』를 쓴 사람이 역사적 사실에 불어넣은 감정이기 때문에, 역사적 입장에서 보면 거짓말이 되어버린다. 그러나 소설을 읽는 사람은 엄격한 판단력을 가지고 읽는 것이 아니다. 소설은 감정을 가지고 읽는 것이며, 더구나 소설을 읽는 독자들에게 역사적 사실은 그리 큰 문제가 되지 않는다. 『삼국지연의』의 작자는 바로 이 점을 절묘히 이용했다고 해도 과언이 아닐 것이다.

그러면 어째서 정통론인가? 여기에는 중국인들이 뿌리깊게 가지고 있는 패배자에 대한 동정심이 상당히 작용하고 있다. 고대 중국에서는 역사 기록을 맡은 사람마저도 경우에 따라서는 감정적인 면으로 기우는 경우가 종종 있었다. 예를 들면 중국 최초의 정사인 『사기史記』를 지은 사마천은 한 고조 유방과 싸움을 벌이다가 패배하여 자살하고 만 항우를 위해서 「항우본기項羽本紀」를 설정하였다. '본기'라는 것은 원래 제왕의 일생을 기록하는 것이기 때문에 제왕이 되지 못한 항우의 일생을 본기로 묘사하는 것은 역사 기록자의 원칙에 위배되는 것이다. 그에게는 당연히 '열전列傳'이 주어져야 했던 것이다. 더욱이 항우는 사마천이 봉직하던 왕조의 창시자인 유방과 정면으로 대결을 벌인 인물이었다. 이런 사람에게 본기를 주는 것은 어떤 의미에서는 반역과도 같은 것이었다. 그러나 사마천은 항우가 왕조를 창건할 가능성을 지녔던 사람이라고 생각하여 그의 일생을 본기로 꾸몄던 것이며, 조정에서도 이것을 결과적으로는 승인하였던 것이다. 이것이 바로 역사 기록자까지도 패배자에 대한 동정심을 표출할 수 있는 문화를 나타내는 예라고 할 수 있겠는데, 『삼국지연의』의 작자가 가지고 있던 생각도 이와 같은 맥락에서 이해될 수 있는 것이다. 유비와 제갈공명은 비록 패배자이긴 했으나 『삼국지연의』의 작자는 이들이야말로 가장 애석한 패배자라고 생각했던 것으로 보인다. 그리고 그들은 신의信義를 목숨처럼 중히 여기는 중국 유가 문화의 오랜 전통 위에 선 인물인 것이다. 그러한 의로운 패배자를 동정하는 감정은 중국인들이 가지고 있던 애상과 맞물려 더욱 큰 소설적 효과를 만들어내었을 것이다.

'현대적'『삼국지』는 진지한 독자에게 역효과를 줄 수도

물론 정통론에 대한 강조와 집착은 중국 문학자의 견해일 따름이며, 사실『삼국지연의』가 중국 문학자에 의해서만 해석되고 설명되어야 할 까닭은 없다.『삼국지연의』는 모든 독자의 것이지 결코 중국 문학자의 전유물이 아니며 독자들은 나름대로 이 작품을 해석할 자유를 가지고 있는 것이다. 실제로 우리 사회에서는 정통론과는 완전히 다른 해석이 제기되었으니, '유비는 쪼다'라는 유명한 말을 만들어낸 최명 교수의 『소설이 아닌 삼국지』가 바로 그것이다. 또 작가 이문열의 평역『삼국지』에서도 원작자가 의도적으로 강조한 정통론이 상당한 수준으로 약화되어 있다 해도 과언이 아닐 것이다. 둘 다『삼국지연의』를 오늘의 세태에 맞도록 해석한 결과이며, 그 나름대로의 현대적인 근거를 가지는 것이라 할 수 있다.

그럼에도 불구하고 필자가『삼국지연의』의 정통론을 이야기하고자 하는 것은 바로 그 '현대적'이라는 말 때문이다.『삼국지연의』를 현대적으로 해석하는 것은 이 작품에 담긴 내용을 독자들에게 친절하게 해설해주는 효과를 가지는 반면에 작품의 원래 모습, 특히 이 작품의 작자가 의도한 독자들의 감정적 반응을 막아버리는 역효과도 가져오게 되는 것이다. 이런 역효과는 단순히 이야기 그 자체만을 즐기는 독자에게는 큰 문제가 되지 않지만, 원문을 읽으면서 나름대로의 감정을 느끼고 그것을 토대로 해서 자신만의 해석을 내려보고자 하는 진지한 독자들에게는 명백하게 역효과를 초래할 것으로 생각된다. 최명의 해석으로 인해서 유비는 현대적인 평가를 받았지만 『삼국지연의』의 작자가 의도했던 이미지로부터는 상당히 멀어져버린 것이 사실이다. 또 이문열의 평역 『삼국지』를 읽는 독자들은 이 책에서 『삼국지연의』의 에센스를 전달받지만, 그것은 어차피 이미 가공된 2차적 산물임이 분명하다. 이런 에센스에 만족하는 독자들은 최명의 저작이나 이문열의 평역 『삼국지』를 읽으면 만족할 것이다. 그러나 그 뒤에는 원래의 모습에 관심과 호기심을 가지고 있는 진지한 독자들이 있을 터인데, 그들은 이런 책에서 완전한 만족감을 얻기는 어려울 것이다.

원문에서 중요한 시문詩文까지 참되게 번역한 김구용『삼국지연의』

이런 점에서 필자는 김구용의 『삼국지연의』가 다시 출간되는 점에 대해 주목하고자 한다. 앞에서 말한 진지한 독자들에게는 이 책이 『삼국지연의』의 원래 모습을 가장 잘 보여주고, 나아가서는 나름대로의 생각에 빠지게 하는 데 가장 적격이라고 생각된다. 특히 이번 김구용의 번역본에는 『삼국지연의』의 원문에 들어 있는 시문이 빠짐없이 유장한 문체로 번역되어 있어서 『삼국지연의』의 본디 모습을 훌륭하게 보여주고 있다.

또한, 인물의 삽화나 부록으로 묶인 전투지의 지형도 등도 독자들에게 역사의 현장을 다시 한 번 둘러보는 듯한 생생한 느낌을 전해주고 있다.『삼국지연의』는 역사 기록을 토대로 해서 소설로 씌어졌지만 김구용 선생은『삼국지연의』를 마치 역사 기록을 다루는 자세로 번역했다고 해도 과언이 아닐 것이다.

三國志
演義 부록
①

● ― 일러두기

1. 「나오는 사람들」은 역자가 직접 작성한 것이다.
2. 「간추린 사전」은 『삼국지연의』 전문 연구가 정원기 교수의 자문을 토대로 구성하였다.

나오는 사람들

공손찬公孫瓚 | ?-199 | 자는 백규伯珪. 북평 태수. 동탁 토벌군을 일으킬 때 제후의 일진으로 참전하였으며, 유비와 일찍이 교유한 인연으로 그를 여러 차례 돕는다. 뒷날 원소와 반목하여 싸우다가 패하여 죽는다.

곽사郭汜 | ?-197 | 동탁의 장수. 동탁이 죽은 후 이각과 함께 동탁의 잔당들을 이끌고 갖은 횡포를 부린다. 후일 이각과 반목하여 싸우다가 조조에게 쫓겨 산속에 숨었으나, 산적 오습에게 죽음을 당한다.

관우關羽 | ?-219 | 자는 운장雲長. 촉의 명장. 도원결의 이후 한의 중흥을 위해 평생 전력을 다하였다. 일찍이 동탁의 맹장 화웅과 원소의 맹장 안양·문추를 참했다. 그러나 형주를 맡아 천하를 도모하다가 오장 여몽의 계략으로 세상을 마친다.

괴월蒯越 자는 이도異度. 원래 유표의 모사였는데, 유표에게 몸을 의지하고 있던 유비를 박해하였다. 유표가 죽은 후 채모·장윤 등과 함께 조조에게 항복하여 벼슬을 받는다.

도겸陶謙 | 132-194 | 자는 공조恭祖. 서주 태수. 수하 장수 장개에게 조조의 부친 조숭을 호위케 했으나, 본의 아니게 장개가 조숭과 그의 가족을 죽이는 바람에 조조의 원한을 사게 되어 유비에게 서주를 맡긴다.

동탁董卓 | ?-192 | 자는 중영仲穎. 십상시의 난 때 이각·곽사의 무리를 이끌고 재빨리 중앙에 진출하여 실권을 잡았다. 이후 황제를 폐립하고 도읍을 제멋대로 옮기는 등 횡포를 부린다. 그러나 왕윤과 초선의 연환계로 수양아들 여포의 손에 무참히 죽는다.

마등馬騰 | ?-212 | 자는 수성壽成. 서량 태수. 한 황실을 지키기 위해 이각·곽사의 난 때 한수와 함께 이들을 치기도 하였으나, 조조가 권세를 독점하자 그의 제거를 도모하려다 실패하여 아들 마철·마

휴와 함께 죽음을 당한다.

모개毛玠 자는 효선孝先. 조조의 모사. 조조가 기반을 닦은 후 휘하에 들어와 내정을 충실히 도왔다. 적벽 전투 때 우금과 함께 수군을 맡기도 하였다. 뒤에 참소를 당해 쫓겨난다.

손견孫堅 | 156-192 | 자는 문대文臺. 손권의 아버지. 황건의 난 때 공을 세웠으며 동탁을 칠 때 17제후의 한 사람으로 참가한다. 고향 동오로 갈 때 유표와 충돌해 싸우다가 적의 계교에 빠져 37세로 죽는다.

손책孫策 | 175-200 | 자는 백부伯符. 손견의 장자이자 손권의 형. 손견이 죽자 원술에게 잠시 의탁해 있다가 손견을 섬기던 이들의 도움을 얻어 동오로 들어가 기반을 닦는다. 그러나 웅지를 펴보지 못하고 26세로 요절한다.

양표楊彪 | 142-225 | 자는 문선文先. 한의 중신. 명문의 후예로 양수의 부친이다. 동탁과 그의 잔당 이각·곽사의 난을 평정하는 데 힘쓴다. 조조가 득세하자 원소의 인척이라는 이유로 쫓겨난다.

여포呂布 | ?-198 | 자는 봉선奉先. 변화무쌍하여 일찍이 의부 정원을 죽이고 동탁을 섬겼으며, 그 후 왕윤과 초선의 연환계에 빠져 의부 동탁마저 죽인다. 그러나 동탁의 잔당 이각·곽사의 난을 피해 떠돌아다니다가 하비 전투 때 조조에게 잡혀 죽는다.

오부伍孚 | ?-190 | 자는 덕유德瑜. 월기교위. 동탁의 잔학함을 보고 분함을 이기지 못해 동탁 시해를 도모하다가 결국 죽음을 당한다.

왕윤王允 | 137-192 | 자는 자사子師. 한의 중신. 동탁의 전횡을 보고 초선을 내세워 연환계로써 동탁을 죽이는 데 성공한다. 그러나 이각·곽사의 난 때 죽음을 당한다.

원소袁紹 | ?-202 | 자는 본초本初. 명문 귀족 출신이라는 후광으로 일찍부터 하북에서 기반을 닦는다. 일찍이 하진을 도와 환관들을 죽였으며, 동탁을 칠 때에는 17제후의 맹주였다. 이어 공손찬을 멸하고 조조와 맞섰으나, 여러 차례 패한 끝에 진중에서 죽는다.

원술袁術 | ?-199 | 자는 공로公路. 원소의 종제로 명문 출신이었으나, 교만하고 도량이 없었다. 명문의 후광을 입어 회남 일대에 기반을 닦았으나, 손책이 가지고 있던 옥새를 손에 넣자 반역하여 황제를 자칭했다. 유비의 공격을 받아 패하여 달아나다가 죽는다.

유비劉備 | 161-223 | 자는 현덕玄德. 촉의 황제. 한 황실의 종친으로 원래부터 큰 뜻을 품은 영웅이었다. 황건의 난 때 관

우·장비와 도원결의하고 거병한 이래 제갈양을 얻음으로써 비로소 천하를 삼분, 촉에 근거하였다. 그러나 관우의 원수를 갚고자 오를 치다가 패하여 백제성에서 죽는다.

이각李傕 | ?-198 | 동탁의 장수. 동탁이 죽은 후 곽사와 함께 장안으로 들어가 왕윤을 난도질해 죽이는 등 갖은 횡포를 다 부렸다. 후일 곽사와 반목하여 싸우다 조조에게 쫓겨 산속에서 산적의 손에 죽는다.

이숙李肅 | ?-192 | 동탁의 장수. 여포를 꾀어 동탁을 섬기게 하였다. 그러나 동탁이 그를 중히 써주지 않자 왕윤을 도와 동탁을 죽이는 데 앞장선다. 그러나 동탁의 잔당에게 패하자 여포가 죄를 씌워 죽인다.

장각張角 | ?-184 | 황건적의 두목. 일찍이 의술을 공부하여 사람들의 병을 고쳐 주었다. 그러나 많은 무리들이 따르게 되자 딴마음을 품고 아우 장보, 장양 등과 함께 황건의 난을 일으켰다. 난 중에 병사한다.

장막張邈 | ?-195 | 자는 맹탁孟卓. 진류 태수. 반동탁 연합군의 일원으로 출전하였다. 한때 여포와 손잡고 조조를 쳤으나, 패하여 원술에게 몸을 의탁한다. 뒤에 부하의 손에 살해된다.

장비張飛 | ?-221 | 자는 익덕翼德. 촉의 장수. 유비·관우와 의형제를 맺어 평생을 함께할 것을 결의한다. 두 형과 더불어 한의 중흥을 위해 혼신을 다하였으나, 뜻을 이루지 못하고 중도에 수하 장수 범강·장달에게 살해된다.

장수張繡 | ?-207 | 장제의 조카로 장제가 죽자 조조에게 대항하다가 가후의 권고로 항복하였다. 그러나 조조와 장제의 처 추씨의 불륜에 격분하여 조조를 기습하였다. 훗날 조조가 귀순을 강권하자 가후와 함께 항복한다.

장제張濟 동탁의 장수. 동탁이 죽은 후 이각·곽사 등과 함께 온갖 못된 짓을 다 하였다. 그 후 형주를 치다가 화살에 맞아 죽는다.

정관丁管 한 소제 때의 상서. 동탁이 소제를 홍농왕으로 폐위하자, 동탁을 꾸짖다가 죽음을 당한다.

정원丁原 | ?-189 | 자는 건양建陽. 형주자사. 동탁이 황제를 폐위하려 하자 반대한다. 이때 동탁에게 매수된 수양아들 여포의 손에 죽음을 당한다.

조숭曹嵩 | ?-193 | 조조의 부친. 조조의 부름을 받고 가다가 호위하던 황건적의 잔당 장개가 재물을 탐내어 일족을 죽이는 바람에 무참하게 살해된다.

조조曹操 | 155-220 | 자는 맹덕孟德. 위왕. 황건의 난에서 그 뜻을 세운 이래 뛰어난 지모와 웅지를 품고 천하를 종횡으로 달려 마침내 뜻을 이룬다. 그러나 위왕이 된 지 4년 만에 문무 신하들에게 아들 조비를 부탁하고 세상을 떠난다.

채모蔡瑁 자는 덕규德珪. 유표의 장수. 누이가 유표의 후처였기 때문에 병권을 쥐고 있었으나, 유표가 죽자 그의 일족과 함께 조조에게 항복한다. 뒷날 주유의 계책으로 조조에게 죽음을 당한다.

채옹蔡邕 | 132-192 | 자는 백개伯喈. 뛰어난 문장으로 시중 벼슬에 있었다. 한때 동탁의 은혜를 입은 일이 있어 동탁의 죽음을 애도하다가 왕윤의 노여움을 사 죽는다.

초선貂蟬 왕윤 부중의 기녀. 재색을 겸비한 여인으로, 왕윤의 계책에 따라 동탁과 여포를 이간하여, 결국 여포로 하여금 동탁을 죽이게 한다.

하진何進 | ?-189 | 자는 수고遂高. 원래 천한 신분이었으나, 누이 하태후의 덕으로 대장군이 되어 병권을 장악한다. 그러나 여러 사람들의 의견을 듣지 않다가 십상시에게 살해된다.

헌제獻帝 | 181-234 | 자는 백화伯和. 한의 마지막 황제. 9세 때 동탁에 의해 황제가 된 후 일생을 불운하게 보낸다. 후일 조비에게 제위를 빼앗겼으며, 54세로 비운의 일생을 마친다.

화웅華雄 | ?-191 | 동탁의 맹장. 동탁 토벌군의 여러 장수를 베어 용맹을 떨쳤으나 관우에게 어이없이 죽는다.

황조黃祖 | ?-208 | 유표의 장수. 한구에 주둔하며 오의 공격을 여러 차례 잘 막았으나, 결국 감영의 화살에 맞아 죽는다.

간추린 사전

◉ ― 고조참백사高祖斬白蛇

나관중이 한의 발전과 쇠퇴에 대해 설명하면서 이 고사를 언급하고 있다. "한나라는 고조가 흰 뱀을 죽이고 대의를 일으킨 데서 시작하여……"(1회)

정장亭長이었던 유방劉邦은 자신이 압송하던 부역자들이 도중에 도망가자, 보고할 방법이 없어 달아나는 수밖에 없었다. 어느 날 밤에 그의 앞에 큰 뱀 한 마리가 길을 가로막고 있는 것을 보고 칼을 휘둘러 그 뱀을 죽여버렸다. 뒤따라오던 사람들이 보니 한 노파가 울고 있었다. 우는 까닭을 묻자 노파가 말하기를, "내 아이는 백제白帝의 아들인데 뱀으로 변하여 길에 누워 있다가 방금 적제赤帝의 아들에게 죽었소"라고 하였다. 사람들이 그 말이 믿기지 않아 다시 물어보려고 했을 때는, 노파는 이미 자취를 감추고 없었다. 이 고사는 『사기史記』, 『한서漢書』 등의 사서에 실려 있어 유방이 진秦나라를 멸하고 황제가 된 것이 하늘의 뜻임을 뒷받침하고 있다.

◉ ― 곽광폐창읍왕霍光廢昌邑王

동탁이 소제를 폐하고 진류왕을 옹립하려 하자, 노식이 이 고사를 언급하고 지금의 상황은 유하의 폐위 때와 다르다며 반대하였다.(3회)

곽광霍光은 소제昭帝가 죽자 황태후의 조칙을 받들어 무제武帝의 손자 창읍왕昌邑王 유하劉賀를 황제로 옹립하였다. 그러나 유하가 황음 무도하자, 곽광은 여러 신하들과 상의하고 태후에게 주청하여 태묘太廟에 고하고 유하를 폐위하였다.

◉ ― 연작안지홍곡지지燕雀安知鴻鵠之志

　　진궁이 조조를 사로잡아 심문하자, 조조가 진궁을 참새에 비유하여 그의 말을 무시하고 자신의 뜻을 숨기려 하였다.(4회)

출전은 『사기』 「진섭세가陳涉世家」이다. 보통 사람은 영웅 호걸의 원대한 포부를 알 수가 없다는 것을 비유한 말이다. 연작燕雀(참새)은 포부가 없는 사람을 비유하고, 홍곡鴻鵠(백조)은 포부를 가진 영웅 호걸을 비유한다.

◉ ― 변화헌옥卞和獻玉

　　정보가 손견이 얻은 옥새의 연원과 형성 과정을 설명하기 위해 이 고사를 언급했다.(6회)

변화卞和는 춘추 시대 초楚나라 사람이다. 그는 가공하지 않은 옥 덩어리를 발견하여 초 여왕襄王·무왕武王 등에게 연이어 바쳤다. 그러나 모두들 속임수라 여기고 그의 두 다리를 잘랐다. 초 문왕文王이 즉위하자, 변화는 옥 덩어리를 품에 안고 형산荊山(지금의 호북성湖北省 남동南潼) 서쪽 아래에서 통곡하였다. 문왕이 사람을 시켜 그 옥돌을 가공해서 조각하도록 하여 마침내 귀중한 옥을 얻게 되었다.

◉ ― 초楚 장왕莊王의 절영지회絶纓之會

　　여포가 자신의 첩인 초선을 희롱했다 하여 동탁이 분노하자, 이유가 초 장왕을 본받으라며 동탁을 타일렀다.(9회)

어느 날 밤 초 장왕이 여러 신하들에게 잔치를 베풀고 있는데, 갑자기 촛불이 꺼지자 어떤 사람이 이 틈을 타 왕후의 옷을 끌어당겼다. 왕후는 그 사람의 모자 끈을 잡아당긴 뒤 장왕에게 추적할 것을 청하였다. 그러나 장왕은 추적하지 않았을 뿐만 아니라 도리어 모두에게 모자 끈을 풀게 하고 마음껏 즐기게 하였다. 후일, 오吳나라가 초나라를 공격했을 때, 왕후를 희롱했던 신하는 초나라를 위해 오나라 군사와 용감하게 싸웠다.

● ― **팽월요초**彭越撓楚

　이각은 여포를 물리칠 계책을 논의하던 중, 곽사에게 옛날 팽월처럼 여포의 후방을 공격할 것을 제의했다. (9회)

팽월은 전한前漢 초의 대장이다. 초楚란 서초西楚 패왕霸王 항우項羽를 가리킨다. 초와 한이 다툴 때, 팽월은 항상 군사를 거느리고 항우의 후방을 교란시켜 유방을 도왔다.

무기 | 장비 | 진법

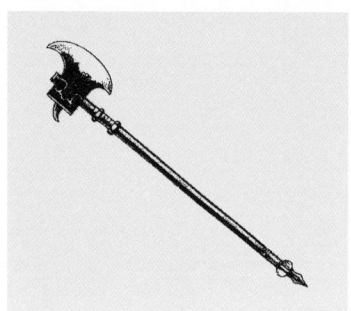

부斧. 나무 자루에 폭이 넓고 두꺼운 도끼 날을 부착한 것이 특징이다.

● — 금과金瓜 · 은부銀斧

고대의 호위병이 지니던 무기. '과'는 막대기의 끝을 오이 모양으로 만들었기 때문에 붙은 이름이다. 입과立瓜 · 와과臥瓜의 두 종류가 있으며, 황금으로 장식을 하였기 때문에 '금과'라 하였다. '은부'는 막대기의 끝을 도끼 모양으로 만들어 은으로 장식한 것이다. '과'와 '부'는 본래 병기의 일종이었는데, 후에 의장용이나 장식용으로 사용되었다.

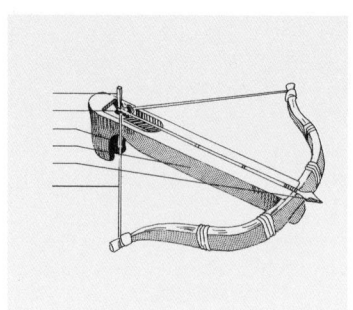

한대에 사용한 노

● — 노弩

쇠뇌 자루가 장착되어 있으며, 그 쇠뇌 자루에 발사 장치가 설치되어 있는 활. 사력이 크고 사거리는 멀며 명중률이 높다. 전국 시대에 출현한 후 각 시대마다 성행하였으며, 군중의 중요한 장비로 여겨졌다. 종류도 많고 활을 잡아당기는 힘의 크기도 달랐는데, 강한 쇠뇌의 경우 발로 밟고 시위를 잡아당기는 것이 많았다.

제갈양이 만들어 위군 격파에 사용한 목우(위)와 유마

● ― 목우木牛·유마流馬

제갈양이 발명한 각기 규격이 다른 두 종류의 사륜거四輪車인데, 나무로 만들었고 사람이 밀고 끈다. 『삼국지연의』에서의 묘사는 미신적 색채를 띠고 있다. 자료의 부족으로 목우와 유마의 구체적인 형상은 알 수 없지만, 어떤 사람은 목우는 일륜거一輪車이고 유마는 사륜거라고 주장하기도 한다.

유엽이 만든 것으로 알려진 발석거

● ― 발석거發石車

발사 소리가 하늘을 진동하였으므로 벽력거霹靂車라고도 하였다. 발사할 때는 돌덩이를 가죽 주머니에 넣은 뒤, 여러 사병들이 각자 반대편의 밧줄을 하나씩 쥐는데, 호령에 따라 일제히 줄을 잡아당기면, 지렛대의 원리와 이심離心 작용에 의하여 적을 향해 돌이 날아간다. 한 번 돌을 던질 때의 돌의 숫자나 크기는 타격을 받는 목표에 따라 결정된다. 무거운 돌은 열 근斤에 달하며, 가장 멀리 나가는 것은 3백 미터 정도이다. 발석거는 당시에 가장 위력적인 무기 가운데 하나였다.

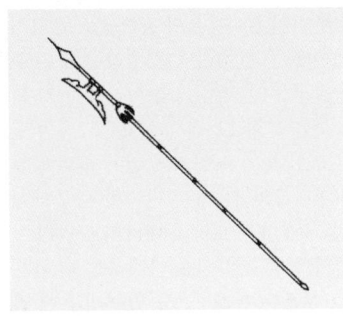

여포가 사용한 방천화극

● ― 방천화극方天畵戟

손잡이에 색깔을 칠하여 장식하고, 끝이 '정井' 자 형으로 되어 있는 극戟이다. 극은 과戈와 모矛를 기초로 더욱 발전시킨 것으로, 걸어 당기거나 찌를 수 있는 긴 병기인데, 과와 모를 합친 모양이다. 남북조 시대 이후로 점점 창으로 대체되어 의장儀仗이나 위문衛門의 기물로 변하였기 때문에 방천화극은 일종의 의식을 행할 때 쓰는 물건이었지 실제 전쟁에 쓰인 것은 아니었다.

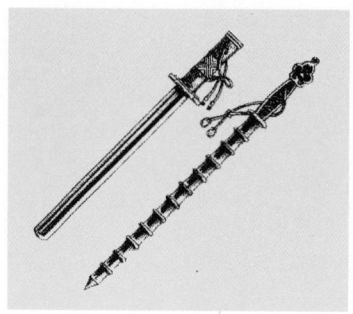

간簡. 철이나 청동을 소재로 만든 길이가 짧은 봉이다.

● ― 사능철간四楞鐵筒

곤봉과 비슷하며 길이가 짧은 병기의 일종으로 송대에 성행하였다. 네모진 모양이며 철로 만들었다.

공격용 구름 사다리 운제

● ― 운제雲梯

성을 공격하는 기구이다. 모양은 수레처럼 생겼으며 큰 나무를 받침대로 하여 그 아래에 바퀴 여섯 개를 장착하였고, 그 위에는 두 개의 사다리를 세웠는데, 그 길이가 2장丈이었다. 그리고 두 사다리가 서로 연결된 곳에 회전축을 설치하였다. 또 수레의 본체에는 소의 가죽으로 병풍처럼 가리고 그 안에다 사람을 숨겨 수레를 밀도록 하였는데, 성벽 주위로 가서 두 사다리를 벽에 갖다 대면 병졸들이 이것을 타고 성벽을 기어올랐다. 이 기구는 사다리가 길어 비제飛梯라고도 한다.

타격력 강화를 위해 추에다 예리한 돌기를 부착시킨 철질려골타

● ― 철질려골타鐵蒺藜骨朶

고대의 무기인 질려丁藜와 골타骨朶 두 가지를 함께 이르는 말이다. '질려'라는 것은 질려봉을 말하는데, 막대기의 머리에 철로 된 가시나 못을 달아 그 가시가 고슴도치의 털과 같았고 그 모양은 질려와 같아서 얻게 된 이름이다. '골타'는 쇠나 단단한 나무막대기 한쪽 끝에 마늘 모양의 대가리가 달려 있는 병기의 일종으로 적을 타격하는 데 사용한다. 그 이름은 본래 '고도'였는데 음이 골타骨朶로 변하였다.

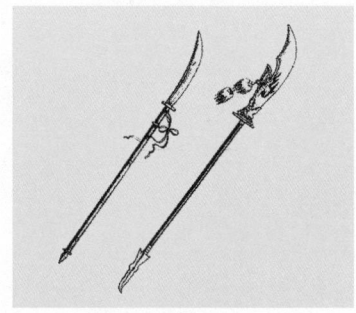

관우가 사용한 청룡언월도

● ─ **청룡언월도**靑龍偃月刀

칼날 부분이 반월형이며, 칼에 용이 새겨져 있고 긴 손잡이를 가진 대도大刀를 말한다. 그리고 '언월偃月'이란 반달 모양을 가리킨다. 언월도는 당·송 때에 출현했는데, 훈련할 때 사용하여 위엄과 웅장함을 보이는 것으로 실전에는 사용되지 않았다.

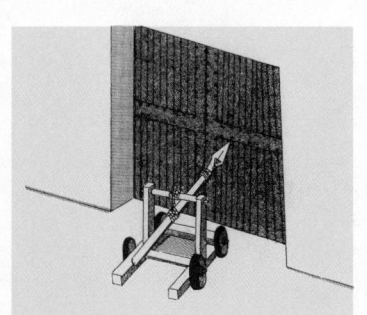

성문을 깨는데 사용하는 충거

● ─ **충거**衝車

성을 공격하는 데 사용하는 전차이다. 전차의 본체에다 금속 피나 피혁을 싸고 안에는 성벽이나 성문을 깨뜨리는 데 사용하는 각종 무기나 나무를 배치한 뒤, 병졸들을 그 안에 숨긴다. 성에 접근한 후 단단한 나무 등으로 성벽을 깨뜨린다.

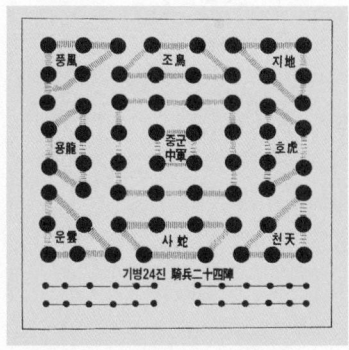

제갈양이 육손에게 사용한 어복강팔진魚復江八陣

● ─ **팔진도**八陣圖

제갈양이 군사를 거느리고 전쟁을 수행하는 가운데 역대 병가兵家들의 진법陣法을 계승 발전시켜 연구해낸 독특한 진법이다. 자료의 부족과 당·송 이래 기이한 것만 찾아다니던 많은 사람들의 부회附會와 신화神化로 말미암아 제갈양의 팔진법은 허황해졌다. 원래 팔진도는 제갈양이 병사를 훈련시키고 행군·숙영하거나 싸움을 할 때 각기 다른 여러 가지 상황에 대비하여 만든 군사 배치와 작전 방안이었다. 장애물을 설치하여 적을 막음으로써 쇠뇌를 쏘는 병사들의 공격이 충분히 발휘될 수 있도록 고안된 것이 이 진법의 특색이다. 『삼국지연의』에 묘사된 것은 신비한 색채가 많다.

전투 형세도

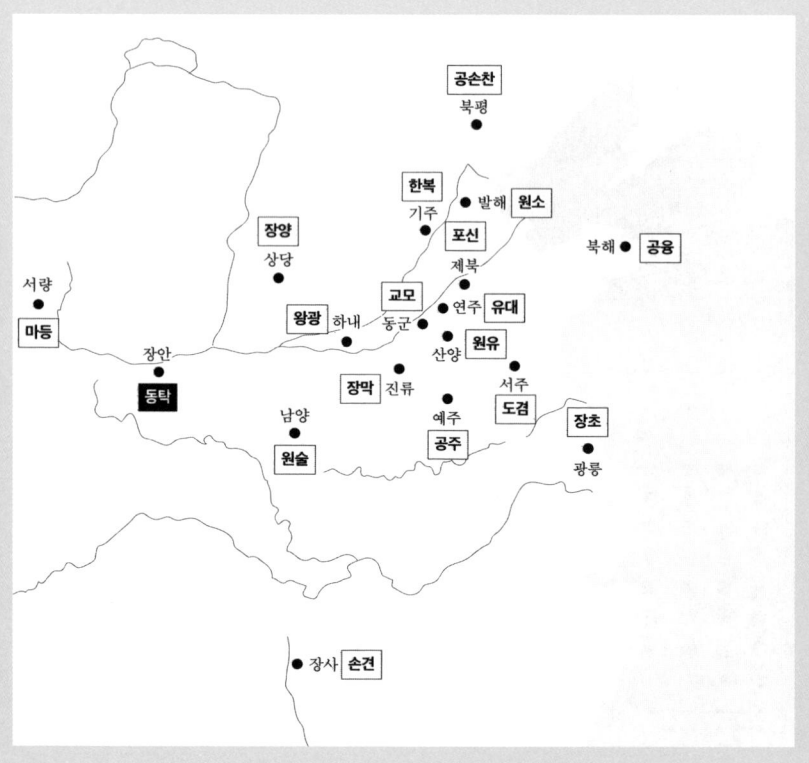

【 반동탁 연합군의 근거지 】

이 지도는 조조가 동탁 토벌의 기치를 내걸고 전국에 거짓 조서를 보냈을 때 호응한 군웅들의 세력 판도이다. 반동탁 연합군은 원소를 중심으로 모두 17진으로 구성되었다. 살펴보면 다음과 같다.

1진 ― 남양南陽 태수 원술袁術
2진 ― 기주冀州 자사 한복韓馥
3진 ― 예주豫州 자사 공주孔伷
4진 ― 연주兗州 자사 유대劉岱
5진 ― 하내河內 태수 왕광王匡
6진 ― 진류陳留 태수 장막張邈
7진 ― 동군東郡 태수 교모喬瑁
8진 ― 산양山陽 태수 원유袁遺
9진 ― 제북濟北 상相 포신鮑信
10진 ― 북해北海 태수 공융孔融
11진 ― 광릉廣陵 태수 장초張超
12진 ― 서주徐州 자사 도겸陶謙
13진 ― 서량西凉 태수 마등馬騰
14진 ― 북평北平 태수 공손찬公孫瓚
15진 ― 상당上黨 태수 장양張楊
16진 ― 장사長沙 태수 손견孫堅
17진 ― 발해渤海 태수 원소袁紹

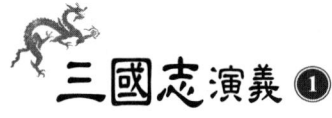

구판 1쇄 발행 2000년 7월 20일
개정신판 1쇄 발행 2003년 7월 8일
개정신판 9쇄 발행 2025년 3월 25일

지은이 | 나관중
옮긴이 | 김구용
펴낸이 | 임양묵
펴낸곳 | 솔출판사
책임편집 | 임우기

주　　소 | 서울시 마포구 와우산로29가길 80(서교동)
전　　화 | 02-332-1526
팩　　스 | 02-332-1529
이 메 일 | solbook@solbook.co.kr
블 로 그 | blog.naver.com/sol_book
출판등록 | 1990년 9월 15일 제10-420호

ⓒ 김구용, 2003

ISBN 978-89-8133-648-6 (04820)
ISBN 979-11-6020-016-4 (세트)

• 역자와 협의하여 인지를 붙이지 않습니다.
• 잘못된 책은 구입한 곳에서 바꿔드립니다.
• 책값은 뒤표지에 있습니다.

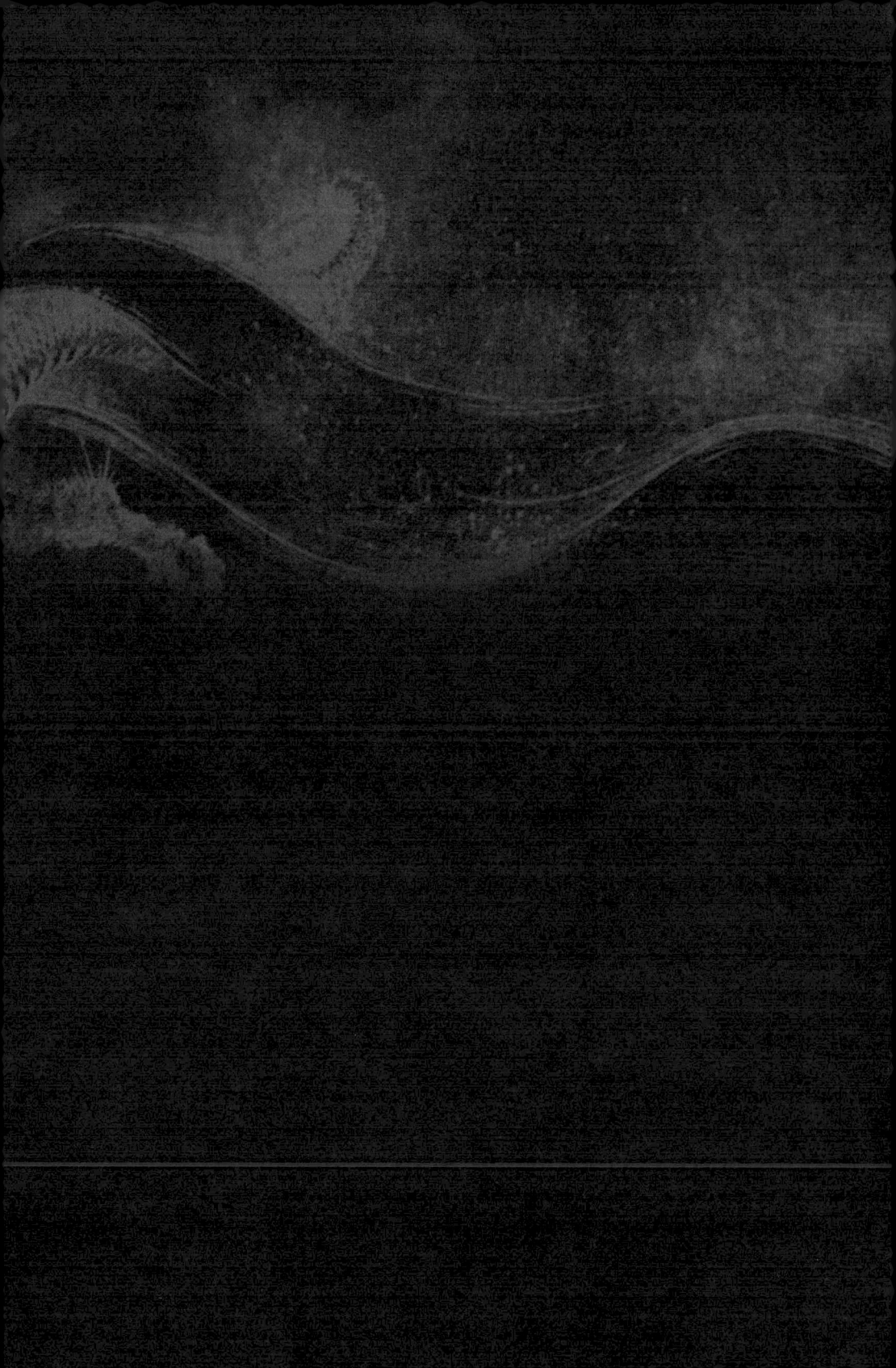